그 고양이의 이름은 길다

그 고양이의 이름은 길다

초판 1쇄 발행 • 2022년 7월 29일

지은이 / 이주혜
펴낸이 / 강일우
책임편집 / 최수민
조판 / 박아경
펴낸곳 / (주)창비
등록 / 1986년 8월 5일 제85호
주소 / 10881 경기도 파주시 회동길 184
전화 / 031-955-3333
팩시밀리 / 영업 031-955-3399 · 편집 031-955-3400
홈페이지 / www.changbi.com
전자우편 / lit@changbi.com

ISBN 978-89-364-3881-4 03810

* 이 책은 서울특별시, 서울문화재단 '2021년 창작집 발간 지원 사업'의
  지원을 받아 발간되었습니다.

그 고양이의 이름은 길다

이주혜 소설집

차례

오늘의 할 일

세 자매가 천변 산책로에 돗자리를 폈다. 평일 대낮이었다. 바람에 은색 돗자리 한 귀퉁이가 자꾸 펄럭였다. 첫째가 그 귀퉁이에 가방을 올려놓았다. 무겁지 않은 가방이 들썩였다. 이놈의 바람이. 첫째는 일부러 가방 옆에 바짝 다가앉았다. 나머지 두 동생은 신발을 벗고 돗자리 위로 올라앉았다. 검정 구두 두켤레가 함부로 방치되었다. 세 자매 모두 어두운 옷을 입고 있었다. 채도랄지 농도랄지 그런 건 조금씩 달랐지만 어쨌든 검었다.

자매는 한동안 말없이 숨을 골랐다. 셋 다 화장기 없는 얼굴이 푸석하게 부어 있었다. 둘째가 무릎 위에 올려두었던 큼직한 가죽 가방에서 캔맥주를 꺼내 자매에게 돌렸다. 셋 다 쫓기는 사람처럼 다급히 맥주를 들이켰다. 잠시 아무도 말하지 않았다.

아버지 덕분에 꽃놀이를 다 하네? 드디어 첫째가 입을

열었다. 개울가엔 꽃나무들이 띄엄띄엄 늘어서 있었고 자매가 앉은 곳 바로 앞에 우람한 수양벚나무가 꽃그늘을 드리웠다. 자매는 내내 겨울을 살다 갑자기 봄의 한가운데로 내쳐진 것 같은 당혹감을 느꼈다. 이렇게 화사해도 좋은가 싶게 꽃들이 낭자했다. 검고 무거운 옷을 입고 꽃그늘 아래 앉은 자신들이 번지수를 잘못 찾아온 소포 같았다. 그래도 봄이 좋긴 좋구나. 이 와중에도 꽃을 보니 웃음이 나오잖아. 첫째가 말했다.

누가 봄씨 아니랄까봐 봄 찬양이 늘어지시네. 둘째의 대꾸가 끝나자마자 셋이 와르르 웃음을 터뜨렸다. 그건 셋만이 알고 셋만이 공유해온 먼 옛날의 약속을 꽤 오랜만에 떠올렸다는 기꺼움의 표현이었다. 시작은 이랬다. 글쎄, 느이 아버지가 자식 욕심이 얼마나 많았는지, 결혼 첫날밤 베갯머리에서 자기는 최소한 넷은 낳아야겠다는 거라. 그때가 언제야? '덮어놓고 낳다보면 거지꼴을 못 면한다' 운동 때 아냐? 둘 이상만 낳아도 무식하단 소리를 들었던 시절이라고. 셋도 아니고 다섯도 아니고 왜 하필 넷이냐고 물었더니(4는 왠지 불길하잖니) 안 물어봤으면 섭섭해했을 만큼 준비한 대답을 줄줄 늘어놓는 거야.

자매의 아버지는 자식을 넷 낳아 사계절을 뜻하는 한자를 하나씩 넣어 이름을 지어주는 게 꿈이었다. 춘하추동 네글자는 그에게 시간과 세계를 완성하는 퍼즐 조각이었다. 만약 첫애가 딸이면 춘희나 춘애, 아들이면 춘수나 춘영 정도랄까? 둘째가 딸이면 하연이나 하선, 아들이면 하성이나 하문이 좋겠지. 신랑의 고백을 들은 자매의 어머니는 '춘'이나 '추'가 들어간 이름이라니 다소 촌스럽겠다고 생각했지만, 첫날밤 신부의 입으로 할 소리는 아닌 것 같고 또 내리 넷을 낳을 자신도 없어 일단은 수줍게 고개를 끄덕이는 것으로 대답을 유보했다. 뭐 그럴 수도 있겠네요,라는 뜻이었지 적극 찬성합니다,라는 뜻은 아니었다. 그러나 신부의 고갯짓을 동의로 해석한 자매의 아버지는 이듬해 첫딸이 태어났을 때 춘희나 춘애라는 이름을 탐탁지 않게 여긴 아내와 한판 입씨름을 벌여야 했다. 결국, 아버지의 오랜 꿈이 승리했고 첫째의 이름에는 봄 춘(春) 자가 들어가게 되었다. 2년 후 태어난 둘째 딸의 이름에는 여름 하(夏) 자가, 그로부터 2년 후 태어난 셋째 딸의 이름에는 가을 추(秋) 자가 들어갔다. 2년 터울로 내리 세 딸을 낳은 자매의 어머니는 계절의 소임을 다한 식물처럼 시들시들 말라갔다. 자매의 아버지가 그토록 바라던 넷째는 끝내 태어나지 못했다. 춘하추동 네글자로 이루어진 그의 우주적 소망은 그렇게 미완의 상태로 남는 듯했다.

첫째와 셋째는 학창시절 내내 춘자나 추녀 같은 별명을 피할 수 없었다. 두 딸이 짓궂은 놀림을 당하고 동시에 울며 돌아온 날 어머니는 세 딸을 나란히 앉혀놓고 아버지의 못다 이룬 꿈 이야기를 처음으로 들려주었다. 어머니의 구술에는 본인의 체념과 딸들을 향한 미안함이 덜 녹은 설탕처럼 가라앉아 있었다. 자백과도 같은 이야기를 모두 듣고 나서 세 딸은 아버지를 조금 더 이해하게 되기는커녕 원망만 더 커졌다. 꼭 네글자로 짝을 맞추고 싶었다면 춘하추동 말고 다른 한자도 많았을 텐데. 천자문만 들춰 봐도 참고할 한자가 무려 천개나 있지 않은가. 일테면 매란국죽이랄지. 아니 군이 한자를 꼭 써야 할 이유는 또 뭐란 말인가. 봄 여름 가을 겨울, 순우리말을 썼다면 두고두고 친구들의 부러움을 샀을 것이다.

이날부터 세 자매는 서로를 봄 여름 가을이라고 불러주었다. 가끔은 매화 난초 국화라고 부르기도 했다. 이름을 향한 불만이 커질수록 자매의 결속력도 단단해졌다. 물론 심사가 틀어지면 이 장소팔 고춘자야, 못생긴 추녀야, 소리가 주먹질과 함께 오가기도 했다. 가끔은 이름이 비교적 평범한 둘째도 하지감자야, 하녀나부랭이야, 소리를 면치 못했다.

머리가 굵어지면서 자매는 새 이름의 사용처를 집 밖

으로 늘려갔다. 사실 내 진짜 이름은 봄이야. 아버지가 우리말을 사랑하셔서 봄이라는 이름을 지어주셨는데, 보수적인 할아버지가 반대해서 호적에만 한자 이름을 올리고 집에서는 다들 봄이라고 불러. 울 아버지 기분 좋은 날엔 매화야, 이렇게 부르기도 해. 매화는 봄을 상징하는 꽃이잖아. 친구들은 아쉬운 일이 생기면 봄아, 하고 불렀고 장난기가 발동하면 춘자야, 했으며 이도 저도 아닐 때는 그냥 출석부에 오른 이름을 불렀다.

—

아무리 절간이라도 그렇지 사이다가 뭐냐, 사이다가. 봄이나 매화로 불릴 수도 있었던 첫째가 말했다. 절간이니까 절간 법도를 따라야지 어쩌겠어. 여름이나 난초가 될 뻔해서 그런지 뾰족한 둘째가 시큰둥하게 대꾸했다. 가을이나 국화였을지도 모르는 셋째는 조용히 맥주만 마셨다. 피곤했다. 머릿속에서 쇠그릇이 덜컹거리는 기분이었다. 부은 눈은 잘 떠지지도 감기지도 않았다. 셋째는 오늘 절에서 가장 많이 울었다. 노스님이 그만 울라 엄하게 꾸짖을 정도였다. 오늘은 영가가 육신과 사바세계의 미련을 버리고 훨훨 날아 극락왕생하라고 비는 날입니다. 그

12

런데 자식이 이렇게 쉽게 울어대면 영가가 홀가분하게 떠날 수 있겠어요, 없겠어요? 노스님의 말투는 아이 유치원 원감만큼이나 꼬장꼬장했다. 어머님이 자꾸 준비물을 빠뜨리시면 아이가 원 생활을 제대로 할 수 있겠어요, 없겠어요?

　　인연따라 모인것은 인연따라 흩어지니
　　태어남도 인연이요 돌아감도 인연인걸

　사십구재가 시작되기 전 스님은 자매에게 한글로 풀어 쓴 발원문 책자를 나눠주었다. 소리가 클수록 영가도 부처님도 잘 들을 수 있으니 극락왕생을 비는 마음으로 크게 크게 따라하십시다. 그러나 막상 독경이 시작되자 셋째는 또 울음이 터져버려 단 한글자도 입 밖에 내지 못했다.
　아버지가 술을 얼마나 좋아했는데, 마지막 가는 길에 사이다를 올리냔 말이야. 내가 오죽하면 웃음이 나왔겠어. 첫째가 세번째 캔맥주를 땄다. 속 버려, 이거라도 먹어. 둘째가 돗자리 위에 휴지 한장을 깔고 절에서 챙겨온 깐 밤과 대추를 올렸다. 첫째가 깐 밤 하나를 집어 들어 입에 넣었다. 어금니 사이로 알밤이 딱하고 깨지는 느낌이 뜻밖에 쾌감을 주었다. 동시에 어쩔 수 없이 기억 하나가 딸려 올라왔다. 아버지는 딱딱한 걸 잘근잘근 씹는 걸 좋아했다. 부엌에는 북어나 마른오징어, 피문어 따위가 떨어지는 법이 없었다. 주말의 명화를 보기 전 아버지는 첫째에게 북어 한마리를 두드려 오게 했다. 첫째는 다듬잇돌에 북어를 대고 방망이로 탕탕 두드렸다. 한번 내리칠 때마다 북어가 원래의 꼴을 잃고 망가지는 모습을 지켜보는 일은 그리 유쾌하지 않았지만, 타격의 물리적 감각이 오른팔 근육에 고스란히 전해지면 쾌감을 느꼈다. 양가감정 속에서 실컷 두들겨 팬 북어를 가지고 안방으로 돌아가면 아버지는 방바닥에 신문지를 펴고 그 위에 북어를 먹기 좋은 크기로 찢어놓았다. 아버지와 세 딸은 북어를 잘근잘근 씹으며 아버지가 좋아하는 서부영화를 보았다. 방바닥에는 노란 북어 가루가 떨어져 내렸다. 그런 밤이면 입속이 짜 자주 깼다.

    살아생전 애착하던 사대육신 무엇인고
    한순간에 숨거두니 주인없는 목석일세

    둘째가 가방에서 담배를 꺼내 물었다. 지나가던 노인이 노골적으로 흘끔거렸다. 둘째는 담배에 불을 붙이는 걸 포기했다. 자매 중 아버지를 가장 많이 닮은 둘째는 어렸을 때부터 '아버지를 빼다 박았다'는 말을 무수히 들었다. 장례식장에서도 십수년 만에 만난 친척들은 아버지의 영정을 한번 보고 상주 자리에 나란히 앉은 세 딸을 한번 보고는 꼭 이렇게 덧붙였다. 둘째가 아버지를 쏙 뺐구나. 갸름한 눈매며 뾰족한 하관은 둘째 스스로 생각해도 아버지와 상당히 비슷했다. 그러나 닮았다는 게 겉모습만이 아니라 성격이나 행동까지 아우르는 것이라면 둘째는 아버지를 쏙 빼닮았다는 사람들의 말을 쉽게 수긍할 수 없었다. 둘째가 냉소적이고 의심이 많은 편이라면 아버지는 매사에 태평한 사람이었다. 둘째가 현실적이라면 아버지는 이상적이었다. 둘째는 스무살이 넘어 독립하면서부터 부모로서의 아버지를 존경하거나 이해하려는 노력을 그만두었다. 아버지 역시 언제부턴가 딸들 앞에서 멋있어 보이려는 노력을 포기한 것처럼 보였다.

둘째가 처음부터 아버지를 냉소의 대상으로 바라보았던 것은 아니다. 어렸을 적 둘째는 아버지를 가장 많이 닮은 딸인 만큼 아버지를 가장 잘 따랐다. 아버지도 먼 친척집을 방문해야 할 일이 생기거나 간만에 밤낚시를 가게되면 꼭 둘째를 데려갔다. 둘째 인생 최초로 꽃을 꺾어 바친 남자는 아버지였다. 낚싯바늘에 지렁이 미끼 꿰는 법을 알려준 사람도 아버지였다. 밤하늘에서 오리온자리 찾는 법을 알려준 사람도 아버지였을 것이다. 그 시절 아버지는 어린 둘째에게 하나의 종교였다. 배교는 느닷없이 일어났다.

집집마다 전화번호부가 있었을 당시 자매의 집에는 교수님을 찾는 전화가 가끔 걸려왔다. 국립대 교수라는 그 사람은 아버지와 동명이인이었고 하필 자매의 집에서 그리 멀지 않은 곳에 살았다. 처음 그런 전화를 받았을 때 둘째는 아버지와 똑같은 이름의 남자가 세상에 존재한다는 사실 자체가 흥미로웠다. 게다가 교수님이라니. 둘째는 어느새 교수라는 직업까지 흠모하게 되었다. 장래희망란에 국립대 교수라고 또박또박 적기 시작한 것도 그 무렵이었을 것이다.

중학교에 다니던 어느 날 시험을 보고 평소보다 일찍 집에 돌아왔을 때의 일이다. 아무도 없는 집에는 평소와는 다른 밀도의 공기가 감돌았다. 낯선 적요를 깨고 전화벨이 울렸다. 상대는 그 국립대 교수를 찾았다. 왜 그랬을까? 둘째는 평소처럼 '전화 잘못 거셨습니다'라고 대답하지 않았다. 아, 아버지는 지금 집에 안 계세요. 세미나가 있어서 오스트리아에 가셨어요. 일주일 후에나 돌아오실 거예요. 누구라고 전해 드릴까요? 목소리는 평소보다 한 톤 높았고 유난히 발랄했다. 상대는 다시 전화하겠다고 말하고 전화를 끊었다. 어디선가 공기를 흩뜨리는 전파음이 들려왔고 동시에 둘째의 심장이 무섭게 날뛰었다. 둘째는 세미나가 뭔지 정확히 몰랐고 오스트리아라는 나라에도 전혀 관심이 없었다. 급기야 온몸이 떨려왔다. 그날 밤 둘째는 아홉시 뉴스를 보는 아버지의 뒤통수를 노려봤다. 왜 아버지는 오스트리아의 세미나에 참석하는 국립대 교수가 아닌가. 왜 아버지에게는 묵은 책 냄새가 풍기는 서재가 없는가. 누구보다 훤칠하게 잘생기고 양복도 잘 어울리며 중저음의 부드러운 음색까지 갖춘 저 남자는 왜 국립대 강의실로 출근하지 않고 저렇게 파자마 차림으로 텔레비전만 보고 있는가. 왜 새 학년이 시작될 때마다 부모님 직업란에 '무직'이라는 참담한 두글자를 써넣게 하면서 저토록 태평한 얼굴로 북어 조각이나 씹어대고 있는가.

　일가친척 많이있고 부귀영화 높았어도
　죽는길엔 누구하나 힘이되지 못한다네

　그날도 셋째는 아이를 유치원에 보내고 한의원에 가는 것으로 하루 일과를 시작했다. 오른쪽 어깨부터 시작된 통증은 등허리를 지나 어느새 골반 위쪽까지 당도해 있었다. 한의사는 아무래도 평소의 자세와 관계가 있을 거라고 했다. 찜질기와 부항을 비롯한 다양한 물리치료기가 셋째의 몸을 어루만졌다. 오직 감정 없는 그것들만이 온 힘을 다해 그녀를 위로했다. 고슴도치처럼 몸 오른쪽에 가느다란 은색 침을 잔뜩 박아놓고 까무룩 잠에 빠져들었을 때 머리맡의 핸드폰이 울렸다. 첫째였다. 자매는 살갑게 통화를 하는 사이가 아니었다. 만나면 금세 허물없이 수다를 떨 정도로 친밀했지만, 별 용건도 없이 전화를 거는 일은 없었다. 이 시간에 첫째가 전화를 걸어왔다는 사실 하나만으로 셋째는 불길함을 느꼈다. 등에 꽂힌 은색 침이 지르르 울렸다. 전화를 받자 첫째가 잔뜩 억눌린 소리를 냈다. 예감은 틀리지 않았다. 아버지는 겨우내 입원과 퇴원을 반복하고 있었다. 왜 그래? 왜 그러는데? 셋째는 공연히 윽박을 지르는 것으로 자신의 두려움을 짓눌렀다. 어서 말하라고 다그치면서 사실은 무서운 말일랑 한마디도 하지 말라는 협박. 조용했던 치료실이 술렁였고 간호사가 달려왔다. 셋째는 조그만 핸드폰을 꼭 붙들고 마구 소리를 질러댔다. 어서 말해! 울지 말고! 오히려 겁에 질린 건 간호사였다. 간호사가 서둘러 셋째의 등허리에 박힌 자잘한 은색 침을 뽑아냈다. 정신없이 옷을 꿰어 입고 치료비를 던지듯이 치르고 주차장으로 달려가는 동안에도 셋째는 울지 않았다. 당장 가서 큰언니를 혼내주겠다는 듯 단호하게 굳은 표정으로 병원까지 차를 몰았다. 나중에 장례식장에서 상복으로 갈아입을 때에야 여태 어깻죽지에 박혀 있던 은색 침을 발견했다. 흰색 셔츠에 동그랗게 핏자국이 나 있었다.

　　이세상에 처음올때 영가님은 누구셨고
　　사바일생 마치시고 가시는이 누구신가

　　생각해보면 우리 오늘 완전 쇼한 거야. 아버지가 언제 절에 다니는 거 봤냐? 첫째는 맥주 세캔을 모두 마셔버리고 얼굴이 벌겋게 달아올랐다. 이어서 자세가 점점 흐트러지더니 아예 둘째의 가방을 베고 드러누웠다. 절에 다닌 건 자매의 어머니였다. 어머니는 자식들 생일이 다가오면 반드시 절에 가 축원등을 달았다. 너희가 별 탈 없이 살아온 것은 모두 부처님 덕분이다. 어머니는 버릇처럼 말했다. 자매는 어둔 길에 들어섰다고 느낄 때마다 저 멀리 어머니가 켜둔 오색등이 가느다란 빛을 발하며 자신들을 이끌어줄 거라고 믿고 싶었다. 셋 다 종교가 없었지만, 누군가 자신을 걱정해주고 지켜준다는 생각은 꽤 든든하게 느껴졌다. 그러니 아버지의 사십구재를 치르는 것도 당연했다. 발인과 삼우제까지 마치고 자매는 어머니가 평소 다니던 절에 연락했다. 비구니 노스님이 상좌 하나 데리고 근근이 꾸려가는 변두리의 작은 절이었다. 노스님은 한참 만에 어머니를 기억해냈고 아버지 소식을 듣자마자 자동으로 나무아미타불 관세음보살 하며 탄식했다. 그러곤 같은 입으로 스스럼없이 사십구재 비용을 말했다.

　몸뚱이를 가진자는 그림자가 따르듯이
　일생동안 살다보면 죄없다고 말못하리

　바람이 수양벚나무를 흔들자 꽃잎이 후드득 떨어졌다. 자매는 영화에서나 봤을 법한 장면을 눈앞에 두고 잠시 현실감각을 잃었다. 아름답구나. 봄이 말했다. 곧 사라질 아름다움이지. 여름이 대꾸했다. 두 언니는 가을의 대답을 기다리며 그쪽으로 고개를 돌렸다. 그러나 셋째의 입에서는 전혀 뜻밖의 말이 튀어나왔다. 본인조차 깜짝 놀랄 정도로.

—

　겨울이는 잘 살고 있을까?
　첫째와 둘째의 눈이 휘둥그레졌다. 얼토당토않은 말을

들었다는 듯. 불경한 말이 쏟아졌다는 듯. 자매는 겨울이라는 이름이 입 밖으로 나온 순간 지난겨울 끝자락부터 오늘까지 사십구일 동안 차곡차곡 쌓아왔던 애도의 마음이 와르르 무너져버리는 환상을 보았다.

뭔 소리야? 첫째는 일단 얼버무렸다. 어떤 겨울이? 둘째는 눙쳐보려 했다.

자매가 서로를 봄 여름 가을이라고 부르기 시작했을 때 이들은 얼마 지나지 않아 한 계절이 빠져 기우뚱한 상태임을 깨달았다. 아버지의 소원대로 어머니가 넷째 동생을 낳아주었더라면 어땠을까 상상해보기도 했다. 사계절이 부드럽게 순환하려면 겨울이 필요했다. 자매는 늘 짝을 맞춰줄 겨울을 찾아냈다. 크리스마스 선물로 받은 인형이 겨울이가 되기도 했고 아버지가 어디서 얻어 온 강아지가 한동안 겨울이로 불리기도 했다. 어머니가 아끼는 마당의 모란꽃이 피면 겨울아, 인사했고 태풍이 불 때마다 덜컹거리며 저절로 열리곤 했던 문짝을 향해서도 겨울아, 했다. 어머니가 봄에게 심부름을 시키면 봄은 여름에게, 여름은 가을에게 떠넘기고, 가을은 곁에 있는 아무것에게나 겨울아 네가 하렴 하고 떠넘기다 다 같이 까르르 웃는 게 한동안 유행이었다. 겨울은 만만한 막냇동생, 농담거리, 휴지통, 믿고 비빌 언덕 같은 존재였다.

아버지가 데려온 아이는 셋째보다도 한참 어렸다. 사내아이였다. 얼굴만은 둘째를 쏙 빼닮았었다. 아버지가 겸연쩍은 얼굴로 소개한 아이의 이름에는 겨울 동(冬) 자가 들어가 있었다. 자매는 딱딱하게 얼어붙어버렸다. 안 그래도 시름시름 말라가던 어머니는 아예 자리에 누워 일어나지 못했다. 아버지는 손수 약을 달여 어머니에게 바쳤다. 딸들은 한동안 아버지와 말을 섞지 않았다. 눈도 잘 마주치지 않았다. 그러나 사내아이는 집안 곳곳에서 마주치게 되었다. 온 집 안에 사내아이를 뿌려놓은 것처럼 피할 도리가 없었다. 비겁한 아버지는 어머니를 극진히 보살피면서 자기가 데려온 사내아이는 모른 척 굴었다. 사내아이는 금세 입 주변이나 셔츠 앞자락을 더럽혔다. 자매는 각자의 방식으로 사내아이를 돌봤다.

겨울이 자매의 집에 머물다 간 시간은 정확히 얼마였을까? 겨울이 사라진 뒤로 자매는 한번도 그 존재를 입에 올린 적이 없었다. 살면서 한번쯤은 문득 조그만 머리통이랄지 말랑한 볼 같은 것을 떠올린 적이 있겠지만, 그때마다 화들짝 놀라며 잡초 뽑듯이 기억을 털어내버렸다. 자매는 각자 어른의 삶을 살기 시작하면서 겨울에 관한 기억은 고향집 다락방에 처박아두고 왔다고 생각했다. 그래서 더는 떠올릴 일이 없는 기억이라고. 아니, 거짓말이다. 자매는 각자 엉뚱한 시간과 장소에서 엉뚱한 사람을 통해 겨울을 만난 적이 적어도 한번은 있다.

첫째의 기억은 햇병아리 신임교사였던 이십여년 전으로 돌아간다. 당시 그녀는 남자고등학교에서 거칠고 무례한 남성호르몬 덩어리들과 싸우느라 늘 기진맥진했다. 남학생들은 그녀의 수업을 만만한 오락시간으로 여겼다. 그녀는 아이들이 수업을 듣지 않아도 좋으니 제발 시끄럽게 떠들지만 말기를, 방해가 된다는 옆반 선생님의 항의만 듣지 않기를 늘 기도하며 수업에 들어갔다. 소위 '문제아' 반에 수업이 있는 날이면 아침부터 위경련이 찾아올 정도였다. 그 반에는 유독 삐딱한 자세로 거친 농담을 던지는 아이가 있었다. 그날따라 아이의 농담이 지나쳤고 그녀는 급기야 참지 못하고 소리를 질렀다. 지휘봉을 위협적으로 휘두르며 그 아이를 앞으로 불러냈다. 험악한 말도 내뱉었다. 아이들은 이 햇병아리가 어떻게 하나 보자는 호기심 어린 얼굴로 일제히 집중했다. 아이는 좀 전까지의 기세등등한 표정은 간데없이 잔뜩 겁에 질려 있었다. 마치 핍박받는 무구한 아이라도 되는 양. 비겁한 자식. 분노가 한심함으로 바뀌었다. 손바닥 내밀어. 딱 열대만 때릴 생각이었다. 절도 있게, 박자를 맞춰가며, 권위적으로 열대를 가볍게 때리고 끝낼 생각이었다. 반장이 자리에서 일어났다. 선생님, 걔는 안 돼요. 그리고 앞으로 나와 교탁 한 귀퉁이에 붙은 작은 쪽지를 가리켰다. 특히 주의해서 살필 필요가 있는 학생의 명단이었다. 맨 위에 그 아이의 이름이 있고, 옆 괄호에 사유가 적혀 있었다. 혈우병. 고개를 들어보니 그 아이가 이제 알아들었느냐는 듯 입꼬리를 비틀어 올리며 씩 웃고 있었다. 그녀는 자기도 모르게 한발 앞으로 달려 나가 아이의 뺨을 후려쳤다. 아이의 몸이 휘청하며 흐트러지는 모습을 볼 때의 참담함과 오른팔에 타격의 감각이 전해질 때의 쾌감이 동시에 찾아왔다. 자세를 낮춰 이미 쓰러지고 있는 아이의 뺨을 한대 더 후려쳤다. 또 한대. 또 한대. 아이들이 비명을 질렀다. 피가 나요! 바닥에 쓰러진 아이가 양팔로 얼굴을 가리며 그녀를 올려다보았다. 희귀 질환을 앓는 가여운 아이, 행여 작은 상처라도 날까봐 체육시간에도 맘껏 뛰지 못하는 안쓰러운 아이가 거기 웅크리고 있었다. 누나, 잘못했어요. 겨울은 여전히 가위를 든 손으로 용서를 빌었다. 바닥에는 그녀가 며칠에 걸쳐 완성한 프랑스 자수 작품이 갈가리 잘려 있었다. 다음 날 검사를 받아야 하는 가사 숙제였다. 가위가 있기에 집어 들었고 천이 있기에 잘랐을 뿐 그녀를 골탕 먹이려고 일부러 한 짓은 절대 아니라는 순진무구한 눈망울이 그녀를 올려다보았다. 선생님, 잘못했

24

어요. 병원에 보내주세요. 아이는 입가의 피를 닦으며 울부짖었다. 누나, 잘못했어요. 겨울은 끝내 울지는 않았다. 겨울의 본심을 충분히 느낄 수 있으면서도 그녀는 분노했다. 밤새 숙제를 도와줄 건강한 어머니가 없다는 사실이 화가 났고, 다들 이 가엾은 아이를 용서해달라는 표정으로 자신을 바라보고 있다는 사실이 견딜 수 없었다. 겨울의 손에서 가위를 뺏어 들었고 부들부들 떨었고 심호흡을 한번 하고 나서 결단했다. 왼손으로 겨울의 머리카락을 한줌 움켜쥐고 오른손으로 두피 가까이 가윗날을 들이밀어 싹둑 잘라버렸다. 머리카락이 잘려 나갈 때의 독특한 감각이 오른손에 고스란히 전해졌다. 겨울의 바지 사이로 노란 물이 줄줄 새어 나왔다.

셋째도 난데없는 곳에서 겨울의 기억과 마주친 적이 있다. 그 무렵 그녀는 지독한 열병을 앓고 있었다. 인생의 어떤 터널을 통과하는 중이었는데, 모든 터널이 그렇듯 매캐하고 자욱했다. 걸핏하면 정신을 빠뜨리고 다녔고 방금 잃어버린 것과 전혀 다른 조각을 주워 오곤 했다. 남편이 유럽에 출장을 갔을 때였다. 여름밤이었다. 아이를 재워놓고 밤거리로 나갔다. 어디선가 술을 마셨고 어느샌가 처음 보는 남자와 잤다. 자신보다 한참 어린 남자애였다. 술집을 나와 비틀거리며 함께 택시를 탔는데 남자애는 모텔이나 호텔이 아니라 자기 집으로 그녀를 데려갔다. 비슷한 모양의 원룸 건물이 줄줄이 늘어선 낯선 동네였다. 남자애의 집은 정갈했다. 스칸디나비아풍 침대에서 두 사람은 천천히 몸을 더듬었다. 사실 둘은 술집에서도 택시 안에서도 많은 말을 나누지는 않았다. 어쩌다 합석했고 어쩌다 술을 마셨고 어쩌다 함께 택시를 탔을 뿐이었다. 서로 이름도 나이도 모르면서 두 사람은 오래된 연인처럼 편안하게 굴었다.

　동이 트기 직전 그녀는 눈을 떴다. 술이 말짱하게 깨자 아이가 벌써 일어나 울고 있지 않을까 덜컥 겁이 났다. 서둘러 옷을 꿰입었다. 남자애는 자고 있었다. 순간 남자애의 이름이나 연락처를 알고 싶다는 욕망에 시달렸지만, 그래서는 안 된다는 것도 잘 알았다. 어서 빨리 이 집을 빠져나가 따뜻한 우리 집으로 돌아가야 한다고 스스로 다그쳤다. 고작 하룻밤 사이에 사랑에 빠질 수 있다는 걸 더는 믿지 않는 나이였다. 현관으로 가 신발을 신는데 등 뒤로 남자애의 목소리가 들려왔다.

　누나.

　잠기운이 묻어나는 누나 소리에 그녀의 심장이 그대로 현관 바닥에 떨어지는 것만 같았다. 꽤 오래전의 목소리가 떠올랐다. 누나, 가지 마. 그 무렵 그녀는 겨울과 한방을 썼다. 하지만 밤이 깊어지면 몰래 두 언니가 자는 방으로 옮겨 갔다. 그날도 어김없이 베개를 들고 몰래 방을 빠져나가려는 그녀의 등 뒤로 잔뜩 겁에 질린 겨울의 목소리가 들려왔다. 누나, 가지 마. 나 무서워. 그녀는 베개를 떨어뜨릴 정도로 놀랐다. 어린 겨울이 그 시간까지 잠들지 않았다는 사실도 놀라웠고, 자신을 붙잡는 것도 놀라웠다. 그녀는 잠시 망설였다. 모른 척 언니들의 방으로 갈것인가, 그냥 이불 속으로 돌아갈 것인가. 언니들과 남동생 사이에서 한쪽을 선택해야 하는 결정적인 순간처럼 느껴졌다. 동전은 던져졌다. 그녀는 뒤를 돌아 어린 겨울 앞에 무릎을 꿇었다. 그리고 최대한 낮은 목소리로 명령했다. 눈 감아. 겨울은 어린 눈망울을 더 크게 떴다. 얼른 눈 감아. 안 그러면 이 집에서 쫓겨날 줄 알아. 겨울이 질끈 눈을 감았다. 찍소리라도 내면 가만두지 않을 거야. 그녀는 두꺼운 이불을 겨울의 머리 위로 끌어올렸다. 그것만으로도 안심이 안 되어 들고 있던 베개를 겨울의 얼굴 위에 올려두었다. 움직이지 마.

남자애가 침대 밖으로 나왔다. 얼굴은 푸석거렸고 눈도 제대로 못 떴다. 누나, 가게요? 그녀는 신발을 마저 신으며 고개를 끄덕였다. 잠깐만요. 남자애가 옷장에서 옷 한 벌을 꺼내 오더니 그녀에게 입혀주고 지퍼를 끝까지 채

우고 후드까지 씌워주었다. 새벽이라 쌀쌀해요. 그녀에게
터무니없이 큰 옷에서 섬유유연제 냄새가 풍겼다. 그럼
잘 가요, 누나. 그녀는 끝내 한마디도 하지 않고 그 집을
나섰다. 큰길까지 나와 택시를 잡아타고 행선지를 말하고
나서야 남자애가 그토록 다정하게 굴고도 그녀의 이름이
나 연락처를 묻고 싶어 망설인 적이 단 한순간도 없었다
는 것을 깨달았다. 옆구리에 칼이 들어오는 것 같은 통증
이 느껴졌다. 그것은 지독한 실연이었다. 오래전 어느 날
학교에서 돌아와 겨울의 흔적이 통째로 사라졌음을 발견
했을 때 느꼈던 감각과도 비슷했다. 그녀는 남자애가 입
혀준 후드 집업을 버리지 않았다.

　정신 차려. 둘째가 자리에서 벌떡 일어났다. 오늘이 무
슨 날이야? 둘째는 나무라는 눈빛으로 셋째를 노려보았
다. 옛 우물은 함부로 들여다봐서는 안 된다는 것을 그녀
는 누구보다 잘 알았다. 그녀라고 유난히 자신의 얼굴을
빼닮았던 사내아이를 떠올린 적이 없었겠는가. 지난겨울
아버지의 장례식장에서도 그녀는 조문객 중에 자신과 닮
은 남자가 숨어 있지는 않은지 골똘히 살폈더랬다. 검은
양복을 입은 사내아이가 피로한 얼굴로 조용히 찾아와 구
석에서 묵묵히 육개장을 입에 떠 넣는 모습을 줄곧 상상
했다. 그러느라 장례식 내내 맘 놓고 울지도 못했다. 오늘

사십구재를 지내는 동안에도 그녀는 자꾸만 다른 곳으로 엇나가는 자신의 생각과 씨름했다. 아버지가 자매의 아버지라는 이 세계의 자아를 버리고 영영 다른 곳으로 떠나는 마지막 날이니만큼, 그녀는 온전히 아버지에게 집중하는 게 도리라고 생각했다. 노스님의 독경과 목탁 소리, 젊은 스님의 바라 소리가 쟁쟁 울리는 동안에도 딴 곳으로 미끄러지려는 정신 줄을 안간힘으로 붙들었다. 임종의 순간 서서히 체온이 빠져나가던 그 야윈 팔이 유년의 그녀를 뒤에서 끌어안고 자전거를 몰던 든든한 팔뚝과 같은 것이었다는 사실을 잊지 않으려고 했다. 발원문이 하나도 중요하지 않으니 집착 말라 가르치는 그 육신이 사실은 그녀를 만든 시작이자 끝이었음을 아프게 새겼다. 마지막 숨을 토해내고 영원히 잠든 아버지의 육신은 무거웠다. 다시는 태어나지 마요. 그게 아버지에게 해줄 수 있는 가장 큰 사랑의 말이었다. 노스님이 준비해준 아버지의 종이옷을 태우면서, 봄의 대기로 하얀 재를 풀풀 날리면서 그녀는 오늘 자신의 유년을 영영 떠나보냈다. 더불어 어느 추운 겨울날 눈이 얼음장으로 꽁꽁 얼어붙은 골목길에 어린양 한마리를 놔두고 혼자 도망쳐버린 기억도 영영 하늘로 날려버렸다. 아버지, 내 죄까지 가져가고 다시는 태어나지 마요.

—

 산책로에 사람들이 점점 늘어났다. 큰 개를 끌고 가던 여자가 세 자매를 흘낏 바라보았다. 등산복 차림의 노인은 대놓고 혀를 찼다. 자매는 봄볕 아래 한껏 불콰한 얼굴로 돗자리 위에 거의 드러누워 있었다. 오후가 배처럼 출렁이며 서쪽을 향해 흘러갔다.

 저만치 떨어진 곳에서 사람들이 가던 길을 멈추고 개울 주변으로 모여들기 시작했다. 무리에 합류하는 사람들이 점점 많아졌다. 웅성거리는 소리도 들렸다. 셋째가 가장 먼저 일어났다. 사람들을 헤치고 개울물을 들여다보고 나온 셋째가 언니들에게 어서 오라고 손짓했다. 첫째는 기다렸다는 듯이 일어났고 둘째는 정말로 가기 싫은 내색을 하며 일어났다.

 가까이서 내려다본 개울물은 생각보다 얕았다. 봄 가뭄이었다. 처음에는 다들 뭘 그렇게 골똘히 보는 건지 눈에 들어오지 않았다. 옆에 선 빨간 등산복 차림의 중년 여자가 손가락질했다. 저기, 저기 꺼먼 거. 얕은 개울물 한가운데 몸통이 큰 물고기 한마리가 멈춰 있었다. 보통 개울에서는 보기 어려운 큼직한 관상용 잉어였다. 아니, 저게 왜 저기 있다냐? 조그만 푸들을 품에 안은 노파가 혀를 찼다.

근처 호수공원에서 키우던 게 여까지 내려온 게지. 다른 노파가 아는 척했다. 죽은 거 아녀? 아냐, 지느러미 움직이잖아. 그래도 곧 죽겠지. 등이 말라 죽겠어. 노파의 말처럼 물고기의 등은 얕은 물 위로 노출되어 있었다. 몸 아래쪽의 아가미로 겨우 물을 빨아들이며 숨을 쉬는 것 같았다. 아유, 딱하다. 푸들을 안은 노파는 연방 혀를 차며 누가 좀 어떻게 해보라는 듯 주위를 둘러보았다. 물고기는 시원스럽게 앞으로 헤엄쳐나가지도 못하고 물살을 거슬러 오르지도 못하는 게 덫에 빠진 짐승 같았다. 빨간 등산복 차림의 여자가 갑자기 헛둘헛둘 구보를 시작하자 다른 사람들도 하나둘 흩어졌다. 결국, 자매와 푸들을 안은 노파만 남았다. 몸통보다 터무니없이 작고 여려 보이는 가슴지느러미가 물속에서 부지런히 파닥거렸다.

셋째가 구두를 벗더니 비탈길을 내려가 개울로 들어갔다. 첫째와 둘째가 말릴 틈도 없었다. 셋째는 물고기가 있는 개울 한가운데를 향해 허우적거리며 걸었다. 야, 조심해. 첫째가 말했다. 셋째가 가까이 가자 물고기의 크기가 실감 났다. 물고기는 생각보다 컸고 색깔까지 거무튀튀했다. 조금 전까지 딱하고 가엾어 보이던 게 셋째의 희고 가는 팔뚝과 비교하니 징그럽게 느껴졌다. 셋째는 잠시 망설이다 이내 마음을 먹은 듯 양손으로 물고기 몸통을 움켜잡았다. 그러나 물고기는 어느새 셋째의 손에서 벗어나 퍼덕거리며 공중제비를 넘더니 더 먼 쪽에 뚝 떨어졌다. 구경하던 사람들이 일제히 탄성을 질렀다. 물고기가 떨어진 자리는 물이 더 얕았고 큼직한 바위까지 있었다. 물고기는 아까와는 다르게 마구 몸을 퍼덕였다. 배가 자꾸 드러나 희뜩거렸고 아가미 덮개가 눈에 띄게 헐떡였다. 아이고, 저를 어째! 푸들 노파가 큰소리로 탄식했다. 어떻게 좀 해봐. 셋째는 물고기 쪽으로 몸을 움직였지만, 마구 몸을 뒤척이는 물고기의 기세에 주춤거렸다. 그러다 몸이 기우뚱하더니 그대로 물속에 엉덩방아를 찧었다. 이번에는 아무도 탄성을 지르지 않았다. 푸들을 안은 노파가 갑자기 자리를 떠났다. 셋째가 울음을 터뜨렸다. 지나가던 사람들이 이 광경을 보고 민망해하며 멈칫거렸지만, 아무도 셋째를 구하러 가지 않았다. 아유, 나도 몰라. 나도 모른단 말이야. 첫째가 서 있던 자리에 주저앉더니 어린애처럼 울기 시작했다. 둘째는 난감한 얼굴로 바로 옆의 언니와 물속에 주저앉은 동생을 번갈아 보았다. 구경하는 사람은 많았지만 걸음을 멈추는 사람은 없었다. 아, 그만들 해. 창피하게. 둘째가 신경질을 부렸다. 아, 씨발. 내가 다 잘못했으니까, 그만들 좀 하라고!

셋째의 몸에서 비린내가 났다. 첫째가 자동차 트렁크에 싣고 다니는 학교 체육복으로 갈아입었는데도 비린내는 가시지 않았다. 맥주를 한캔만 마신 둘째가 운전대를 잡기로 했다. 맥주를 가장 많이 마신 첫째는 조수석 의자를 끝까지 젖히고 누웠다. 뒷자리에 혼자 앉은 셋째는 물티슈로 벗어버린 옷에 묻은 물이끼를 닦아냈다. 그늘 없는 야외 주차장이라 차 안은 금세 찜통이 되었다. 자매는 갑자기 만사가 귀찮아져버렸다.

시동을 켜고 내비게이션을 여기저기 눌러보던 둘째가 옆에서 눈을 감고 있는 첫째를 흔들었다. 내비 좀 찍어봐. 첫째가 귀찮아 죽겠다는 얼굴로 윗몸을 일으키더니 신경질적으로 내비게이션을 조작했다. 조금만 참아. 아직 할 일이 남았잖아. 뒷자리의 셋째가 짐짓 어른스럽게 말했다. 지랄. 첫째가 퉁을 쳤다. 그래, 아직 오늘의 할 일이 하나 남았지. 둘째는 이 말을 입 밖으로 내지는 않았다. 자신답지 않게 오늘은 너무 말을 많이 했다는 생각이 들었다. 스피커에서 음성이 들려왔다. 에벤에셀 요양병원, 안내를 시작합니다. 자동차가 비틀거리며 주차장을 빠져나갔다.

아 무 도 없 는 집

몸이 열리나보다. 반듯이 누운 몸 위로 차가운 메스가 Y 자를 그리며 움직인다. 통증 없이 싸한 느낌만 드는 걸 보면 아마도 카데바가 된 모양이라고 넝은 짐작한다. 평생 시체나 주무르며 살 거냐는 어머니의 힐난이 저주가 된 걸까. 몇년 전 캠페인 차원에서 신문기자들을 불러놓고 동료 교수들과 시신기증 서약서를 쓰고 사진을 찍던 기억도 떠오른다. 이제 넝의 몸에는 양쪽 어깨에서 시작해 복장뼈까지 비스듬히 내려왔다가 복부를 따라 치골까지 수직으로 곧장 내리긋는 칼자국이 생겼겠지. 곧 어떤 손이 Y자의 줄기 부분을 비집고 들어가 넝의 몸을 열어젖힐 것이다. 마흔을 넘기면서 뱃살이 두둑해졌으니 그 손은 누렇게 끈적거리는 지방질을 처리하느라 곤혹스러울지도 모르겠다. 이 와중에 넝은 조금 고소한 기분이 든다. 해부학 교수로 일하는 동안 얼마나 많은 카데바가 넝의 손을 거쳐 갔던가. 메스 쥔 손에 자꾸만 엉겨 붙는 미끄러운 지방질은 해부학 실습에서 가장 곤혹스러운 존재 중 하나였다. 가끔은 아이고 어르신, 뱃살 관리 좀 하지 그러셨어요, 시신을 향해 농 아닌 농을 던지기도 했더랬다. 지금쯤 손의 주인도 녕의 누런 지방질을 향해 똑같은 농을 던지고 있지 않을까? 아이고, 교수님, 너나 잘하지 그러셨어요.

눈은 떠지지 않는데 몸의 감각만 오롯해진다. 그런데 어느새 죽어 카데바가 된 걸까. 명색이 의대 교수에 의사 면허까지 있는 과학자인데 이렇게 사후세계를 또렷이 경험해도 되는 건가. 늘 유물론자에 합리주의자를 자처했기에 왠지 겸연쩍다. 얼굴이 슬며시 달아오르는 게 느껴진다. 그런데 카데바도 얼굴이 달아오르나? 포르말린에 푹 절여진 단백질 덩어리가? 생각이 여기까지 미치자 순간적으로 후각이 되살아나며 알싸한 냄새가 훅 끼쳐온다. 아는 냄새다. 녕은 뇌 주름마다 저장된 온갖 냄새의 기억을 재빨리 훑어본다. 화한 휘발성의 이 느낌은, 멘톨. 누군가 멘소래담 로션을 쓰고 있다. 후각이 살아나며 촉각마저 돌아온다. 어떤 손이 녕의 몸을 '주무르고' 있다. 어깨부터 시작해 가슴을 지나 치골까지 이어지는 야무진 손길. 근육 갈피를 정확히 짚어내며 녕의 몸을 매만지고 있다. 사람의 몸을 속속들이 아는 손이다. 순간 현실감각이

쏴아아아 밀려오며 자잘한 기억의 포말을 들씌운다. 따끔하게 녕의 피하를 뚫고 들어오던 날카로운 주삿바늘. 작은 유리병에 담겨 있던 젖빛 액체. 낯선 방으로 녕의 등을 떠밀던 K. 카데바가 된 게 아니구나, 생각하는 순간 비로소 눈이 떠진다. 수증기가 자욱한 공간의 천장에 별 가루를 뿌려놓은 듯 자잘한 전등이 박혀 있다. 수면마취에서 깨어나 처음 목도하는 풍경이 조악하게 흉내 낸 밤하늘이라니, K의 미적 감각에 박수를 쳐주고 싶다. 여기 누워 죽음 같은 잠에 빠졌다가 눈을 뜬 사람들은 저 모조 밤하늘을 보고 드디어 천상에 왔구나, 감격할까. 시꺼먼 저승사자를 그려놓는 것보다는 나을 것이다. 걸핏하면 죽고 싶지만 정작 죽을 용기는 없어 깨어날 보장을 하고 죽음의 흉내를 내는 사람들이 K의 은밀한 고객들일 테니. 그런데 녕은 이렇게 깨어나버린 게, 왠지 서운하다.

천장 아래로 여자의 얼굴이 눈에 들어온다. 아까 녕의 팔뚝에 수면마취제를 주사하던 그 여자인지 확신이 서지 않는다. 어쨌든 여자는 열심히 녕의 몸을 주무른다. 그 카데바 냄새부터 좀 씻어라. K는 가엾은 동생 대하듯 녕을 이곳으로 밀어 넣었다. 해부실에서 살다보면 특유의 냄새가 몸에 밴다. 부패를 막으려고 넓적다리와 목 뒤쪽 혈관을 통해 시신의 온몸에 채우는 포르말린과 그럼에도 어쩔 수 없이 진행되는 부패의 기운이 뒤엉켜 만들어내는 독특한 냄새. 그 어떤 것과 싸워도 이겨낼 지독한 냄새가 옷이며 머리카락 사이에 끈끈하게 붙어 떨어지지 않는다. 해부학자가 된 후로 녕은 그 냄새에 익숙해졌지만 처음 만난 사람들은, 특히 녕의 직업을 모르는 사람들은 형용하기 어려운 그 냄새에 당황했다. 악수를 청하며 손을 내밀었다가 냄새의 습격에 놀라 마구 흔들리는 그 눈빛들. 아내의 진통이 시작되었을 때에도 녕은 집에 들러 샴푸질과 비누칠을 두번이나 하고 병원에 가 아기의 탯줄을 끊었다. 아기를 집에 데려온 첫날 장모는 퇴근하는 녕의 몸에 굵은 소금을 뿌렸다. 자식 위한 일이니 이해하게. 영 찜찜해서 말이야.

K에게 등을 떠밀려 들어온 곳은 작지만 고급스러운 사우나의 형태를 하고 있었다. 피부과 한쪽에 이런 밀실이 숨어 있다니, 녕은 K의 수완에 내심 놀랐다. 의대 시절 성적은 바닥이었던 K가 동창 중 가장 돈을 잘 벌게 된 것도 이러한 감각 때문이리라. 일단 샤워부스에서 머리를 감고 나와 웬 꽃잎이 둥둥 떠 있는 욕조에 몸을 담그고 있으니 유니폼을 입은 여자가 들어왔다. 여자는 욕조에서 나온 녕의 젖은 몸에 가운을 입혀주고 침대로 안내했다. 녕은 이런 시중에 익숙한 듯 짐짓 여유를 부렸다. 침대는 푹신

하고 공기는 적당히 안온했다. 여자가 젖빛 액체가 든 유리병에 주삿바늘을 꽂고 주사기를 채웠다. K 녀석, 이런 걸로도 돈을 벌어왔구나, 피싯 웃음이 터졌다. 한숨 주무시고 가실게요. 여자가 복화술처럼 입도 거의 벌리지 않고 말했다. 순간 여자와 눈이 마주쳤고 순식간에 잠에 들었다.

수면마취제를 놓아주었던 여자와 같은 여자인지 모르겠는 여자가 녕의 뒷목을 주무른다. 단단히 뭉쳐 늘 화를 내는 녕의 뒷목을. 녕의 근육을 화로 다져놓는 것들은 많았다. 카데바 앞에서 킬킬거리며 셀카를 찍어대는 어린 학생들, 해부학 실습이 시작된 지 한두달이 넘도록 새로운 장기를 만날 때마다 매번 토악질하며 해부실을 뛰쳐나가는 습자지 같은 정신머리들, 사흘에 한번꼴로 전화를 걸어 온몸의 통증을 호소하는 장모까지. 카데바를 향해 예의를 지키지 않는 학생들은 단호하게 낙제점을 주었고, 약해빠진 정신머리를 착한 심성으로 착각하는 무지렁이들에게는 일부러 두개골 톱질과 근막 제거 같은 가장 어려운 일을 맡기는 것으로 보답했다. 걸핏하면 우는소리를 해대는 장모에게는 침묵으로 벌을 주었다. 당신 딸도 어떻게 못하면서 감히 나에게. 어쩌면 녕의 화는 닿을 수 없는 곳을 향해 있어서 뒷목에 차곡차곡 쌓이고 있는지도 몰랐다.

뒷목을 주무르던 여자의 손길이 어깨를 거쳐 가슴으로 올라온다. 이제 마사지와 애무의 경계가 흐려진다. 어디로 간단 말도 없이 나라 밖을 돌아다니는 아내를 향해 분노가 솟구칠 때면 녕의 근육은 이음매 없이 한덩어리로 똘똘 뭉친 듯 도무지 풀어지지가 않았다. 평생 해본 적 없는 욕도 튀어나왔다. 그 도저했던 여자는 어디로 가버렸을까? 어떻게, 사랑해드려요? 여자의 물음이 녕을 현실로 잡아끈다. 녕이 거친 손길로 여자의 손목을 잡아챈다. 생각보다 가느다란 손목이다. 여자가 흠칫 놀란다. 조금만 더 자겠습니다. 녕의 입에서 뜻밖의 말이 튀어나온다. 수면마취제 없이 한번 더 깊은 잠에 빠지고 싶다. 녕이 여자의 손을 놓아준다. 여자가 몰래 안도하는 기색이 고스란히 전해온다. 사랑 같은 건 필요 없다고 녕은 생각한다. 눈을 감는다. 녕의 근육은 마사지나 사랑 같은 걸로 쉽게 풀릴 것 같지 않다.

—

여자의 몸이 열린다. 선 채로 힘을 주던 여자의 아랫도리로 주르륵 따스한 물이 쏟아져 내린다. 무릎을 꿇은 채 여자의 아랫도리 쪽을 살피던 규의 얼굴에 핏물 섞인 양수가 쏟아진다. 규는 수술용 장갑을 낀 손으로 무심히 쓱 얼굴을 훔친다. 이곳은 선 채로 아기를 낳는 여자나 양수를 뒤집어쓰는 의사의 모습이 전혀 특별하지 않은 곳이므로. 규는 큰 소리로 네모를 불러 급히 임시 침상을 마련해달라고 부탁한다. 사바나 한가운데 설치한 임시진료소에서 목숨이 위태로운 순으로 부족한 침상을 배치하다보면 임산부가 맨바닥에 누워 혹은 계단 옆에 서서 몸을 푸는 일은 흔했다. 아이를 낳는 일은 고통 축에 끼지도 못했다. 여자는 무사히 출산에 성공했고 규의 손으로 탯줄을 끊은 사내 아기는 매끄러운 양막에 쌓여 가느다란 울음을 토해낸다. 깨끗이 씻긴 아기를 안겨주자 열여덟살 산모는 새하얀 잇바디를 드러내며 활짝 웃는다. 교전이 30킬로미터 밖까지 바짝 다가와 언제고 폭격에 목숨을 잃을 수 있는 이 마당에도 엄마가 되는 건 좋은 일인가, 규는 생각한다. 용케 폭격을 피하더라도 언제 굶어 죽거나 전염병에 목숨을 잃을지 알 수 없는 이 불안한 시공간에서 어린 생명을 어찌 감당하려고. 규는 어린 엄마의 만용이 차라리 부럽다. 저 어린 여자는 엄마가 된다는 게 뭔지 알고나 있을까? 순간 얼굴이 달아오른다. 네가 그러고도 엄마냐? 먼 곳의 폭음처럼 남편의 악다구니가 들려왔던 것이다. 저

무구한 여자를 질투하고 있었음을 규는 인정해야 했다. 무슨 자격으로 저 가엾은 여자를. 자격은 규를 가장 고통스럽게 하는 단어였다.

어제는 중년 여인이 잔뜩 배가 불러서 진료소를 찾아왔다. 여인이 가파르게 쏟아내는 호소의 말을 네모가 옮겨주었다. 배가 불러온 지 한참이 지났는데 아기가 나올 생각을 하지 않는다고, 움직임도 느껴지지 않는다고 했다. 계류유산인가 싶어 초음파로 살펴보았더니 여인의 배 속에 든 건 아기가 아니라 단단히 뭉친 종양이었다. 여인을 설득해 곧장 수술에 들어갔고 당장 학회에 보고해도 될 만큼 커다란 종양을 떼어냈다. 그대로 놔뒀다면 종양은 자라고 자라 여인의 목숨까지 집어삼켰으리라. 문제는 여인이 마취에서 깨어난 후에 일어났다. 정신을 차리자마자 아기를 찾던 여인은 의료진이 보여준 종양을 보고 울며불며 규를 향해 알아듣기 어려운 말을 퍼부었다. 분노와 원망의 말임은 분명했다. 겨우 목숨을 구한 것이었는데 여인은 기뻐하기는커녕 배 속의 것이 아기가 아니었다는 사실에 절규했다. 여인의 원망을 네모는 통역해주지 않았다. 규도 따로 통역을 부탁하지 않았다. 모기를 피하려고 뺨에 발라놓은 재가 여인의 눈물에 검게 녹아내리고 있었다. 여인의 검은 눈물 앞에서 규는 차라리 마음이 놓였다. 이곳에서 더 참기 어려운 쪽은 웃음이니까. 소형 비행기에 급히 실려온 예닐곱살 어린아이는 폭격에 손목 절단수술을 받고도 반대편 손으로 규가 내민 막대 사탕을 받으며 배시시 웃었다. 그 천진한 웃음을 눈앞에 둔 규에게 아이의 고통은 포르말린 용액에 담근 표본처럼 멀게만 느껴졌다. 어디에 눈길을 주어도 익명의 고통, 몰개성의 고통이 낭자하게 뱃속을 드러내고 있었다.

화기가 훅훅 끼치는 한낮의 더위가 가시면 까만 밤하늘에 잘게 부순 얼음 조각 같은 별이 흩뿌려진다. 막사 앞에 내놓은 테이블에 잠시 엉덩이를 붙이고 앉아 커피 한잔을 마시며 별을 쳐다보는 이 순간만은 코앞까지 다가왔다는 교전의 소문도, 진료 중 목숨을 잃은 부상자의 수도 잠시 머리 밖으로 물러난다.

닥터, 커피 한잔 줄 테야?

현지인 간호사 네모가 옆자리에 앉는다. 네모는 규가 한국에서 가져온 커피믹스를 퍽 좋아했다.

공짜는 곤란해.

양 한마리 줄게.

언제 줄 건데?

내전이 끝나면.

이 나라의 내전이 끝나면 규가 네모에게 받을 양이 스

물 세 마리. 규는 평화가 찾아온 이 나라에서 양을 치며 사는 자신의 모습을 잠깐 그려보았다. 눈앞이 흐릿해진다.

네모가 후루룩 면발 빨아올리는 소리를 내며 커피를 마신다. 네모와 함께하는 커피 타임은 규가 좋아하는 일과 중 하나였다. 이번 미션에 합류해 처음 네모를 만났을 때 그는 규의 눈으론 누가 누군지 구별이 잘 안 되는 이국의 청년일 뿐이었다. 네모라는 이름이 독특하다는 규의 말에 어렴풋이 짐작한 대답이 돌아왔다. 국적도 뭣도 거부한 채 노틸러스호를 타고 바닷속에서 살아가는 『해저 이만리』의 네모 선장. 네모는 그 무엇도 아닌 존재라는 뜻의 라틴어를 제 이름으로 삼았다. 나는 아무것도 아닙니다,라니. 수십년째 내전으로 곪아가는 이 나라의 네모는 무엇을 거부하고 싶어서 스스로 그런 이름을 지었을까? 하지만 규의 의문이 무색할 정도로 눈앞의 네모는 도무지 긴장이라는 걸 몰랐다. 그저 눈부시게 하얀 이를 드러내며 헤벌쭉 웃기만 하는 태평한 젊은이였다.

한국 사람은 결혼하려면 어떻게 해? 지참금 같은 게 있나?

그런 건 없지만, 예전에는 남자가 집을 마련하면 여자가 세간을 채웠어.

넌 빈손으로 와도 돼. 나는 양이 오백마리나 있어. 너한테 백마리는 줄 수 있어.

　지금 청혼하는 거야?

　응.

　규는 웃지 않는다. 네모의 청혼 타령은 캠프 안에서 이미 소문이 자자했으니까. 여자라면 의사건 간호사건 코디네이터건 가리지 않고 양 백마리를 걸고 수작을 걸었다. 네모의 말을 진지하게 받아들이는 사람은 아무도 없었다. 누구는 오백마리를 다 주면 생각해보겠다고 했고 누구는 양 말고 낙타로 달라 요구하기도 했다. 어차피 내일의 불안을 이겨내기 위한 심심풀이, 합의의 농담이었으니까.

　규는 네모가 농담을 건넬 때마다 집에 두고 온 것들을 생각했다. 끊임없이 몰려오는 환자며 부상자를 상대하다 보면 자신에게 돌아갈 집이 있었던가, 까맣게 잊곤 했다. 고향은 현실에서 잠시 초점을 뗄 때 겨우 느껴지는 존재인데, 이곳의 현실은 잠시의 방심도 허락되지 않게 준엄했다. 네모가 양을 걸고 결혼 이야기를 꺼낼 때에야 비로소 규는 아프리카에 가서 체체파리에 물리면 안 된다고 자못 진지하게 당부했던 오래전 아이의 말간 눈망울을 떠올리곤 했다.

　삼개월간의 일정을 위해 다시 짐을 쌌을 때 어머니는 규가 보는 앞에서 눈꺼풀부터 파르르 떨었더랬다. 칠순이 훌쩍 넘은 노인네가 볼살이고 눈꺼풀이고 떨리는 거야 지극히 당연한 순리라고 규는 생각했다. 어머니는 규에게 어느 귀퉁이에 붙었는지도 모를 땅덩어리 사람들을 위한 답시고 제 피와 살을 만들어준 병든 어미의 고통은 모른 척하는 천하의 싸가지라고 악담을 퍼부었다. 몸이 납덩어리를 매단 듯 천근만근이다, 눈밑이 칼바람에 속절없이 떨리는 문풍지처럼 파르르 떤다, 풀물을 뒤집어쓴 것처럼 눈앞이 뿌옇다, 어머니가 열거하는 고통은 가깝고도 구체적이었지만 규의 마음은 멀고 먼 추상의 고통을 향해 내달렸다. 그런 규를 향해 경멸의 표정을 감추지 않았던 남편과 달리 어머니는 온갖 악담을 퍼부으면서도 끝내 마지막 말만은 접어두었다. 규로선 언제고 들을 각오가 되어 있는 그 말. 그래서 간혹 이곳의 낭자한 고통이 마음을 짓눌러올 때면 규는 어머니가 차마 하지 못한 말을 스스로 읊조려보곤 했다. 제 자식 잡아먹은 년이, 무슨 염치로 남의 자식을 살리겠다고……

허리케인이 30킬로미터 앞까지 다가왔대.

허리케인은 교전지역을 뜻하는 캠프 안의 은어다. 한번 발생하면 이념도 이해관계도 상관없이 모든 것을 휩쓸어가버리는 돌풍. 아무리 허리케인이 캠프의 존재 이유라고 해도 허리케인의 직접적인 영향권 안에 들어가면 캠프 역시 휩쓸릴 위험이 있었다. 인간은 고통받기 위해 태어난 존재가 아니라는 신념 아래 세계 곳곳의 분쟁지역에 의료진을 파견해온 본부도 의료진의 안전 자체가 위협당하면 즉각 철수할 것을 권고했다. 규가 속한 단체는 상명하달식이 아닌 회원 사이의 적극적인 토론문화가 자리 잡은 곳이기에 허리케인이 가까워오면 곧 캠프 철수 여부를 둘러싼 회의가 열릴 것이다. 이 아드레날린 중독자들은 웬만한 모험에는 눈 하나 꿈쩍 않는 배포를 자랑했지만, 의료진과 입원 환자, 고가의 장비가 집중적으로 모여 있는 캠프가 직접적인 공격대상이 되기를 바라는 사람은 아무도 없었다.

30킬로미터라. 그건 가까운 건가, 먼 건가?

철수를 원하는 사람에겐 가깝지만 남고 싶은 사람에겐 멀지.

네모, 넌?

넌 내가 왜 여기 와 있다고 생각해? 양 오백마리를 놔두고.

규는 까닭 없이 진지해진 네모의 새하얀 눈자위를 쳐다본다. 양털을 깎고 양젖을 짜는 네모의 순한 어깨가 얼핏 보인 것도 같다. 그을린 얼굴로 양 백마리를 치며 사는 자신의 모습도 아른거린다. 산부인과 초음파실의 모니터에 비치는 태아들의 윤곽이 겹쳐 떠올랐다. 별처럼 반짝이는 그들의 심장. 튼튼이, 개똥이, 은총이 같은 태명으로 불리는 태아들이 규의 눈에는 몰개성의 추상체에 불과했다. 자기야, 우리 장군이 심장 소리 좀 들어봐. 웅장웅장웅장, 이렇지 않아? 장군감 맞나봐. 앳된 임부가 옆에 선 남편의 손을 꼭 쥐고 달뜬 목소리로 말했을 때 정작 규의 귀에는 그 소리가 총성총성총성으로 들렸다. 부부가 뿜어내는 행복의 아우라가 규의 목을 조르는 것 같아 자기도 모르게 밭은기침을 했다. 임부가 반사적으로 코와 입을 막았다. 갈수록 타인의 행복을 견딜 수가 없었다. 규는 거칠게 도리질을 친다. 남의 행복을 구경하기 싫어 고통의 땅으로 도망쳐 온 주제에, 양을 치며 사는 순한 나날을 탐하다니. 무슨 자격으로. 혀끝에 들러붙은 커피의 단맛이 역하다.

네 양은 지금 누가 돌보니?

어머니.

넌 나쁜 아들이구나.

네모가 피싯 웃었다.

네 양은 누가 돌봐?

난 돌볼 양이 없어.

그러니까 내게 와!

무른 복숭아같이 말랑하던 아이의 볼이 떠오른다. 네모가 뜻 모를 노래를 읊조린다. 영어도 프랑스어도 아닌 낯선 이국의 말이다. 어디서부터 잘못되었을까. 네모의 노래가 뚝 끊긴다. 먼 곳에서 희미한 포성이 들려온다. 고통이 포르말린 냄새를 풍기며 다가오고 있다.

—

니들이 엄마 배 속에 있을 때 여기 구멍이 있었다.

녕의 말에 학생들이 일제히 고개를 든다. 녕의 손에는 칠십대 남성에게서 적출해낸 심장이 들려 있다.

태아 시절 혈액은 오른심방에서 허파로 가는 게 아니라 이 구멍을 통해서 바로 왼심방으로 들어간다. 태아는 아직 숨을 쉬지 않는데도 산소를 풍부히 공급받는다. 왜지?

학생 하나가 어머니 혈액에서 산소를 끌어오기 때문입니다,라고 큰 소리로 대답한다.

맞다. 그런데 태아가 세상 빛을 보고 첫 숨을 들이켜면 자기 허파를 사용하게 되므로 이 구멍은 필요 없게 되겠지. 그럼 어떻게 될까?

그럼, 막힙니까?

한 학생이 질문에 질문으로 응답한다.

첫 숨과 동시에 혈액은 곧바로 허파로 들어가고 몇시간 안에 구멍은 닫히기 시작한다. 찰나의 순간 몸의 순환계통에 혁명이 일어나지. 구멍이 막히면서 지문처럼 사람마다 다른 흔적을 남긴다. 자, 각자 카데바의 심장에서 그 흔적을 찾아본다.

학생들이 분주히 움직이기 시작한다. 몇달 동안 카데바 하나를 둘러싸고 씨름을 하듯 해부에 몰입하다가 가끔 이런 순간을 맞이하면 학생들은 제 생명의 기원이라도 찾으려는 듯 낭만적인 감상에 빠지곤 한다. 선생으로선 나쁘지 않은 순간이다. 녕이 사사한 해부학 노교수는 자신을 고고학자에 빗대기도 했다. 삽 대신 메스를 들고 인체 속에서 인류의 기원을 발굴하는 고고학자. 녕은 그런 교수의 대책 없는 낭만주의에 코웃음을 쳤더랬다. 지금도 그 마음은 크게 변하지 않았지만, 가끔 노교수에게 주워들은 풍월을 읊어주면 서늘한 해부실에 잠시 안온한 공기가 일렁이기도 했다. 재빠른 학생 하나가 오른심방과 왼심방 사이 구멍의 흔적을 찾아 녕에게 보여준다. 타원오목. 채 굳지 않은 붉은 점토 위에 누군가 무심하게 엄지를 살짝 눌렀다가 뗀 것 같은 까끌까끌한 지문. 몸이 간직한 먼 과거의 기억. 폐기의 흉터.

자네 심장에도 이런 흔적이 있다고 생각하면, 기분이

어떤가?

학생은 그저 어깨를 으쓱해 보일 뿐 별말이 없다. 녕도 한때는 저런 표정을 지었으리라. 규는 달랐다. 해부학 실습에서 규는 가장 질문이 많은 학생이었다. 이자는 왜 하필 그런 작용을 하는 겁니까? 여기 관절은 왜 이런 식으로 연결되어 있는 거죠? 귀밑샘은 왜 여기에 위치할까요? 당돌하게 느껴질 법한 규의 질문 공세를 노교수는 성심껏 받아주었다. 노교수의 눈에 고고학과 등치된 학문으로서 해부학을 가장 잘 이해하는 제자가 규였을 것이다. 지금보다 카데바를 구하기가 어려웠던 당시 규는 여덟명이나 되는 조원들을 따돌리다시피 하고 혼자서 카데바 속으로 들어갈 듯 전투적인 자세를 보였다. 계집애가 그악스럽다, 질린다, 규에 대한 뒷말도 은밀히 나돌았다.

녕도 카데바 앞에 서면 질문이 많아졌다. 포르말린에 푹 절여진 채 눈을 감고 반듯이 누운 카데바를 보면 해부학과 전혀 상관이 없는 질문들만 꼬리를 물고 떠올랐다. 이 남자는 평생 섹스를 몇번이나 해봤을까? 저 억센 손아귀로 사람을 죽여본 일이 있을까? 보통 시신의 개성을 확연히 드러내는 얼굴이나 손은 거즈를 덮어 가리지만, 녕은 실습 내내 카데바의 얼굴과 손에 주목했다. 악취미라고, 당시 녕의 애인이었던 규는 말했다. 카데바의 개성을 찾는 행위는 해부실의 무례라고. 그러나 녕은 일년간의 실습 내내 그 악취미를 버리지 못했다. 장기 흡연의 흔적이 진득하게 배어 있는 노인의 허파랄지 텅 비어 있던 중년 여성의 자궁 자리랄지, '남다른' 면을 발견할 때마다 녕은 속으로 환호했다. 밤에 녕의 하숙방에서 서투른 섹스를 나누던 어린 애인은 이런 녕의 고백에 '사람은 원래 누구나 다른 법이다'라며 제법 조숙하게 타이르기도 했다. 그러나 다른 조의 카데바 옆구리에서 희미한 닻 모양 문신이 발견되었을 때 조용히 녕을 끌고 가 그 흔적을 보여준 건 규였다. 악취미라도 선뜻 품어주고 싶었던, 사랑하던 시절이었다.

해부학 실습이 끝나던 날, 학과에서 조촐한 위령제를 준비했다. 자신들의 메스 끝에서 원래의 형체를 알아볼 수 없게 조각이 난 카데바를 향해 미안한 마음도 품어보고 생명이란 뭔가, 새삼스레 철학적이 되어보기도 하는 시간이었다. 정말로 몇몇 학생은 코를 훌쩍이며 눈물을 찍어 내기도 했다. 규는 예의 그 전투적인 눈빛으로 간소한 제사상을 노려보았고, 녕은 처음으로 해부학이 오히려 규보다 자신에게 썩 어울리는 학문이 아닐까 하는 생각을 품어보았다.

해부학은 '왜'라고 물어보는 학문이 아니다. 우린 원래 이렇게 생겨먹었다. '어떻게' 생겨먹었는지 이해하는 게 해부학이다. 그러니 자꾸 물어보지 말고 그냥 받아들여라. 알겠나?

애정을 담은 노교수의 눈길이 규에게 가닿았다. 규는 여전히 전투적인 눈빛을 풀지 않았다. 녕은 지금도 해부학 실습이 끝나면 어린 학생들에게 노교수의 그 말을 그대로 복기해 들려준다. 왜냐고 묻지 마라. 그냥 받아들여라. 왜 타원오목이 생기느냐고 묻지 마라. 왜 흉터가 생기느냐고 묻지 마라. 그건 상처에 대한 예의가 아니다.

녕과 규가 각자 해부학자와 대형 산부인과 페이닥터가 되고 결혼생활을 시작했을 때, 동기들은 인간의 탄생과 죽음을 관장하는 의학계의 알파와 오메가 커플이 탄생했다고 너스레를 떨었다. 녕은 그런 호들갑이 싫지 않았다. 결혼생활은 홀로 걷던 두 사람이 만나 새로운 우주를 만들어가는 것과 다름없다는 녕의 생각과 그럴싸하게 어울리는 별명이었다. 녕과 규의 우주는 반포의 열여덟평 아파트에서 시작되었고 균열은 전혀 예상치 못한 곳에서 일어났다.

말해봐. 피임 실패와 낙태 중 어떤 게 산부인과 의사에게 더 쪽팔리는 일일까?

화장실에 다녀온 규가 빨간 두 줄이 선명한 임신테스

트기를 녕의 눈앞에 흔들어 보이며 물었다.

아니면 어느 쪽이 덜 쪽팔릴까? 너라면 어떻게 할래? 응?

심각한 상황일수록 짓궂게 임하는 건 규의 오랜 버릇이었다. 상대방에게 절대로 진심을 보여줄 수 없다는 듯 한껏 무장한 저 위악의 얼굴. 녕은 그런 규 앞에서 제 자식이 생겼다는 사실을 맘껏 기뻐할 수도 당혹스러워할 수도 없었다. 상대를 꼼짝 못하게 구석으로 몰아넣고 최악과 차악 중 하나를 고르라며 마치 커다란 시혜를 베푸는 듯 구는 건 규의 악취미였다. 원은 그렇게 태어났다. 산부인과 의사에게 덜 쪽팔리는 선택의 결과물로.

우리에게 하나밖에 없는 귀한 선물이라는 뜻으로 지었어. 온리 원. 하나. 한자는 둥글 원 자야. 둥글게 우리를 하나로 묶어주는 우주. 녕의 수사가 듣기 싫다는 듯 회복실에 누운 규는 벽 쪽으로 고개를 돌려버렸다. 옆에 누운 원이 에에에에 가느다랗게 울었다. 지나치게 붉었던 원. 아기가 시뻘건 거 보니 살결이 하얀 아가씨가 되려나보네. 장모가 민망했는지 분위기를 띄워보려 애썼지만 규는 그대로 눈을 감고 잠들어버렸다. 제 새끼를 외면하는 건 산부인과 의사로서 안 쪽팔리냐? 이 소리가 목구멍 끝까지 치밀어 올랐지만, 녕은 쓴 물을 삼키듯 독한 말을 꾹꾹 눌러두었다. 적어도 그때는 규가 서운했어도 밉지는 않았으니까.

원의 알파와 오메가는 녕의 손을 거쳤다. 떨리는 손으로 원의 탯줄을 끊은 사람도 녕이었고, 생각보다 떨리지 않는 손으로 원의 마지막 모습을 갈무리한 사람도 녕이었다. 일년 전, 전화를 받고 병원으로 달려갔을 때 원은 머리통이 박살 난 채 침대에 누워 있었다. 까마득한 후배 의사가 원이 병원에 도착하기 전 이미 심정지 상태였다고 보고하며 어쩔 줄을 몰라 했다. 순간 십육년 전 에에에에 가느다랗게 울던 원의 붉은 얼굴이 겹쳐 보였다. 그런 원을 외면하던 규도 떠올랐다. 주체할 수 없게 부풀어 올라 내압을 높이던 감정이 옆에 있지도 않은 규를 향해 쏟아졌다. 천하에 나쁜 년! 제 머리를 스스로 박살 낸 건 원인데, 미칠 듯이 규가 미웠다. 원이 15층 옥상에서 제 몸을 던진 날도 규는 아프리카에 가 있었다. 녕은 외과에 부탁해 박살 난 원의 몸을 직접 꿰매고 붙였다. 의사회 한국지부와 국제본부를 거쳐 현지 캠프를 통해 겨우 연락이 닿은 규는 녕이 원의 시신을 '정리'하고 경찰조사를 받고 장례를 치른 다음에야 돌아왔다. 넋이 나가 있는 규를 이미 넋이 나가버린 녕이 해코지라도 할까봐 겁이 났는지 장모는 자꾸 두 사람 사이를 몸으로 막았다. 원의 몸을 꿰맬 때만 해도 한땀에 한번씩 규의 몸을 찌르고 베던 녕이었지만 막상 실물의 규를 봤을 때는 모든 전의를 잃어버린 후였다.

왜, 그랬대?

규가 겨우 힘을 쥐어짜 처음으로 입 밖에 낸 말이었다.

왜냐고 묻지 마. 나는 그런 거 모르니까.

그날 녕은 자기 안에서 한꺼번에 두개의 목숨이 빠져나가는 걸 느꼈다.

—

나무를 깎아 만든 남근은 생각보다 정교하고 매끄럽다. 천막 안에 마을 여자들을 모아놓고 나무 남근에 콘돔을 씌우고 벗기는 방법을 알려주는 게 규가 맡은 일이었다. 오래된 내전으로 신체적으로나 심리적으로 불안정한 현실 속에서 이곳 여성들은 잦은 임신과 출산, 혹은 유산으로 고통받고 있었다. 미숙아 출산율도 높았고 어렵게 태어난 아기들도 영양 상태가 좋지 못해 생존 가능성이 현저히 낮았다. 이들에게 콘돔은 생명을 지켜주는 수단이 될 수도 있었다. 그러나 규의 간절함이 느껴지지 않는지 여자들은 규가 처음 나무 남근을 꺼내 들 때부터 열여섯살 애들처럼 킥킥거리며 수줍어했다. 통역을 위해 네모가 나서자 남자에게 피임 수업을 듣기가 민망하다며 도망치는 여자도 여럿이었다. 규는 이들의 무구함이 불편했다. 곧 죽을 수도 있는데 왜 해맑은 얼굴로 웃는지, 이해할 수 없었다. 천진하다고 모든 게 용서되지는 않아요. 네모는 뾰족한 규의 말까지 일일이 통역해주지는 않았다. 분위기는 도무지 진지해지지 않았다. 기어이 규는 버럭 화를 냈다. 아무렇게나 낳고 죽이고 싶지 않으면 콘돔을 쓰라고!

간밤에 캠프에서 회의가 열렸다. 허리케인이 점점 가까워지고 있었다. 캠프를 철수할 것인가를 두고 찬반양론이 팽팽했지만 결국 철수론이 패배했다. 언제라도 깨질 수 있는 불안한 일상이 당분간 이어질 것이다. 폭격에 사지가 날아갈 수도 있는 상황에서 여자들에게 피임법을 가르치는 자신이 어쩌면 더 한심한지도 모른다. 이곳에서는 일상 속에 위험이 드문드문 독버섯 같은 싹을 드러내는 게 아니라 만연한 위험 속에 일상이 풍문처럼 슬며시 다가왔다 사라졌다. 언제고 철수해야 할 캠프 안에서 정성껏 화분을 기르는 사람도 있었다. 고통의 비명이 왁자한 곳에서도 제 몫의 귀한 물을 식물에게 나눠주며 하루에도 몇번씩 푸른 잎과 시선을 맞추는 동료 의사를 볼 때마다 규는 자신에게 없었던 게 무엇이었는지 어렴풋이 깨닫곤 했다. 어디서부터 잘못되었을까? 밤이면 막사 안에 누워 원이 빠져 허우적거렸을 고통의 기원을 더듬어보았다. 엄마의 눈을 똑바로 쳐다보지 못하고 슬며시 제 방으로 들어가 문을 걸어 잠그던 원을 모른 척했을 때부터? 그보다 어린 원을 친정 엄마에게 맡겨두고 몇개월씩 남의 나라로 봉사활동을 다니기 시작했던 때부터? 한밤중에 깨어나 우는 원에게 누가 젖병을 물릴 것인가를 놓고 늘 피로에 절어 있던 녕과 규가 서로를 죽일 듯이 미워하며 다퉜던 때부터? 아니면, 막 태어난 빨간 얼굴의 원을 차마 보지 못하고 고개를 돌려버렸을 때부터? 아니, 그것도 아니면, 임신테스트기에 빨간 줄 두개가 선명하게 떠오르는 순간 공포가 정수리 끝부터 서늘하게 온몸으로 흘러내렸을 때부터?

녕이 원의 마지막을 갈무리했다는 말을 한참 후에야 들었을 때 규는 둘이 함께 들었던 해부학 실습을 떠올렸다. 인체의 보편성을 배우는 해부실에서 카데바의 개성을 찾는 데 골몰하던 녕을. 여성 카데바의 손톱에서 반쯤 지워진 매니큐어 자국을 발견한 날 밤 녕은 집요하게 규의 몸을 파고들었다. 녕이 세번째로 규의 안으로 들어왔을 때 규는 등을 찰싹 때리며 너 변태냐? 나무라기까지 했다. 규는 녕이 의대에 진학한 건 아무래도 착오였다고 믿었다. 뼛속까지 의사가 될 수 있을 것 같은 자신과 달리 녕은 대책 없는 낭만주의자였다. 자기는 곧 죽어도 유물론

자에 합리주의자라고 우겼지만, 그런 주제에 원의 탯줄을 끊으며 엉엉 울었다지. 딱한 사람. 그런 녕도 모르는 게 있었다. 끝내 갓난아기를 똑바로 바라보지 못하고 내내 눈을 감고 있던 규가 그날 밤늦게 어기적거리는 걸음으로 한참을 걸어 신생아실을 찾아갔다는 사실을. 면회가 불가능한 시간인데도 병원 의사라는 신분을 남용해 원을 품에 안고 수유실에 숨어들어 아직 붙지도 않은 빈 젖을 물렸던 일을. 엉성한 원의 이목구비를 외우듯 바라보며 밤을 꼬박 새웠던 것을. 아무리 바라봐도 아이가 예쁘지 않아서, 내 안에서 나온 아이가 영 낯설고 무서워서 푸슬푸슬 부서져 내리던 그날 밤의 마음을.

원의 장례를 마치고 한동안 두문불출하던 규가 일년도 안 되어 다시 아프리카행 짐을 꾸렸을 때 드디어 녕은 제 감정을 숨기지 않았다. 너, 단단히 미쳤구나? 원망도 분노도 아닌 한없는 경멸이 녕의 얼굴에 더께처럼 앉아 있었다. 그렇게 돌아다니면 네가 슈바이처라도 되는 것 같냐? 아니, 넌 그냥 고통 중독자야. 자식 버리고 나간 나쁜 엄마야. 그거나 알고 가. 현관문을 열고 나가는 살짝 기운 어깨가 규가 기억하는 녕의 마지막 모습이었다. 규는 그때 알았다. 하나의 우주가 이렇게 요란하게 폭발하는구나. 짐을 들고 현관에 서서는 다시는 돌아오지 못할 곳을 마음에 담아두기라도 하겠다는 듯 한동안 집 안을 눈으로 훑었다. 원이 없는 집. 녕의 마음이 떠난 집. 어쩌면 이 집을 가장 먼저 떠난 사람은 규 자신일 것이다.

—

어둠 속에서 전화벨이 울린다. 아득한 그 소리가 구조요청으로 들린다. 녕은 묵직한 숙취를 떨쳐내고 겨우 눈을 뜬다. 커튼을 걷으니 창밖은 아직 대낮이다. 동틀 무렵 취해 들어와 그대로 거실에 쓰러졌던 기억이 어렴풋하다. 평일 낮의 고즈넉함이 거실 가득 고인다. 텔레비전 옆의 전화기가 깜박깜박 붉은 등을 점멸하며 벨을 울려댄다. 저기 저런 게 있었던가 싶을 정도로 낯설다. 집 전화기가 울리는 걸 본 지가 얼마나 되었던가. 이 시간에 울리는 집 전화라니, 자신에게 아직도 불현듯 놀랄 일이 남았던가, 녕은 헤아려본다. 전화를 받지 않자 자동응답기가 돌아간다. 언제 녹음했는지 기억도 나지 않는 인사말이 거실에 울린다. 원의 집이에요. 지금은 전화를 받을 수가 없사오니 메시지를 남겨주세요. 어린 원의 목소리다. 삐 소리가 이어지고 저편에서 딸깍 전화를 끊는 소리가 들려온다. 숙취가 뭉근하게 일렁인다. K의 피부과에 갔다가 조명이 침침한 술집으로 자리를 옮겼던 것까지는 생각나는데 집에 어떻게 왔는지는 전혀 기억이 없다. 젖빛 주사를 맞고 한숨 잤다가 가녀린 손목의 여자에게 마사지까지 받았는데 밤새 두들겨 맞은 듯 온몸이 욱신거린다. 이것도 K의 수완인가.

다시 전화벨이 울린다. 받아볼까. 자동응답기가 돌아간다. 원의 집이에요. 지금은 전화를 받을 수가 없사오니 메시지를 남겨주세요. 순간 기억의 포말 하나가 수면으로 떠오른다. 원이 귀여운 목소리와 살짝 어눌한 발음으로 말하던 때의 풍경이다. '없사오니'를 자꾸 '어따오니'로 발음해 녕과 규를 웃음 짓게 했던 원. 몇번을 연습시키고 녹음하고 지우고 녹음하며 완성한 인사말. 그땐 이 집에도 웃음이 있었지. 그 시절이 이 집의 전성기였을까? 생각해보면 녕과 규는 원이라는 낯선 인류를 어떻게 맞이해야 할지 몰라 갈팡질팡했던 멸종 직전의 구 인류였다. 결국, 참지 못하고 먼저 등을 돌린 건 원이었을 것이다. 규가 원을 버리고 간 게 아니라 원이 서툴기 짝이 없는 부모를 버린 것이라는 뒤늦은 자각이 묵직하게 뒷골을 때린다.

삐 소리가 들리고 잠시 아무 소리도 들리지 않는다. 상대방은 아까보다는 조금 더 기다렸다가 전화를 끊는다. 녕은 왠지 울고 싶어진다. 원을 꿰맬 때도 울지 않았던 녕이 아득한 과거의 원의 목소리에 마음이 아려온다. 세번째로 전화벨이 울리고 기어이 또 귀여운 원이, 원의 집이에요, 말하기 시작했을 때 녕은 낚아채듯 전화기를 들고 소리쳤다. 원은 없어요. 원은 없습니다! 우리는 없어요! 여기엔 아무도 없어요! 그러니 제발, 그만…… 녕은 바보같이 운다. 상대방은 전화를 끊지 않는다. 어느 시공을 통해 날아오는지 희미한 전파음이 찌릿하게 녕의 심장을 때린다. 꿈결인 듯 현실인 듯 갈피를 잡을 수 없는 이곳에서 녕은 오래도록 몸을 들썩이며 운다. 저 먼 곳의 어느 수화기에 닿아 있는 게 규의 단단한 귓바퀴였으면 싶어서 울음은 쉽게 그치지 않는다. 타원오목이 하나 더 생겼을 시간이다.

—

　네모는 제법 자란 제라늄 화분에 물을 준다. 사바나 캠프는 철수했고 의료진은 일부 귀국했다. 현지화를 지향하는 의사회 정책에 따라 네모는 수도의 소박한 병원에 새로 배치되었다. 화분은 작은 체구에 늘 지쳐 보였던 동양인 산부인과 의사에게 받은 것이다. 저녁마다 달짝지근한 인스턴트 커피를 나눠 마셨던 여자. 양 쉰마리어치 선물을 주고 간 여자. 네모가 새 근무지에 짐을 풀고 있을 때 동료들은 상자 속에서 삐죽이 모습을 드러낸 나무 남근을 보고 웃음을 터뜨렸다. 그러나 네모는 웃지 않았다. 그 모형을 쥐고 혼자 열띠게 호소했던 여자가 생각났던 것이다. 도무지 진지해지지 않는 마을 주민들을 향해 여자는 급기야 화를 냈다. 한 여인의 남편이 막사 안으로 쳐들어와 나무 남근을 뺏어 들고는 여자 눈앞에 흔들어대며 으름장을 놓았다. 이렇게 흉측한 거나 가르치려면 당장 네 나라로 가버려! 네모는 남자의 말을 통역해주지 않았지만, 그 순간 여자의 눈에 분노가 맺히는 걸 보았다. 그날 여자는 남자와 드잡이를 하며 싸웠고 그 일로 캠프 안에서 징계를 받았다.

여자는 어디로 갔을까? 다른 대륙으로 장기 미션을 떠났다는 말도 있고 고국으로 돌아갔다는 얘기도 돌았다. 네모는 저녁마다 달달한 커피의 맛과 함께 여자를 떠올렸다. 늘 다른 곳을 헤매던 그 눈동자는 네모가 어머니 곁에 버리고 온 양떼를 생각나게 했다. 여자는 자기 양에게로 돌아갔을까? 여자는 첫 만남 때부터 인상적이었다. 네모라고 해. 악수를 청하는 네모에게 여자는 손을 내밀며 말했다. 원이야. 원? 넘버 원? 온리 원. 우리말로 원은 둥글다는 뜻이야. 하나이자 둥근 우주. 그게 내 이름이야. 원을 기억해줘. 어울리지 않게 진지한 여자의 자기소개에 잠시 침묵이 이어졌다. 네모는 입속으로 원, 하고 길게 발음해 보았다. 찰나라면 찰나이겠으나 또 하나의 우주가 생겨나 기엔 충분한 시간이었다.

여름 감기

그날 산책은 처음부터 어긋난 데가 있었다. 오종은 계절마다 산책 코스를 다섯가지로 정해놓고 주말을 제외한 요일마다 다른 길을 걸었다. 오종의 일년은 모두 스무개의 산책 코스로 이루어져 있었다. 오종에겐 봄날 수요일의 산책길과 가을날 금요일의 산책길이 달랐다. 오종은 질서와 변화를 동시에 사랑했다. 그러나 그날은 달랐다. 출근하는 아내를 배웅하고 아침을 간단히 차려 먹고 설거지와 청소까지 마치고 집을 나섰을 때는 10시를 훌쩍 넘긴 무렵이었다. 아파트 공동현관을 통과하는 순간 목줄을 하지 않은 커다란 개가 앞을 쓱 지나갔다. 들개 같지는 않았지만, 딱히 주인의 살가운 보살핌을 받는 개로 보이지도 않았다. 길을 잃은 걸까. 버림을 받은 것일 수도 있겠지. 개는 오종을 피해 후다닥 아파트 뒤편으로 달아났다. 그 정도 거리면 안전하다고 생각했는지 잠시 멈춰 서서 오종을 쳐다보았다. 해치지 않아, 나는 무해해. 오종은 말하고 싶었다. 그렇다고 굳이 개에게 다가가 목덜미를 쓰다듬어주고 싶지는 않았다. 오종은 살면서 인간이 아닌 다른 종에게 친절을 베푼 적이 없었다. 개는 쓸쓸한 듯한 표정으로 오종을 쳐다보다가 뒷걸음쳐 갈 길을 갔다. 개가 향한 곳은 숲속이었다.

그때부터 오종은 질서를 잃었다. 원래대로라면 여름철 목요일의 산책 코스대로 움직였어야 했다. 아파트 단지를 빠져나가 두 블록을 지나 거대한 공원 입구에 도달하면, 일단 왼쪽으로 길을 잡아 하늘공원과 노을공원을 가르마처럼 가르는 긴 언덕길을 올라갔어야 했다. 그런 다음 언덕길 중간 지점에서 왼쪽에 붙은 길고 지루한 계단을 밟아 하늘공원까지 갔어야 했다. 하늘공원에 이르면 빈 들판에 불시착한 우주선 모양의 조형물에 올라 구름 낀 하늘과 고요히 흐르는 한강을 바라보며 간밤의 불면이 가져온 두통을 털어냈어야 했다. 그리고 수십년간 쌓여온 쓰레기를 깊숙이 숨긴 땅을 꾹꾹 눌러 밟으며 하늘공원을 지그재그로 걸었어야 했다. 그러나 오종은 하늘공원으로 오르는 긴 계단을 그냥 지나쳤다. 언덕길을 끝까지 걸어 자동차가 거침없이 질주하는 강변북로를 육교로 건너버렸다. 한강이 나왔다. 요트 정박지와 캠핑장, 자전거도로와 갈대밭이 있는 한강변은 오종의 가을철 산책 코스였다. 강물이 풍기는 물비린내와 습한 바람이 몸을 휘감아서 여름에는 별로 가고 싶지 않은 곳이었다.

부풀 대로 부풀어 오른 구름이 낮게 드리워 오종의 이마에 닿을 것 같았다. 금방이라도 구름의 한 귀퉁이가 찢어지면서 뜨거운 액체가 주르륵 쏟아질 것처럼 위태로운 날씨였다. 오종은 불길한 느낌에 휩싸여 강변 산책로를 따라 걸었다. 강물의 흐름을 거스르는 방향이었다. 강물이 오종을 향해 다가왔다가 등 뒤로 멀어졌다. 자꾸 누군가와 이별하는 기분이었다. 요트들이 정박지에 단단히 묶여 있었다. 사람은 보이지 않았다. 간혹 강물을 향해 드리운 낚싯대를 만났지만, 낚시꾼은 보이지 않았다. 멀리 한강을 가로지른 다리가 보였다. 붉은색 페인트가 칠해진 저 다리까지 가보리라, 오종은 마음을 먹었다. 산책로라는 이름이 무색할 만큼 주위에 사람이 없었다. 산책로와 나란한 자전거도로에도 자전거를 탄 사람이 지나가지 않았다. 평일 낮이었고 덥고 습한 여름이었다. 산책하기에도 자전거를 타기에도 좋은 날은 아니었다. 그래도 그렇지. 강물에 시체가 둥둥 떠내려오더라도 반가울 만큼 오종은 외로웠다. 자신을 피해 뒷걸음질을 치던 개가 떠올랐다. 목줄을 채운 개를 산책시키는 자신의 모습을 그려보았다.

　오종의 걸음이 점차 느려졌다. 여름의 강변은 오종에겐 낯선 곳이었다. 공기 중의 습기를 흠뻑 빨아들인 듯 몸이 묵직했다. 붉은색 다리까지 갈 수나 있을까? 갑자기 '낙제'라는 붉은 글씨가 선명하게 찍힌 성적표를 받은 사람처럼 온몸에 힘이 빠졌다. 성적표를 찢어발기며 울부짖고 싶었다. 이 급격한 감정의 변화가 어디에서 기인하는지 헤아릴 틈도 없이 오종은 자꾸만 가라앉았다. 강물은 느릿느릿 흘러갔다. 시체는커녕 쓰레기 한점 떠내려오지 않았다. 붉은색 다리는 멀고 멀었다. 오종은 주저앉고 싶었다. 순간 하늘이 길게 찢어지더니 뜨끈한 물이 쏟아지기 시작했다. 소나기였다. 빗줄기는 시야를 가릴 만큼 굵고 빽빽해졌다. 가까운 나무 아래로 뛰어들었지만, 빗줄기는 여린 가지 틈을 비집고 고스란히 내려와 오종의 어깨를 때렸다. 미지근했던 빗물이 점점 차가워졌다. 후텁지근하던 공기가 제법 선선해졌다. 오종은 얼른 새로운 목표를 정했다. 이 비를 맞으며 집까지 걸어가리라. 다시 육교를 건너 하늘공원과 노을공원 입구를 지나 두 블록을 걸어 아파트까지 가리라. 그리고 물을 뚝뚝 떨어뜨리며 집 안으로 들어가 현관에서 옷을 홀딱 벗고 알몸으로 욕실로 뛰어들어 가리라. 뜨거운 물로 몸을 씻으며 어딘가 어긋나버린 이 찜찜한 기분을 수증기와 함께 날려버리리라. 고슬고슬한 수건으로 몸을 닦고 기분 좋게 마른 몸이 되어 안방 침대로 들어가리라. 아내와 오종이 사랑을 나누는 퀸 사이즈 침대로. 아내가 새로 깔아준 까슬까슬한 리넨 이불 속으로. 그리고 잠을 청해야지. 며칠간 불면으로 생긴 오른쪽 관자놀이께를 송곳으로 쿡쿡 찌르는 것 같은 편두통도 함께 날려버리리라. 기대가 생기자 오종의 기분은 갑작스레 위로 솟구쳤다. 트레이닝복이 온통 빗물에 젖어 무거워지는데도 불과 몇분 전 습한 공기 속을 걸어갈 때보다 몸이 한결 가볍게 느껴졌다. 일초라도 빨리 집에 당도하고 싶었다. 그렇게 한숨 자고 일어나면 며칠 동안 막혀 있던 아이디어가 뚫리고 작업에도 진척이 있을 것 같았다. 하하하. 오종은 빗줄기 속에서 크게 웃었다. 유후! 와우! 낯 간지러운 감탄사도 내뱉었다. 빗속에서 침이 튀겼지만, 창피하지 않았다. 어차피 보는 사람도 없었다. 오종은 비를 뚫고 거침없이 앞으로 나갔다.

침입자였다. 오종은 물기를 닦은 알몸으로 안방에 들어섰다가 침대를 차지한 침입자를 보았고 너무 놀라 그 자리에 얼어붙어버렸다. 낯선 이가 오종의 침대에 오종의 리넨 이불을 덮고 비스듬히 누워 있었다. 침입자의 몸피는 작았다. 끝이 고불거리는 긴 갈색 머리가 하얀 리넨 밖으로 뻗어 나와 어깨를 덮고 있었다. 오종은 반사적으로 주위를 둘러보았다. 아내의 얼굴빛을 닮은 미색의 벽지며 자작나무 붙박이장을 보면 오종의 집이 분명했다. 조금 전 욕실에서도 오종의 샴푸와 바디워시는 제자리에 성실하게 놓여 있었다. 오종은 눈을 감은 채 손만 뻗어서 샴푸를 짰고 거품을 냈다. 수납장에는 수건들이 기분 좋은 냄새를 풍기며 차곡차곡 접혀 있었다. 다시 말해 오종의 착각으로 다른 사람의 집에 와 있을 가능성은 전혀 없었다.

여자는 깊이 잠들어 있었다. 오종이 비에 젖은 몸으로 집 안으로 뛰어들어 왔을 때나 부산하게 옷을 벗고 욕실로 들어갔을 때 큰 소리가 났을 텐데도 여자는 깨지 않은 모양이었다. 오종은 잠시 멍한 상태로 안방 문간에 서서 여자를 바라보았다. 여자의 얼굴은 머리카락으로 반 이상이 가려져 있었지만, 오종 쪽에서 보면 뺨 한쪽이 하얗게 도드라져 있었다. 순간 어깨에서부터 오싹한 한기가 끼쳐왔다. 그제야 오종은 자신이 벌거벗은 상태임을 알아챘다. 오종은 얼른 안방을 나와 서재로 들어갔다. 서재 의자 등받이에는 오종이 밤샘 작업을 하다 가끔 걸치곤 하는 얇은 점퍼가 걸려 있었다. 오종은 급한 대로 맨몸에 점퍼를 입었다. 오종의 옷은 모두 안방 붙박이장에 있었다. 산책길에 입고 나간 옷은 비에 흠뻑 젖은 채로 벌써 나쁜 냄새를 풍기고 있을 게 분명했다. 오종의 점퍼 아래로 검붉은 성기가 그대로 노출되어 있었다. 점퍼 끝을 아래로 끌어내려보았지만, 성기를 가리기에 점퍼 길이는 너무 짧았다. 오종은 의자에 앉아버렸다.

그때야 핸드폰이 눈에 들어왔다. 오종의 핸드폰은 노트북 오른쪽에 마우스와 함께 얌전히 놓여 있었다. 아내에게서 부재중 전화 세통과 기나긴 문자메시지가 와 있었다. 오종은 문자메시지부터 읽기 시작했다. 메시지엔 침입자가 어쩌다 오종의 침대에 누워 있게 되었는지 자세히 설명되어 있었다. 답장은 보내지 않았다. 오종은 맨몸에 점퍼만 걸친 채, 검붉은 성기를 달랑이며 안방으로 돌아갔다. 옷을 가지러 나선 걸음이었지만 안방에 드리운 적당한 그늘 속에 들어서자 자기도 모르게 아내의 화장대 의자에 털썩 주저앉았다. 침대 옆에서는 침입자의 얼굴이 더 잘 보였다. 땀에 젖은 머리카락이 둥근 이마에 엉겨 붙어 있었다. 침입자는 앓고 있었다.

세상에, 가여워도 가여워도, 그렇게 가여운 아이는 처음이야. 보고 있으면 막 화가 치밀어. 아내에게서 침입자의 이야기를 처음 들은 건 아마 일년 전쯤이었을 것이다.

아내는 침입자를 그 아이, 혹은 제이라고 불렀다. 제이가 그녀의 본명인지 이니셜인지 그냥 별명인지 오종은 묻지 않았다. 오종은 아내가 전하는 제이의 사정보다는 제이에 대해 말할 때 아내의 작고 통통한 입술이 벌어지는 정도나 문장과 문장 사이의 돌연한 호흡 같은 것에 더 집중했다. 오종은 아내에게 매료되어 있었다. 오종과 아내가 사인용 식탁에 마주 앉아서 휴일 늦은 아침을 먹을 때나 금요일 밤 영화관을 나와 아내가 좋아하는 디저트 가게에서 케이크를 먹을 때 제이의 사정은 종종 화제로 등장했다. 주로 아내가 말하고 오종이 고개를 끄덕이는 대화였다.

제이는 아내의 직장 후배였다. 아내보다 여덟살, 오종보다는 열살 어렸다. 결혼한 지 오년 정도 되었고 아이가 없었다. 아내가 분노하는 지점은 제이의 남편이라는 작자의 형편없음이었다. 제이의 남편은 이기적이다. 제이의 남편은 유치하다. 제이의 남편은 제이와 결혼하면서 아파트 대출금은 자기가 책임질 테니 생활비는 제이가 떠맡아야 한다고 주장했다. 공평한 처사처럼 보였지만 아파트는 남편 단독 명의였다. 제이는 이에 대해 한번도 불만을 표시한 적이 없었다. 제이의 남편은 제이와 함께 외출할 때면 지갑을 챙기지 않았다. 마트에서 장을 볼 때나 외식할 때, 영화를 보거나 거리에서 아이스크림을 사 먹을 때도 늘 제이가 지갑을 꺼냈다. 어느 날 제이와 남편이 친척 결혼식에 다녀오는 길, 예식장 주차장에서 주차비 오천원이 청구되었을 때 제이는 지갑을 두고 온 걸 깨달았다. 뒤쪽에 늘어선 차들이 빵빵 경적을 울려대기 시작하자 제이는 당황해 어쩔 줄을 몰랐다. 그때 남편이 주머니에서 만원짜리 지폐를 꺼내 주차 요원에게 건넸고 오천원을 거슬러 받았다. 제이는 안도의 한숨을 내쉬었다. 그런데 주차장을 빠져나온 차가 강남대로에 들어서자 남편이 갑자기 난폭운전을 시작했다. 그는 브레이크와 가속페달을 거칠게 밟아댔고 욕설을 내뱉기도 했다. 조수석에 앉아 안전띠를 움켜쥐고 있던 제이가 기어들어가는 소리로 겨우 한마디 했다. 집에 가는 대로 오천원 꼭 드릴게요. 남편은 난폭운전을 멈추었다.

이 이야기를 처음 들었을 때 오종은 웃음을 터뜨렸다. 싸구려 드라마를 보는 것 같았다. 아내는 쌍꺼풀이 진한 눈을 동그랗게 치뜨고 나무라듯 오종을 쳐다보았다. 웃을 일이 아니야. 이런 일이 진짜 일어나. 제이는 착취당하고 있다고. 아내의 진지함이 귀여워 또 웃음이 나올 뻔했지만, 오종은 아내의 심기를 거스르고 싶지 않았으므로 일부러 딱딱한 표정을 지으며 거 참 못난 놈이네, 하고 거들었다. 아내는 조금 더 발끈했다. 못난 놈이 아니라 못돼처

먹은 놈이야. 오종은 사랑스러운 아내의 입에서 거친 말이 나오는 게 싫었다. 그래서 제이의 남편이라는 작자가 진심으로 미워졌다.

　제이의 남편은 돈 문제에 관해서는 정이 떨어질 정도로 공평함을 요구했지만, 집안일에 대해서는 철저히 이기적으로 나왔다. 맞벌이를 하니 똑같이 돈을 써야 한다고 주장하면서도 집안일은 여자인 제이의 몫이라고 여겼다. 제이는 출근 전엔 아침밥을, 퇴근하자마자는 저녁밥을 꼬박꼬박 차려야 했다. 청소나 빨래, 음식물 쓰레기를 버리거나 세탁물을 찾아오는 일도 모두 제이가 했다. 남편은 가끔 인터넷으로 제철 음식을 검색해 제이에게 요리해달라 요구하기도 했다. 제이와 상의하지도 않고 산지에서 직접 꽃게나 대하, 황태 등을 대량 주문할 때도 있었다. 그러면 제이는 주말 내내 손이 부르트도록 꽃게를 손질해 게장을 담그거나 펄펄 끓는 기름에 대하를 튀겨야 했다. 사전 연락도 없이 불쑥 찾아오는 것을 당연하게 생각하는 제이의 시어머니는 부엌에서 땀을 뻘뻘 흘리는 제이를 보고도 아직 아이가 없으니 집안일이라야 한줌도 안 되어 얼마나 좋으냐고 했다. 시어머니는 결혼하고 삼년이 넘어서면서부터 왜 아이가 생기지 않느냐고 노골적으로 제이를 비난했다. 제이는 불임 클리닉에 가보고 싶었지만 제이의 남편이 거부했다. 아이가 생기지 않는 원인이 자신에게 있을까 두려워하는 눈치인 남편을 제이는 강하게 설득하지 못했다. 아내는 이 대목을 전달하면서 '찌질한 새끼'라고 했다. 오종은 제이의 남편을 향한 분노와 더불어 제이를 향한 짜증이 솟구치는 것을 느끼며 아내 앞에 얼그레이 아이스크림이 담긴 볼을 밀어주었다. 오종은 하수구 같은 제이의 가정사가 오종이 아내와 함께 일구어낸 이 맑은 물을 오염시키지 않기를 진심으로 바랐다.

제이를 향한 짜증이 분노로 상승한 건 한달 전이었다. 웬만하면 퇴근 후 곧바로 집으로 와 오종과 함께 저녁을 먹는 아내가 그날은 말도 없이 늦었다. 아내는 전화도 받지 않았다. 오종은 빈 식탁을 노려보며 아내를 기다렸다. 배가 고팠지만, 아무것도 먹을 수 없었다. 어떤 것을 먹어도 오종의 섬세한 위가 받아들이지 않을 게 분명했다. 아내는 밤 10시가 넘어서 들어왔다. 미안해, 미안해. 정말 정말 미안해. 아내는 책상 앞에 앉아 있는 오종을 뒤에서 끌어안았다. 아내에게서 옅은 술 냄새가 났다. 오종은 왜 늦었는지, 왜 전화도 받지 않았는지 묻지 않았다. 아내에게 속 좁은 남편으로 보이고 싶지 않았다. 저녁도 대충 먹었다고 거짓말을 했다. 그렇다고 기분이 풀리지는 않았다. 아내는 오종의 손을 잡아끌고 안방으로 들어갔다. 오종을 침대 모서리에 걸터앉게 하고 그 앞에서 귀걸이를 빼고 옷을 벗고 실내복으로 갈아입으며 연락도 없이 늦은 이유를 재잘거렸다. 아내는 마치 오종이라는 한 사람을 관객으로 둔 연극배우 같았다. 아내가 맡은 역할은 제이였다. 또 그놈의 빌어먹을 제이였다.

제이의 시어머니가 직장에 있는 제이에게 전화를 걸어 불임 클리닉에 예약을 해두었다고 일방통보한 것이 시작이었다. 그 말을 전해 들은 제이의 남편은 자신의 어머니가 아니라 제이를 몹시 비난했다. 제이도 더이상 참을 수 없었는지 결혼 후 처음으로 남편에게 화를 냈고, 이에 더 분노한 남편이 제이가 가장 아끼는 영국제 찻잔을 바닥에 집어 던져 깨뜨렸다. 이제는 들어도 별로 놀랍지도 않고 지겹기만 한 이야기였다. 달라진 점이라면 그날은 제이가 아내에게 이 이야기를 전하다가 울음을 터뜨렸고 처음으로 이대로는 못 살겠다고 말했다는 것. 아내는 울음을 멈추지 못하는 제이를 그대로 집에 보낼 수 없어 밥을 사주고 술도 샀다. 제이의 첫 반항이라는 역사적인 순간에 자신이 함께했다는 사실에 고무된 아내는 술 냄새를 풍기면서도 샤워하러 갈 생각이 없어 보였다. 오종은 제이의 첫 반항에 아내가 연루되었다는 사실에 열패감을 느꼈다. 배가 너무 고파 위장이 꼬이는 것 같았고 아내가 풍기는 소주 냄새가 역하기만 했다. 아내는 눈치 없이 지금쯤 제이가 결혼생활 중 처음으로 남편에게 소리를 지르고 있을 거라고, 어쩌면 이별을 통보하고 있을지도 모른다고 신이 나서 떠들었다. 오종은 제이의 남편이 아니라 제이가 미웠다. 저녁 내내 아내를 독차지한 제이를 향해 질투심이 끓어올랐다. 그날 밤늦도록 잠을 이루지 못했던 오종은 새벽녘에야 겨우 선잠에 들었다가 아내가 붉은 몸뚱이로 낯선 이국의 남자와 섹스하는 꿈을 꾸고 비명을 지르며 깨어났다. 아내는 오종의 비명에도 깨지 않았다. 아내의 숨소리가 깊었다.

다음 날 오종은 아내와 유난히 즐거운 주말을 보냈다. 아내는 전날 모처럼 술을 마시고 긴장을 풀고 온 탓인지, 아니면 정말로 제이의 일로 통쾌해서인지 주말 내내 기분이 좋았다. 아내는 주방을 잔뜩 어지럽히며 오종이 좋아하는 백포도주를 넣은 조개찜을 해주었고 루꼴라를 듬뿍 얹은 파스타도 만들어주었다. 오종은 모시조개 껍데기를 벌려 속살을 파먹는 데 몰두하며 간밤의 꿈이 남긴 잔상을 떨쳐내려고 노력했다. 해감이 잘된 모시조개는 매끄럽게 오종의 식도를 넘어갔다. 함께 마신 스파클링 와인이 오종의 위장을 나긋나긋하게 풀어주었다. 그날 밤 오종은 용기를 내어 아내를 뒤에서 안았다. 후배위를 싫어하는 아내가 웬일로 오종의 욕구를 받아주었다. 신이 난 오종은 아내의 수그린 등을 내려다보며 개처럼 헐떡였다.

월요일에 아내가 출근한 후 오종은 여름날 월요일의 산책 코스를 걸었다. 하늘공원 아래에 감춰진 긴 메타세쿼이아 길이었다. 굽을 줄 모르고 하늘을 향해 곧게만 뻗은 메타세쿼이아가 초여름 신록을 뽐내고 있었다. 오종은 살아 있는 화석이라 불리는 이 자존심 강한 식물이 좋았다. 나무 사이로 난 흙길을 걸으면 수년간 밟히고 밟혀 수긋해진 등허리를 지나가는 것 같았다. 모든 게 좋았다. 기온이 다소 높아 등에 땀이 흐르기 시작했지만, 오종은 적당한 햇빛과 습도에 더 집중했다. 감히 완벽한 하루라고 말하고 싶었다. 오종은 부드러운 흙길을 힘주어 꼭꼭 밟아 그날의 산책을 완성해나갔다. 이런 기분이면 씬 넘버 35에서 멈춰버린 시나리오가 술술 풀릴지도 모른다는 희망이 솟았다. 홍감독과 계약한 시나리오 수정본은 마감일을 훌쩍 넘기고 있었다.

퇴근하고 돌아온 아내는 하루 전과 같은 사람이라고 보기 어려울 만큼 기분이 가라앉아 있었다. 오종의 말을 한번에 알아듣지 못했고 저녁을 차리면서도 한숨을 자주 쉬었다. 저녁 메뉴는 오종이 별로 좋아하지 않는 된장찌개와 고등어구이였다. 게다가 된장찌개에 애호박 대신 싸구려 주키니호박이 떠다녔다. 오종은 아내가 퇴근하기 전까지 고공 행진을 이어갔던 자신의 감정 상태를 지상으로 끌어내리고 싶지 않았다. 오종은 섬세하게 기분을 조율하는 사람이 되고 싶었다. 된장찌개를 푸는 숟가락에 물컹한 식감의 주키니호박이 담기지 않도록 조심하며 오종은 애써 아내와 대화를 이어가려고 노력했다. 오전 산책 중 난지천공원으로 접어들었을 때 잡목 숲에서 흰색 토끼를 보았다고, 선하게 생긴 그 토끼의 귓속이 먹물 색깔로 물들어 있었다고 얘기해주었다. 누가 주었는지 토끼 주변에 배춧잎이 떨어져 있는 걸 보면 세상에 아직 착한 사람들이 존재하는 것 같다고도 했다. 아내는 토끼 이야기에 흥미를 보이는 듯 눈을 동그랗게 뜨고 오종을 바라보거나 동의의 뜻으로 고개를 살짝 끄덕이기도 했지만, 오종은 아내의 눈빛에 생기가 돌아오지 않았음을 알 수 있었다. 오종이 입을 다물면 뚝배기 바닥에 숟가락 긁히는 소리와 반찬 그릇에 젓가락 부딪는 소리밖에 들리지 않았다. 아내는 그 침묵마저 감지하지 못할 만큼 다른 생각에 붙들려 있었다. 슬슬 기분이 나빠지기 시작한 오종은 자리에서 일어나 냉장고에 넣어둔 우롱차를 꺼내 왔다. 차가운 찻물에 밥을 말아 재빨리 목구멍으로 넘기고 자리를 뜨겠다는 무언의 시위였다.

사랑해서 그랬대!

내내 밥그릇에 고개를 처박고 있던 아내가 불쑥 외쳤다. 불그스름한 찻물이 오종의 밥그릇 주변으로 튀었다. 말이 돼? 제이가 이혼하자고 하니까 그 자식이 제이 손을 붙잡고 막 울면서 빌었대. 사랑해서 그랬다고, 미안하다고, 다시는 안 그러겠다고 했대. 제이 없이는 단 하루도 살수 없다고. 오종의 미간에 세로 주름이 잡혔다. 오종은 아내를 쏘아보았다. 아내는 오종의 어깨너머 어디쯤을 바라보며 화를 냈다. 사랑한다며 사람을 그렇게 쥐어짜냐? 사랑한다며 제멋대로 안 된다고 사람을 때려? 개자식. 아내가 딱 소리가 나게 숟가락을 내려놓고 벌떡 일어나 안방으로 들어갔다. 잠시 후 아내의 방에서 오페라가 흘러나왔다. 들리브의 「라크메」에 등장하는 '꽃의 이중창'이었다. 아내가 저녁에 혼자서 오페라를 듣는다는 건 좋지 않은 신호였다. 오종은 오늘 저녁 아내에게 읽어주려고 오후 내내 신중하게 책을 골랐고, 읽어줄 페이지에 포스트잇 플래그까지 붙여놓았다. 아내는 오종이 읽어주는 프랑스 소설을 들으며 잠에 드는 것을 좋아했다. 라크메가 하녀 말리카와 함께 배를 타고 연꽃을 따러 가며 부르는 소프라노와 메조소프라노의 이중창이 격정적으로 흘러나왔다. 두 여자의 이국적인 화음이 서른평 아파트 구석구석에 퍼졌다. 아내는 지금쯤 흐느껴 울고 있을까. 오종은 차갑게 식어 비린내를 풍기기 시작하는 고등어구이를 공연히 젓가락 끝으로 콕콕 찔러댔다. 심성이 곱고 정의롭기까지 한 아내는 지금 동정심에 버거워하고 있다. 오종은 고등어 눈깔을 푹 찌르며 기도했다. 제이의 남편이 하루라도 빨리 철들어 제이를 행복하게 해주기를. 제발 불온한 그들의 바이러스가 자신의 안온한 가정을 더는 위협하지 않기를.

아내의 가여운 제이는 남편을 보호자가 아니라 가해자로 인식하기 시작했다. 단호해진 제이에게 남편은 사랑한다며 매달렸다가 네가 어떻게 나한테 이럴 수가 있느냐며 화를 냈다가 지금 가정을 깨겠다면 단 한푼도 줄 수 없다고 협박했다. 제이는 소송도 불사하겠다고 했고 남편은 경기도에 사는 어머니에게 구원을 요청했다. 제이의 시어머니는 제이의 집에 들이닥쳐 며느리를 구슬렸다가 협박하기를 반복했다. 제대로 먹지도 못하고 쉬지도 못한 제이는 결국 지독한 감기 몸살에 걸렸다. 개도 안 걸린다는 여름 감기에 걸린 것은 개만도 못한 짓거리를 했기 때문이라고 시어머니는 이죽거렸다. 제이를 사랑해 제이 없이는 단 하루도 못 산다는 남편은 제이를 병원에 데려가거나 약을 지어다주는 성의는 배우지 못한 작자였다. 직장에 병가를 내더라도 집에서 편히 쉴 수가 없었다. 처음부터 그 집은 제이에게 안식처가 아니었다. 회사 책상에 엎드려 정신없이 끙끙 앓기만 하는 제이를 보다 못한 아내가 자신의 침대를 제이에게 내주기로 했다. 정확히는 오종과 아내의 침대였다. 제이는 남편과 시어머니 모르게 직장에 병가를 내고 병원에서 주사를 맞고 독한 약까지 처방받아 오종의 집으로 왔다. 그러니 오종은 한나절 집을 비우고 다른 곳에서 시간을 보내야 했다. 오종이 산책을 하는 동안 아내는 오종에게 이런 사정을 설명하는 문자메시지를 보내놓았다.

창밖의 소나기 소리가 백색소음이 되어 방 안 가득 깔렸다. 가만히 귀를 기울이면 쌕쌕 기관지를 통과하는 숨소리가 들렸다. 오종은 여전히 성기를 드러낸 채로 아내의 화장대 의자에 앉아 제이를 뜯어보았다. 얼굴은 핏기가 없었다. 힘겹게 감은 눈꺼풀 위로 파란 핏줄이 비쳐 보였다. 속눈썹은 가늘고 길었다. 입술 표피가 까슬하게 일어나 있었다. 윗입술이 아랫입술보다 도톰하게 돌출되어 있었다. 윗니의 치열이 고르지 않았다. 코끝이 살짝 들려

있고 콧구멍은 작았다. 뺨 위쪽으로 옅은 주근깨가 점점
이 박혀 있었다. 그리고 귀. 긴 머리카락을 가르고 한쪽 귀
가 비스듬히 밖으로 드러나 있었다. 오종은 제이의 귓바
퀴가 그리는 독특한 곡선을 눈으로 더듬었다. 오종의 시
선은 그 곡선을 따라 제이의 귓속까지 들어갔다. 골똘히
바라보면 깊은 곳의 침골과 추골까지 보일 것 같았다. 투
명한 여자로군. 오종은 그 투명함에 아내가 마음을 준 것
이리라 짐작했다. 점퍼 아래에 드러난 오종의 성기가 천
천히 일어섰다. 예상했던 일이다. 오종은 방금 아내를 떠
올렸으니까. 소나기가 돌연 멈추었다. 빗소리가 끊기면서
고요가 찾아왔다. 고요가 오종의 몸 한가운데를 묵직하게
찍어 눌렀다. 오종은 발기한 채 자리에서 일어났다. 이불
을 살짝 들치고 제이의 옆에 누웠다. 제이와 같은 방향으
로 몸을 틀자 오종의 성기가 제이의 엉덩이에 닿았다. 둔
탁한 도끼날이 치골을 텅 하고 내리치는 것 같았다. 오종
의 얼굴이 제이의 뒤통수에 닿을 듯 가까이 다가갔다. 제
이의 머리카락에서 비릿한 땀 냄새가 풍겼다. 오종이 살
짝 고개를 들었다. 오종의 입이 제이의 귓바퀴에 닿았다.

사랑해.

오종은 제이의 뒤통수에 얼굴을 묻고 조금 흐느꼈다.

침대 밖으로 빠져나온 오종은 조용히 옷장에서 옷을 꺼내 서재로 돌아왔다. 천천히 옷을 입고 욕실 밖에 벗어놓은 젖은 옷을 세탁기에 넣었다. 마지막으로 핸드폰을 챙겨 집을 떠났다. 이제 오종이 다녀간 흔적은 없었다.

공동 현관을 지나가며 오종은 반사적으로 주위를 둘러보았다. 아침에 마주친 개는 보이지 않았다. 아파트 뒷산에서 새 한마리가 요란한 소리를 내며 날아올랐다. 처음 보는 새였다. 오종은 유유히 아파트 단지를 빠져나갔다. 지구의 자전 방향을 거슬러 걷고 싶었다. 발끝에 힘을 주어 걸으면 지구가 도는 방향을 바꿀 수 있지 않을까. 시간을 거슬러 아내가 제이를 모르던 때로 되돌아가고 싶었다. 아내와 함께 이루었다고 자부해온 순백의 가정만이 존재하는 곳으로 가고 싶었다. 터무니없다고 생각하면서도 자꾸 발에 힘이 들어갔다. 대로를 지나 대형 쇼핑몰 앞에 도착했을 때 전화가 울렸다. 멀리 남도에 사는 오종의 어머니였다. 어머니는 일주일에 한번꼴로 전화를 걸었다. 매번 밥은 잘 먹고 다니는지, 아내가 돈 번다고 오종을 무시하지는 않는지, 도대체 아내는 왜 불임 클리닉에 다니지 않는지 물었다. 오종은 예, 아니요, 괜찮아요, 그러게 말이에요,라고 짧게 대답했다. 어머니는 오종이 좋아하는 제철 민어를 보낼 테니 회며 탕이며 아내에게 한상 거하게 차리게 하라는 말로 통화를 마무리했다. 벌써 몇년째 이어지는 레퍼토리였다. 어머니와의 통화를 마치고 오종은 아내에게 전화를 걸었다. 홍감독이 레퍼런스로 추천한 영화가 있어서 아침부터 극장에 있었어. 당신 메시지는 이제야 봤어. 손님이 와 있다니, 영화 한편 더 보고 카페에서 시나리오 좀 손보다가 들어가야지. 괜찮아. 저녁쯤 맞춰서 들어갈게. 사랑해.

오피스 빌딩에서 퇴근하는 사람들이 우르르 쏟아져 나왔다. 과연 해가 질까 의심스러울 정도로 날이 밝았다. 낮 동안 쏟아진 소나기 때문에 공기 중의 습도가 한껏 높아져 있었다. 오종은 극장에서 스릴러 영화를 한편 보고 나와 노천카페에서 얼음이 잔뜩 든 커피를 마셨다. 차가운게 들어가자 얼음 송곳이 양쪽 관자놀이를 쪼아대는 듯한 통증이 느껴졌다. 지금쯤 제이는 정신을 차렸을까. 오종은 해가 지는 방향으로 느릿느릿 걷기 시작했다.

흰색 리넨 이불은 깔끔하게 정돈되어 있었다. 식탁에는 물컵 하나 허투루 나와 있지 않았다. 욕실의 수건도 정확히 반으로 접혀 걸려 있었다. 거실 통유리창으로 주황색 햇살이 비쳐 들었다. 석양이었다. 코끝이 간지러웠다. 재채기가 나올 듯 말 듯했다. 두통은 사라지지 않았다. 어깨 위로 오싹 한기가 느껴졌다. 충분히 덥고 습한 날인데, 추웠다. 오종은 안방으로 들어갔다. 제이는 감쪽같이 제 흔적을 지우고 돌아갔다. 오종은 이불을 들치고 안으로 들어가 누웠다. 몸이 저 아래로 가라앉는 기분이었다. 이불에서 옅은 향수 냄새가 풍겼다. 작년 결혼기념일에 오종이 직접 골라 포장까지 해서 아내에게 선물한 향이었다. 삼나무 향이 베이스로 깔린 그 향수를 아내는 꽤 마음에 들어 했다. 그러나 올 들어 아내의 화장대에서 그 향수병을 본 기억이 없었다. 오종은 눈을 질끈 감았다. 침대가 물 위를 둥둥 떠다니는 느낌이었다. 머릿속에서 오페라가 울렸다. 아름다운 라크메가 하녀 말리카의 손을 잡고 함께 하얀 연꽃을 따 올리고 있었다. 두 사람의 미소는 연꽃처럼 활짝 벌어져 있었다. 뱃전으로 너른 연잎이 다가왔다가 멀어졌다. 뱃멀미가 났다. 속이 울렁거렸다. 하얗게 벌어진 연꽃의 암술은 아내의 속살을 닮아 있었다. 다시 코끝이 간질간질했다. 재채기는 좀처럼 나와주지 않았다. 오소소 소름이 일었다. 아무래도 여름 감기에 걸린 모양이었다. 이제 오종이 앓을 차례였다.

우리가 파주에 가면

꼭 날이 흐리지

대어를 낚았다.

여자는 녀석을 보트 옆구리에 매달아두었다. 주둥이 한쪽 귀퉁이에 여자의 낚싯바늘이 걸렸고, 몸통의 절반은 여전히 물속에 잠긴 채였다.

녀석은 몸부림치지 않았다. 전혀 몸부림치지 않았다.

들어올릴 때 끙 소리가 절로 나올 만큼 묵직한 무게로 매달려 있을 뿐이었다. 관록 있어 보이는 온몸이 너덜너덜했고, 못생겼다. 갈색 몸통 여기저기에 옛날 벽지처럼 줄무늬가 있었고, 좀더 진한 갈색으로 도드라진 무늬도 꼭 벽지 같았다. 있잖나. 세월을 통과하는 동안 얼룩이 지고 빛도 바래어가는, 나중에는 어느 게 당신이 집어 던진 커피잔이 만들어낸 얼룩이고 어느 게 원래 무늬인지 구별이 잘 안 되는, 활짝 핀 장미꽃 무늬의 벽지 말이다.

살아 있는 녀석의 몸에는 따개비가 얼룩덜룩하게 붙어

있었다. 따개비는 섬세한 장미꽃 모양의 석회질이었다. 게다가 그의 몸은 아주 작은 흰색 바다이로 들끓었다. 몸통 아래쪽에는 녹색 해초 두세가닥이 누더기처럼 매달려 있었다.

—

밤이 내렸다.

격리의 밤이다. 음성의 밤이다, 아직은.

소파 앞 낮은 테이블에 비접촉식 체온계와 타이레놀, 미지근한 루이보스차를 담아놓은 보온병을 준비해두었다. 자다가도 어떤 기미를 느끼면 벌떡 일어나 체온을 재볼 것이고, 기준치가 넘으면 곧바로 미지근한 차와 함께 타이레놀을 삼킬 것이다.

방금 재본 체온계 LED 창에 37.4라는 숫자가 떴다. 숫자는 온종일 37.3이었다가 37.5였다가 37.1이었다가 했다. 체온은 내 몸이 보내는 기척이었지만, 더는 내 것이 아니었다. 나와 상관없는 무엇이 당분간 내 모든 것을 판단하는 기준이 될 것이다.

아침 8시 30분에 카톡이 왔다. 'COVID-19 검사 결과 음성(Negative)입니다.' 그러고도 정확히 이해하지 못할까봐 덧붙였다. '검사 결과 해석: 코로나-19 환자가 아닙니다.' 다정한 첨언이었다. 오전 중에는 보건소에서 자가 격리 통지서를 사진으로 찍어 보내왔다. 보건소 조명이 좋지 않은지 거무튀튀하게 찍힌 서류에는 '감염병 예방 및 관리에 관한 법률' 제43조 및 제43조의 2에 따라 격리를 통보하며, 이를 위반할 경우 '감염병 예방 및 관리에 관한 법률' 제79조의 3에 따라 일년 이하의 징역 또는 일천만원 이하의 처벌을 받을 수 있다는 문장이 쓰여 있었다. 전혀 다정하지 않았다.

우리는

여전히 이렇게 부를 수 있다면

우리는 사흘 전 거의 두달 만에 만나 파주의 장어구이집에 갔다. '사회적 거리 두기 4단계'가 시행 중이었지만 점심이었고 세명이었기 때문에 한 테이블에 앉을 수 있었다. 직원이 불판에 올린 장어를 노릇노릇하게 구워 먹기 좋게 자른 다음 이제 드셔도 돼요,라고 말했을 때 우리는 동시에 마스크를 벗었다. 아, 맛있겠다! 우리는 이 집의 자랑거리인 깻잎장아찌에 장어를 올리고 쌈장과 생강채를 얹어 입에 넣었다. 쌈이 커서 입을 크게 벌렸다. 많이 먹고 얼른 얼굴 반쪽 회수해야지. 그렇게 말하며 수라 언니가 미예 앞으로 장어를 밀어주었다. 미예는 이주 전에 홀아버지를 잃었다. 코로나 이후로 요양병원에 면회도 자주 가지 못했는데, 장례도 황망하게 치러야 했다. 우리는 단톡방을 통해 그 소식을 들었고 경조사 송금 기능으로 조의금을 보냈다. 장례를 치른 지 열흘 정도 지나고 고등학교 일학년인 아이들 중간고사가 이주쯤 남았을 때 수라 언니가 시간 내기 더 어려워지기 전에 만나자며 약속을 잡았다. 우리는 수라 언니의 큼직한 SUV를 타고 자유로를 달렸다. 우리가 파주에 가면 어김없이 날이 흐리거나 미세먼지가 심했는데, 그날은 어쩐지 날이 좋았다. 하늘은 지브리 애니메이션 속 배경처럼 파랬고, 폭신하고 새하얀 뭉게구름이 자꾸만 눈길을 끌었다. 장어를 다 먹은 다음에는 미예가 좋아하는 식물원풍 베이커리 카페로 자리를 옮겼다. 장어는 수라 언니가 사고 커피와 디저트는 내가 샀다. 우리는 아이스 아메리카노와 티라미수를 먹으며 밀린 이야기를 나누었다. 일주일에 한번씩 만나던 때도 있었는데, 두달 만에 얼굴을 보니 할 말이 많았다. 테이블 옆의 관엽식물을 바라보느라 간간이 고개를 돌리는 미예의 옆얼굴이 가파르게 깎여 있었다.

아이들이 학교에서 돌아올 시간이 되어 우리는 카페에서 일어났다. 수라 언니는 딸을 신촌의 웹툰 학원까지 태워다주어야 했고 미예는 평일에도 집에서 저녁을 먹는 남편과 아들의 식사를 챙긴 뒤 밤에는 아이를 목동의 수학학원에 데려다주어야 했다. 나는 내 아이가 좋아하는 레몬 시폰케이크를 사면서 수라 언니 딸이 좋아하는 딸기 생크림케이크와 미예 아들이 좋아하는 티라미수를 사서 두 사람의 손에 들려주었다. 돌아가신 아버지 덕에 내가 호강하네. 미예가 애잔함이 섞인 미소를 지었다.

이틀 후 이른 아침에 수라 언니에게서 전화가 왔다. 남편들 출근 시간이자 아이들 등교 시간에 전화를 걸어오는 일은 워낙 드물어서 핸드폰 화면에 수라 언니 이름이 뜨자마자 어쩐지 불길했다. 수라 언니는 남편이 방금 코로나 양성 판정을 받았다고 말했다. 자신과 딸은 밀접 접촉자가 되어 검사를 받으러 가야 하는데, 결과가 어떻게 나오든 이틀 전 함께 식사한 나와 미예도 빨리 검사를 받는 게 좋을 것 같아 전화했다고 했다. 미예에게는 자기가 따로 연락할 것이고, 일이 이렇게 되어 정말 미안하다고 했다. 수라 언니의 목소리는 다급하면서도 침울했다. 나는 전화를 끊고, 어느새 컴퓨터 앞에 앉아 온라인 수업을 시작한 아이의 어깨를 물끄러미 바라보았다. 머릿속이 하얘졌다. 뭐부터 해야 하지? 6시 30분 알람과 함께 기상. 전날 밤 미리 준비해둔 아침식사 차리기. 아이 깨우기. 남편 출근 전 과일 도시락과 커피 챙기기. 아이 교복과 체육복 챙기기(오프라인 등교의 경우). 아이 물병 챙기기(오프라인 등교의 경우). 아이 따뜻한 물 보온병과 컵, 쟁반 챙기기(온라인 등교의 경우). 아침 식사 후 아이 약 챙기기. 수년째 반복해온 덕분에 기계적으로 움직이던 몸이 수라 언니의 전화에 갑자기 기능을 멈춘 것 같았다. 방금까지 손에 꼭 붙들고 있던 무언가를 놓쳐버렸는데 그게 무엇이었는지조차 전혀 기억나지 않는 듯한 막막한 기분이었다. 곧바로 미예에게 전화가 왔다. 언니, 우리 어떡해? 애들도 검사를 받아야 하는 건가? 나 뭣부터 해야 할지 모르겠어. 머리가 텅 비어버렸어.

우리는 일단 아이들의 학교에 연락해 온라인 수업을 중단한 다음 각자 가까운 선별 진료소에 가서 PCR검사를 받았다. 남편들도 직장 근처 선별 진료소를 찾아가 검사부터 받게 했다. 검사 후에는 다들 집에 틀어박혀 있었다. 세 아이 모두 그날 학원을 빠졌다. 평소 온갖 이모티콘과 음식 사진, 책 사진, 하늘 사진이 바쁘게 올라오던 우리 단톡방도 잠잠해졌다.

다음 날 아침 수라 언니는 양성 판정을 받았고 언니의 딸은 음성 판정을 받았다. 나와 아이, 남편은 모두 음성 판정을 받았다. 미예와 미예 아들은 양성 판정을, 미예의 남편은 음성 판정을 받았다. 수라 언니는 딸만 집에 남겨두고 남편이 먼저 들어가 있는 강북구의 생활치료센터로 이송되었다. 미예와 미예 아들은 함께 노원구의 생활치료센터에 입소했다. 미예의 남편은 밀접 접촉자가 되어 이주간 자가 격리에 들어갔다. 나도 밀접 접촉자가 되어 자가 격리를 통보받았다. 남편은 주저 없이 짐을 싸서 아이를 데리고 시어머니 혼자 사는 집으로 갔다. 밀접 접촉자 가운데 음성 판정을 받았어도 자가 격리 중에 증상이 발현되는 경우가 있다고 했다. 남편의 조처가 서운하지는 않았다. 남편이 나서지 않았다면 내가 그렇게 하자고 했을 것이다. 내 아이는 면역 계통의 희귀 질환을 지니고 있었고 바이러스는 아이에게 치명적일 수 있었다. 남편과 아이가 떠나고 시어머니에게서 전화가 걸려왔다. 두 사람 모두 알뜰하게 챙길 테니 걱정하지 마. 나 아직 짱짱해. 너도 남편이랑 아이가 없는 게 더 편할 거야. 마스크를 벗고 있어도 되잖니. 혼자 있다고 굶지 말고 밥 잘 챙겨 먹어. 시어머니의 말투는 평소와 다름없이 투명하고 다정했지만, 무릎 관절이 안 좋아 마취통증의학과를 동네 사랑방만큼 자주 드나드는 노인에게 부담을 안기게 되어 마음이 무거웠다. 죄송해요. 주눅 든 내 목소리 끝에 시어머니가 중얼거리듯 덧붙였다. 겁도 없지. 요즘 시국에 무슨 교외 나들이라니, 그래.

아이 학교와 학원에 연락해 사정을 설명하고 도둑맞은 것처럼 어수선한 집을 정리하고 아이와 남편이 벗어놓고 간 옷들을 세탁하는 사이 어느새 저녁이 되었다. 거실이 침침해진 것을 느끼고 전등을 켜고 나서야 아침부터 지금까지 계속 마스크를 쓰고 있었다는 사실을 깨달았다. 온종일 물 한모금도 삼키지 못했다.

수라 언니가 단톡방에 장문의 메시지를 보냈다. 일이 이렇게 번져서 정말 미안하다. 남편에게 감기 기운이 있는 줄은 알았지만 열이 나지 않아서 코로나일 줄은 상상도 못했다. 무엇보다 아버지 장례를 치르고 돌아온 미예를 위로하고 싶어 마련한 자리였는데 미예 가족에게 가장 큰 폐를 끼쳐서 고개를 들 수 없을 정도다. 남편이 확진 통보를 받은 후로 한숨도 못 자고 내내 울고 있다. 그냥 가만히 있어도 눈물이 줄줄 흐른다. 남편이 원망스럽지만, 빈집에 혼자 두고 온 딸 생각에 미워할 틈도 없다. 방금 재본 체온이 38.8도라 담당 간호사에게 해열제를 처방받았는데, 발열을 느끼지도 못했다. 미예 가족과 내 딸을 생각하면 미안하고 걱정되고 불안해 어쩔 줄을 모르겠다. 정말 미안하다. 너무 미안하다. 미안해 죽겠다. 속상해 죽겠다. 두서없이 이어지는 사과의 말들은 두서가 없어서 더욱 간곡해 보였다. 나는 아이 혼자 놔두고 거기 가 있는 수라 언니 마음도 오죽하겠냐고, 그렇게 속 끓이다 증상이 심해지면 어떡하냐고, 마음 단단히 먹고 언니 몸부터 살피라고 메시지를 보냈다. 미예에게는 아이까지 확진되어 얼마나 놀랐냐고, 치료센터에서 주는 약 잘 챙겨 먹고 두 사람 모두 꼭 완치되어 무사히 돌아오길 바란다고 썼다. 수라 언니가 눈물을 줄줄 흘리는 어피치 이모티콘을 보냈다. 미예는 곧바로 단톡방을 나가버렸다.

—

여자는 물고기를 관찰했다. 손을 대면 당장이라도 깊이 베일 듯한 무시무시한 아가미가 힘겹게 산소를 들이마셨다. 피가 들어찬 아가미는 신선하고 빳빳했다. 여자는 물고기를 뚫어지게 보았다. 거칠거칠한 흰 살이 단단히 뭉친 흰 깃털처럼 몸통 가득 차 있을 것이다. 큼직한 뼈 옆으로 자잘한 뼈들이 뻗어 있을 것이고 내장은 극적인 붉은색과 검은색으로 번들거릴 것이다. 분홍색 부레는 큼직한 작약처럼 피었을 것이다.

물고기의 눈은 여자의 눈보다 훨씬 컸지만, 얕고 누런

기운을 띠었다. 뒤쪽으로 물러난 홍채는 얼룩진 은박지 같았고 수정체는 여기저기 긁힌 오래된 운모 같았다. 녀석의 눈이 살짝 움직였지만, 여자의 시선을 마주 본 건 아니었다. 그보다는 빛을 향한 반사작용에 가까웠다.

—

　안녕하세요? 보건소입니다. 코로나19 증상 확인차 전화드렸어요. 박지원 님 되시죠? (예.) 먼저, 발열 증상이 있으신가요? (아니요.) 목 아픔 증상이 있으신가요? (아니요.) 기침 증상이 있으신가요? (없습니다.) 그외에 다른 불편한 증상이 있으신가요? (없습니다.) 알겠습니다. 앞으로 자가 격리 중 매일 한번씩 연락드리겠습니다. 답변해주셔서 감사합니다. (……) 감사합니다. (……)

　인공지능은 상냥한 여자 목소리로 말했다. 나는 전화를 끊고 싶지 않았다.

　언니도 기억하지? 그날 파주에서 수라 언니가 그랬잖아. 지난주 금요일에 언니 남편이 밤 12시가 넘어서 들어왔다고. 꼴 보기 싫어서 다음 날 아침에 국도 안 끓여줬다고. 수라 언니 아저씨, 자정 넘어서 들어왔다면 분명 어디서 술 먹고 왔다는 말이잖아. 수라 언니가 밥도 안 차려줬다고 하지 않고 국도 안 끓여줬다고 했던 건 술 먹고 온 남편이 미워서 해장국도 안 끓여줬다는 뜻이잖아. 그렇지? 내 말이 맞지? 그러니까 수라 언니는 자기 남편이 방역 수칙 어기고 어디서 몰래 술을 마셨다는 걸 알고 있었어. 불법 영업하는 곳에서 마셨든 사무실에서 마셨든 어쨌든 늦게까지 마스크 벗고 술이나 처먹고 왔다는 걸 알고 있었어. 그럼, 남편이 감기 기운을 보였을 때 단박에 코로나를 의심했었어야지. 그렇게 아무 생각 없이 우릴 불러내면 안 되는 거잖아. 뭘 이해해? 언니도 그러는 거 아니야. 언니도 수라 언니 아저씨 이야기 듣고 움찔하는 거 내가 다 봤어. 커피도 다 안 마셨으면서 슬그머니 다시 마스크 쓴 거 내가 다 기억한다고. 언니는 음성이라고 그새 마음이 너그러워진 모양인데, 난 아니야. 우리 태윤이, 나랑 눈도 안 마주쳐. 날 벌레 보듯 한다고. 아버지 장례 치른 지 얼마나 됐다고 어디서 정신없이 처놀다가 중간고사 앞둔 아들한테 바이러스나 옮기는 형편없는 엄마로 본단 말이야. 나 어떡해? 대답해봐, 언니. 네가 이해하라는 속 편한 소리는 집어치우고, 말을 좀 해봐.

또 밤이 내렸다.

격리의 밤. 음성의 밤, 아직은.

이십구평 아파트는 혼자 밤을 보내기엔 너무 광활했다. 집 안의 모든 창과 문을 닫고 오직 거실에만 등을 켜두었다. 보지도 않는 텔레비전을 내내 틀어놓았다. 이불과 베개를 거실로 가져와 소파에서 잤다.

격리는 고립이고 조난이었다. 처음 당하는 상황인데도 묘하게 기시감이 느껴졌다. 무슨 일이 생겨도 나를 구하러 달려올 사람이 아무도 없다는 고립감은 공포와 맞닿아 있었다. 나도 모르게 조심스럽게 움직였다. 화장실에서 미끄러져 정신을 잃어도 이주 동안 나를 발견할 사람은 아무도 없다. 식칼이 발등에 떨어져 피가 흥건히 흘러도 누구도 나를 응급실에 데려다주지 않을 것이다. 방문이 고장 나서 안방에 갇혀도 날 꺼내줄 사람이 없다. 불길한 상상이 꼬리를 물고 이어졌다. 전부 터무니없는 생각이었지만, 터무니없을수록 공포의 침투력이 강했다. 공포가 솟구치면서 호흡이 가빠졌다. 어떻게든 나 혼자 나를 진정시켜야 했다. 약장을 뒤져 언젠가 미예가 준 약병을 꺼냈다. 패션플라워 성분으로 만든 천연 신경안정제래.

패션플라워? 응, 우리 말로 시계꽃. 남아메리카 원주민들은 이 식물의 뿌리랑 잎이랑, 열매, 꽃까지 알뜰하게 약재로 썼대. 염증 치료에도 쓰고 수면보조제로도 쓰고. 만병통치약이야? 응, 호랑이 연고 같은 거야. 그런데 왜 이름이 패션플라워래? 스페인 선교사들이 남아메리카에서 처음 이 식물을 발견했을 때 활짝 핀 꽃에서 예수가 겪은 수난의 상징을 봤다나? 패션플라워, 수난의 꽃. 언니, 요즘 불면증이 심해졌다며. 내 거 주문하는 김에 언니 생각나서 하나 더 샀어. 한번 먹어봐. 불면의 밤이야말로 우리에겐 수난 중의 수난 아니야?

그날의 미예는 얼마나 다정했던가.

수난의 꽃으로 만들었다는 초록색 캡슐을 삼키고 소파에 누웠다. 잠이 와줄까? 별 기대는 없었다. 그저 과호흡이 공황발작으로 번질까 두려웠을 뿐. 눈을 감고 숨을 고르게 쉬어보았지만, 의식할수록 호흡이 엉켜버렸다. 날카롭게 각성한 뇌는 꺼질 생각이 없어 보였다. 할 수 있는 일이 아무것도 없는데 뇌의 스위치가 당최 꺼지지 않는 상태. 또 기시감이 느껴졌다. 십육년 전 가을, 산부인과 회복실에서 보낸 어떤 고립의 밤이었다.

유도 분만에 실패하고 심박수가 급히 떨어지는 아이를 응급수술로 꺼냈다. 저녁 무렵 마취에서 깨어나 하룻밤을 회복실에서 보냈다. 아이는 신생아실로 옮겨졌고 남편도 집으로 돌아갔다. 분만 대기실 한쪽 구석에 커튼을 쳐놓은 것에 불과한 회복실에 남편이 밤을 지새울 자리는 없었다. 당직 간호사들이 있으니 걱정하지 말라며 내가 먼저 남편 등을 떠밀었다. 하지만 막상 어둑한 공간에 혼자 누워 있으려니 뜻밖의 공포가 스멀스멀 몰려왔다. 아랫배는 아직 묵직했고 통증은 둔중했다. 아이를 꺼낸 자리에 울퉁불퉁한 돌멩이를 함부로 쑤셔 넣고 아무렇게나 꿰맨 느낌. 옛이야기 속 늑대가 되어 우물 밑으로 한없이 가라앉는 느낌. 어쩌다 간호사가 와서 소변 줄을 살피고 피 묻은 기저귀를 갈아주었다. 수치심 같은 건 없었다. 오직 통증과 공포뿐. 내 몸은 아직 내 것이 아니었다. 허리를 중심으로 몸통을 전혀 움직일 수 없었다. 차라리 잠이라도 들었다면 망각 속으로나마 도망칠 수 있었을 텐데. 고통스러운 각성 상태로 밤을 꼬박 새웠다. 시간이 묵직한 내 몸뚱이를 희롱하며 천천히 지나가는 것을 속수무책으로 느끼며 그 밤을 겨우 통과했다. 다음 날 아침 남편이 돌아왔고 나는 일반 병실로 옮겨졌다. 오전에 잠깐 잠이 들었다가 깨어나니 허리를 조금 움직일 수 있게 되었다. 점심시간이 되어 복도에서 음식 냄새가 풍겼을 때야 비로소 나는 구개월 동안 내 안에 있다가 빠져나온 내 아이를 떠올렸다. 분만 후 아이 얼굴을 본 적이 없다는 것도, 지난밤을 고통스럽게 지나오는 사이 한번도 아이 생각을 하지 않았다는 것도. 그 밤, 나는 아이를 낳은 여자가 아니라 그저 공포에 집어삼켜진 조난자였다.

산후조리원에서 집으로 돌아왔을 때, 남편이 우리도 드디어 '가족'이 되었네, 하고 감격한 말투로 꽃다발을 안겨주었을 때, 고립은 영영 끝난 줄 알았다. 나는 '가족'의 일원이고, 그 말은 적어도 혼자가 아니라는 뜻이었으니까.

아이는 밤에도 두시간에 한번씩 깨어나 울며 제 존재의 불편을 호소했다. 수면 부족은 사람을 쉽게 망가뜨렸다. 아침에 일어나 이불 속을 굴러다니는 빈 젖병을 발견하고 소스라치게 놀라는 일이 반복되었다. 밤에 깨어나 기저귀를 갈아주고 비틀걸음으로 부엌에 가 분유를 타온 것까지는 조각조각 기억났지만, 아이를 안고 젖병을 물린 기억은 없었다. 혹시 젖병 안의 내용물이 다 새어버린 게 아닐까 싶어 이불을 여기저기 더듬어봐도 축축한 흔적은 전혀 없었다. 그냥 비몽사몽간에 젖병을 어찌어찌 물렸나보다 생각하고 넘어가도 될 일이었지만, 아침에 이불 속에서 빈 젖병을 발견할 때마다 아득히 두려웠다. 기억에 새겨지지 않을 정도로 정신을 차리지 못하는 그 시간에 내가 무슨 짓을 저지를지 모른다는 것, 한밤중에 깨어나 칭얼거리는 아이의 입에 정확히 젖병을 물리는 일 말고 내 손이 할 수 있는 다른 일들의 가능성이 무서웠다. 기억에 뚫린 검은 구멍들은 내게 고립의 또다른 이름이었다.

고립은 광장 한복판에서도 가능했다. 아이가 두돌을 넘어가면서부터 오후 시간 대부분을 동네 공원에 나가 보냈다. 아이는 무한 동력으로 움직이는 기계장치 같았다. 맨몸으로도 지칠 줄 모르고 달렸고 자전거나 씽씽카를 타면 더 날래게 움직였다. 공원 가득 모인 사람들 사이에서 아이를 놓치지 않으려고 아이의 옷차림을 단단히 새기고 아이 뒤를 따라다녔다. 어깨에는 언제나 큼직한 가방을 멨다. 불룩한 가방 안에는 아이가 벗어놓은 겉옷과 모자뿐만 아니라 비상용품도 들어 있었다. 물티슈, 휴지, 거즈 수건, 소독약, 밴드는 반드시 챙겨야 했고, 아이가 언제 배고프다고 울음을 터뜨릴지 모르니 간식과 음료수도 잊으면 안 되었다. 급하게 아이를 달래야 할 때 손에 쥐여줄 장난감 자동차, 식당이나 카페에서 아이의 시선을 붙들 종이와 크레용, 그림책도 필요했다. 기저귀와 여벌 옷은 기본 중의 기본이었다. 아이들은 언제라도 제 몸을 더럽힐 수 있었다. 멀쩡히 놀다가 갑자기 토하기도 했고 물웅덩이에 넘어지기도 했으며 제 발로 물웅덩이에 뛰어들기도 했다. 그러니 어느 것 하나라도 빠뜨리면 큰일이 나는 그것들을 전부 챙기면 집 앞 공원에 나가려고 해도 짐이 한 보따리였다. 사람들이 흔히 기저귀 가방이라고 부르는 그것에는 기저귀만 들어 있는 게 아니었다.

그날도 평소처럼 터질 것 같은 기저귀 가방을 어깨에 메고 세발자전거로 질주하는 아이 뒤를 따라 뛰고 있었다. 날이 더워 얼굴 가득 땀이 흘렀지만 닦을 새도 없었다. 맞은편에서 걸어오는 젊은 여자 둘과 눈이 마주쳤다. 발랄한 발걸음을 따라 물결처럼 일렁이는 그들의 원피스 자락에도 아주 짧게나마 시선이 머물렀다. 그들과 스쳐 지나가고 다시 아이의 뒤통수로 시선을 옮겼을 때 등 뒤에서 목소리가 들려왔다. 아유, 왜 저러고 사냐? 그 말이 귀에 꽂히는 순간 공원을 메운 소음과 사람들의 움직임과 부유하는 공기의 흐름이 하얗게 소거되었다. 그 말은 아이와 나를 광장 한복판에 결박했다. 아니, 결박당한 사람은 나 혼자였다. 아이는 계속 신나게 자전거 페달을 돌렸다.

그런 밤이면 우리는 자주 맨발로 베란다 끝에 섰다. 발바닥으로 차가운 타일을 느끼며 멍하니 창밖을 굽어보았다. 시선은 언제나 아래. 17층에서, 9층에서, 23층에서 꼬리를 물고 지나가는 자동차 행렬을, 그 너머 공원을, 점점이 보이는 벤치를, 바닥에 깔린 포장석을 내려다보았다. 높이와 충격을 가늠해보기도 하면서.

그런 시간을 통과해 우리는 지금의 우리가 되었다.

—

여자는 물고기의 뚱한 얼굴을 바라보았다. 턱의 구조가 감탄스러웠다. 그러다가 그만 발견하고 말았다. 녀석의 아랫입술은, 그걸 입술이라고 부를 수 있다면, 불길하고 축축하고 무기 같았다. 거기 낡은 낚싯줄이 다섯가닥 붙어 있었다. 그중 한가닥의 철사 목줄에는 여태 회전 고리가 달린 게 보였다. 녀석의 입속에 다섯개의 큼직한 낚싯바늘이 단단히 박혀 있었다.

녹색 줄 한가닥은 녀석이 끊어냈을 때의 모양 그대로 끝이 나달나달했다. 두가닥은 좀더 묵직해 보였고 가느다란 검은 줄은 녀석이 그것을 끊고 달아나기 직전의 팽팽한 줄다리기를 간직한 채 여전히 구불구불했다. 고통스러워 보이는 녀석의 턱에 지혜의 수염 다섯가닥이 나부꼈다. 낚싯바늘은 구불구불하게 해어진 줄 끝에 매달린 훈

장 같았다.

—

　우리는 아이들이 초등학교 일학년일 때 학부모 참관수
업에서 처음 만났다. 교실 뒤쪽에 서서 제 아이를 눈에 담
느라 바쁜 엄마들 사이에서 수라 언니는 단연 눈에 띄었
다. 수라 언니에겐 그저 옷차림이 세련되었다거나 이목구
비가 화려하다거나 하는 말로는 설명할 수 없는 분위기가
있었다. 그냥 빨간색, 그냥 노란색, 그냥 주황색으로만 표
현할 수 없는 가을철 깊은 숲처럼 여러층의 분위기가 쌓
이고 겹쳐 수라 언니가 되었다. 겉모습만 보면 왠지 다가
가기 어려운 사람이었지만, 언니는 그 거리감을 단박에
좁히는 화법을 구사했다. 가뜩이나 센스가 구려져서 후배
들에게 밀리기 직전이었는데 우리 딸이 마침 초등학교에
입학했잖아? 구닥다리보다 경단녀 소리를 듣는 게 나을
것 같아서 사표를 멋지게 내버렸지. 언니는 꽤 유명한 의
류회사의 디자이너로 오래 일하다가 돌연 그만둔 이유를
이렇게 정리했다. (그러나 언니가 회사를 그만둔 진짜 이
유를 들려준 것은 우리가 훨씬 더 친해진 다음의 일이다.)
수라 언니는 자신이 센스가 구려진 구닥다리라고 자조했

지만, 사실 언니의 센스는 대단해서 평소 아이 옷을 직접 만들어 입혔고 집 안의 모든 패브릭 소품도 직접 만들어 썼다. 언니의 작품은 언니의 분위기만큼이나 세련되면서 신비로운 깊이가 있었다. 우리는 언니가 언젠가는 자신의 브랜드를 만들어 창업에 성공하길 진심으로 응원했다.

미예의 첫인상은 별로였다. 참관수업 막바지에 담임이 아이들을 무작위로 불러 칠판에 제 이름을 크게 써보라고 했다. 정수리가 칠판 절반에도 닿지 않는 아이들이 그 조그만 손으로 자음과 모음을 그리는 모습은 자꾸만 웃음이 새어 나올 정도로 귀여웠다. 그런데 한 남자애가 제 이름의 가운데 글자를 '태'라고 썼다. 그 실수마저도 귀여워 엄마들 사이에 나직한 웃음이 번졌는데, 내 옆에 선 여자만 얼굴이 딱딱하게 굳었다. 그 여자가 미예였다. 집으로 돌아가는 길, 어쩌다 미예와 미예 아들 뒤에서 걸어가게 되었는데, 미예는 내내 아이를 나무랐다. 태가 뭐야 태가. 자기 이름도 똑바로 못 써서 어떡할 거야. 태와 태도 구별 못하겠어? 저런 사람과는 절대로 친구가 될 수 없겠다, 나도 모르게 생각했는데, 우리 셋은 그해가 가기도 전에 삼총사 소리를 들을 만큼 친해졌다.

시작은 가을 운동회였다. 학급 회장 엄마가 운동회에 참가한 엄마들에게 수고했다며 동네 호프집에서 맥주를

샀다. 첫 술자리라 어색했는지 다들 술을 별로 좋아하지
않는지 엄마들은 각자 몫으로 나온 삼백오십 밀리 생맥주
를 한모금씩 할짝거리다 잔이 비는 대로 그만 가봐야겠다
며 일어났다. 회장 엄마까지 일어났을 때 남은 사람은 수
라 언니와 미예와 나뿐이었다. 수라 언니가 자기가 제일
나이가 많은 것 같으니 2차를 사겠다고 했고, 내내 조용하
던 미예가 콜!을 외치면서 분위기가 달아올랐다. 우리는
아이들 초등학교에서 가장 먼 구역까지 걸어가 동네 주민
들보다는 인근 직장인들이 더 많이 가는 상가의 치킨집에
들어갔다. 우리가 들어가자 잔뜩 흐트러진 모습으로 목청
을 돋우던 셔츠 차림의 남자들이 일제히 우리를 쳐다보
았다. 그 시선에 나는 잠시 주춤했는데, 수라 언니가 적진
에 쳐들어가는 장군처럼 아름다운 턱을 치켜들고 치킨집
한복판을 우아하게 가로질렀다. 그날 우리는 직원이 가
게 문을 닫을 시간이니 그만 일어나달라고 할 때까지 맥
주를 마시고 치킨을 뜯었다. 센스 구린 디자이너가 되느
니 경단녀 소리를 듣기로 했다고 수라 언니가 말한 게 그
날이었다. 미예는 뚝배기에 담긴 번데기를 한숟가락씩 호
로록 떠먹으면서 자기 이야기를 시작했다. 미예는 삼 남
매 중 첫째로 두 남동생보다 공부를 훨씬 잘했지만 부모
의 잦은 한숨에 밀려 '자발적으로' 실업계 고등학교에 진

학했다고 말했다. 그리고 열아홉부터 다니기 시작한 직장에서 지금의 남편을 만났으며, 미예에게 한눈에 반한 노총각 남편이 아이를 낳기 전에 대학부터 보내주겠다고 약속해서 결혼을 결심했다고 담담하게 얘기했다. 그때 미예는 방송통신대 영문과를 졸업한 뒤였고, 아이가 삼학년쯤 되어 초등학교 생활에 적응하면 대학원에 가려고 틈틈이 공부하는 중이었다. 번데기 한 뚝배기를 혼자 다 먹은 미예가 맥주잔을 시원하게 비우더니 벌게진 얼굴로 말했다. 참관수업 날 아이가 이름의 '태' 자를 '태'로 잘못 썼을 때 엄마들 사이에서 일렁이던 웃음이 자기에겐 비웃음으로 들렸다고. 아이가 아니라 아이 엄마인 자신을 향한 비난으로 들렸다고. 그러면 안 된다고 생각하면서도 조건이 나쁠 것 없는 아이가 공부에 소홀하면 그렇게 화가 날 수가 없다고.

돌이켜보면 그날 미예가 그 이야기를 털어놓은 것은 수라 언니가 딸에 대해 말한 직후였다. 수라 언니는 자기 딸이 할 줄 아는 것도 없고 하고 싶어하는 것도 없는 게으름뱅이 천둥벌거숭이인데, 살아보니 어려서 공부 잘하고 커서 돈 잘 벌고 사회적으로 인정받고 그런 거 아무 소용 없더라며, 딸은 제가 좋아하는 일이나 하면서 크게 불행하지 않게만 살았으면 좋겠다고 했다. 그래서 자신과 남편은 나중에 딸에게 카페 하나 차려줄 정도의 목돈이나 주고 끝내기로 했다고. 그 말 끝에 미예가 제 이야기를 시작한 것이었는데, 생각해보니 그때 미예는 속으로 수라 언니의 말에 발끈했던 걸지도 모르겠다. 언니, 속 편한 소리 좀 그만해요. 언니처럼 다 가진 사람이 뭘 알아요? 하지만 수라 언니의 말 가운데 내 관심을 끈 대목은 미예와 달랐고, 그 말은 그후로도 꽤 오랫동안 수라 언니에 대한 내 인상을 좌우했다. 나는 우리 딸이 크게 불행하지 않게만 살았으면 좋겠어. 저 사람은 어떤 큰 불행을 겪었기에 저런 소원을 갖게 되었을까? 그러나 이 고립의 밤에 혼자 소파에 누워 그날의 대화를 찬찬히 되짚어보니 언니가 방점을 찍은 단어는 다른 쪽이 아니었을까 하는 생각이 들었다. '크게 불행하지 않게만' 살았으면 하고 바란 게 아니라 크게 불행하지 않게만 '살았으면' 하고 바랐던 게 아닐까 하고.

우리는 아이들이 반이 갈리고, 중학교에 다니고, 전부다른 고등학교에 진학할 때까지 십년째 친하게 지냈다. 일주일에 한번씩 만나 수라 언니에게 뜨개질과 프랑스 자수를 배우기도 하고 미예가 공부하는 영문학 작품을 같이 읽기도 했다. 교외 식물원을 찾아다녔고 고궁이나 근대 건물을 탐방하기도 했다. 우리의 모임은 인문학, 문학,

역사, 건축 공부 모임이었고 답사, 탐방, 견학 모임이기도 했다. 살림과 육아로 바쁜 와중에도 굳이 만날 때마다 모임의 과제를 정하고 실행에 옮겼던 건 아마도 우리가 시간이 남아돌아 한가롭게 놀러 다니는 유한부인들이 아님을 증명하기 위해서였을 것이다. 어디 한번 증명해보라고 요구하는 사람은 없었다. 그러나 우리는 한결같이 증명의 압박을 느꼈다.

우리가 가장 자주 가는 곳은 파주였는데, 동네에서 가까운 교외이기도 하고 뜨개질이나 독서 모임을 하기 좋은 넓은 카페와 음식점이 많기 때문이었다. 우리가 파주에 가면 꼭 날이 흐렸다. 하늘이 잔뜩 찌푸렸거나 비가 흩뿌리거나 미세먼지가 심했다. 수라 언니의 차를 타고 자유로를 달릴 때 우리 옆을 따라오는 임진강 물빛도 늘 잿빛이었다. 파주와 날씨의 상관관계는 우리끼리만 통하는 농담이 되었다.

하지만, 지금은 알지. 우리가 파주에 갈 때마다 날이 흐렸던 건 운세의 문제가 아니었다는 걸. 고작 세 사람이 약속을 잡는 것인데도 날씨는 우리가 고려할 수 있는 변수에 들지 못했다.

국방대 앞으로 매운탕을 먹으러 간 적이 있었다. 당시 미예가 어느 미국 여성 시인에게 푹 빠져 있어서, 그날 우리가 읽고 이야기 나눌 작품은 그 시인의 「물고기」라는 시였다. 수라 언니가 「물고기」를 읽기 전에 매운탕을 먹는 게 어떻겠냐고 제안했다. 우리는 아파트 광장에서 만나 택시를 타고 국방대 앞으로 갔다. 셋이서 낮술을 마신 게 그날이 처음이자 마지막이었다. 보글보글 경쾌하게 끓는 매운탕과 손안에 차갑게 닿는 소주잔 같은 것들이 우리를 들뜨게 했고, 어느새 세 사람 다 목소리가 높아졌다. 한참 웃고 떠들다가 문득 이상한 기운이 느껴져서 주위를 둘러보는데, 넓은 홀에 가득 들어찬 손님들이 모두 우리를 보고 있었다. 비슷한 얼굴, 비슷한 옷차림의 남자들이 비슷한 눈빛으로 우리를 쳐다보았다. 경멸이었을 것이다. 우리가 입을 다물자 식당 안이 조용해졌다. 어디선가 쯧 하고 혀 차는 소리가 들렸다. 소리 내어 말하지는 않았지만, 다음에 이어질 말은 이미 들은 듯 선명했다. 쯧, 여편네들이 대낮부터 재수 없게. 수라 언니가 소주잔을 들고 외쳤다. 얘들아, 얼른 마시고 쌀 사러 가자! 집구석에서 밥이나 하려면 쌀부터 사야지! 미예가 깔깔 웃다가 벽에 뒤통수를 부딪쳤다. 우리 셋의 소주잔이 맞닿으며 경쾌하게 쨍강거렸다. 남자들이 시선을 돌렸다.

우리가 우리라서, 우리 곁에 서로가 있어서, 아찔하게 좋은 시절이었다.

—

지원아. 나 속상해 미칠 것 같아. 이런 얘기, 너 말고는 할 사람이 없어. 미안해. 정말 미안해. 아까 우리 애가 전화를 걸어서 엉엉 우는 거야. 무서워 죽겠대. 너도 알지? 우리 현이, 얼마나 여리고 겁 많은 앤지. 집에 먹을 게 햇반하고 김뿐이야. 배달 앱으로 시켜서 먹으라니까 무서워서 현관문을 못 열겠대. 문 앞에 두고 가게 하라니까 그것도 못하겠대. 문을 여는 순간 뭔가가 툭 튀어나와 자길 덮칠 것만 같대. 어떡하면 좋니? 애가 며칠째 생으로 굶고 있어. 속이 까맣게 타들어가는 게 뭔지 알겠어. 근데, 지원아. 내가 이 이야기는 안 하려고 했는데. 어제 미예가 전화를 걸어서 다다다 쏘아붙이더니 대꾸할 틈도 안 주고 끊어버리더라. 그러면 안 되는 줄 알면서도 서럽더라. 내가 장어가 먹고 싶어서 너흴 불러냈겠니? 사랑하는 사람 떠나보내는 게 어떤 일인지 누구보다 잘 아니까, 그래서 직접 얼굴 보고 위로해주고 싶어서, 그래서……

미예가 저 할 말만 쏟아내고 전화를 끊어버리는데, 왜 애들 열살 때 생각이 나니? 너는 모르는 일이야. 아무한테도 말 안 했어. 8월이었어. 정말 더운 날, 땡볕이라 아무도 밖에 나가지 않는 날. 웬일로 미예가 먼저 연락해서 태윤이가 영어 학원 가기 전에 놀이터에서 놀고 싶어 한다고 우리 현이랑 지원이 네 아들 불러냈던 날이야. 너무 뜨거운 날이라 걱정은 됐지만, 태윤이가 먼저 놀고 싶어 하는 일이 워낙 드물어서 내가 우리 현이를 보냈어. 그 땡볕 아래 애를 보냈다고. 그러고 애들 걱정이 되어서 얼음물이랑 종이컵을 챙겨서 나갔어. 그런데 애들이 중앙 놀이터에도 없고 7동 앞 놀이터에도 없어. 옆 단지 놀이터로 건너갔나 싶어서 아파트 쪽문 쪽으로 가는데 그 옆 배드민턴장에서 우리 애들 소리가 들리더라고. 그때 내가 뭘 봤는지 아니? 태윤이가 심판석에 높이 올라앉아 있고 우리 현이랑 네 아이가 땀을 삘삘 흘리면서 배드민턴장을 돌고 있더라. 태윤이가 집에서 가져왔는지 물병 하나를 들고서 세바퀴! 하고 외치면 우리 애들이 헉헉거리며 배드민턴장을 세바퀴 돌아서 태윤이 앞에 가더라고. 그러면 태윤이가 물병 뚜껑에 물을 따라서 애들한테 줘. 그 작은 뚜껑에 말이야. 그럼 애들은 개처럼 헐떡이며 그걸 물이라고 받아먹어. 태윤이가 또 네바퀴! 하니까 이 바보 같은 것들이 또 네바퀴를 돌아. 내가 너무 놀라서 태윤이를 올려다 봤는데, 세상에, 그 어린애가 씩 웃는데 그게 어찌나 소름이 끼치던지. 그 자식이 얼굴이 벌겋게 달아오른 우리 애들을 내려다보면서 천천히 물병을 입에 대고 물을 마시더라고. 내가 몸이 부들부들 떨리는데 못 본 척하고 애들을 불렀어. 가서 우리 애들을 붙잡고 물을 한컵씩 따라줬어. 태윤이 쪽을 노려보지 않으려고 얼마나 안간힘을 썼는지 몰라. 어제 미예가 전화로 악다구니를 치는데 왜 그때가 떠오르니? 나 무섭다, 지원아. 미예도 무섭고 태윤이도 무섭고, 이런 기억이나 떠올리는 나도 무섭고. 무서워 죽겠다. 딱 죽겠다.

안녕하세요? 보건소입니다. 코로나19 증상 확인차 전화드렸어요. 박지원 님 되시죠? (예.) 먼저, 발열 증상이 있으신가요? (아니요.) 목 아픔 증상이 있으신가요? (아니요.) 기침 증상이 있으신가요? (없습니다.) 그외에 다른 불편한 증상이 있으신가요? (……) 달리 불편한 데가 있으세요?
(전부요. 전부 불편해요. 불편해서 딱 죽겠어요.)
알겠습니다. 담당자 확인 후 연락드리겠습니다.

하지만 수라 언니. 우리가 처음 만나기 전해에 세상을 떠난 언니의 첫아이 말이야. 그 아이가 생전에 너무나 아꼈다는 그 파란색 자전거. 그 자전거를 흔쾌히 받아 간 사람은 내가 아니라 미예였어. 죽은 아이가 쓰던 물건을 병약한 내 아이에게 주고 싶지 않아 내가 거짓말이나 궁리하는 사이 미예는 언니의 첫아이를 오래 기억할 수 있게 아껴가며 자전거를 타게 하겠다고, 그렇게 다정한 말을 건넸지. 미예는 그런 사람이었어.

—

여자는 물고기를 바라보았다. 작은 보트 안에 승리감이 차올랐다. 기름이 번진 곳마다 무지개가 비쳤다. 녹슨 엔진 주변에, 배 밑바닥에 고인 물웅덩이에, 낡은 주황색 파래박에, 햇볕에 갈라진 가로장에, 노걸이에, 뱃머리 널빤지에, 온통 무지개가 어룽졌다.

—

무엇이 자꾸 우리를 겁쟁이로 만들까? 우릴 자꾸 고립시키고, 왜 저러고 사나 싶게 만들고, 경멸하기 좋은 얼굴로 변모시키고, 끊임없는 자기증명의 압박을 가하는 이 병의 이름은 무엇일까? 우리는 언제부터 재난의 한복판에서 천근만근이 되어버린 아이를 업고 달리는 (그러나 달리지 못하는) 꿈을 반복해서 꾸는 걸까? 이 바이러스의 진짜 이름은 무엇일까?

—

무지개! 무지개! 무지개!
여자는 물고기를 놓아주었다.

—

너무 춥다. 온몸이 떨린다. 오한을 느끼며 잠에서 깼다. 벌떡 일어나 체온을 재본다. LED 창에 선명하게 뜬 숫자는 38.8. 드디어 열이 당도했다. 와들와들 떨면서 타이레놀의 포장을 벗긴다. 그새 식은 차와 함께 타이레놀 두알을 삼킨다. 너무 춥다. 안방에 들어가 옷장 문을 연다. 거기 뜨다 만 카디건이 뭉쳐져 있다. 수라 언니에게 뜨개질을 배워 가을에 입자고 일년 전부터 조금씩 떠왔던 것이다. 미예는 몸에 딱 맞는 보라색 카디건을, 나는 초록색 오버사이즈 카디건을 뜨는 중이었다. 각자 카디건이 완성되면 우리는 함께 늦가을 숲으로 산책을 떠날 계획이었다. 흐린 날씨를 피하려면 파주만 아니면 돼. 우리는 우리만 아는 농담을 하며 웃었다. 나는 아직 왼팔이 완성되지 않은 짙은 숲 색깔 카디건을 걸치고 거실로 돌아왔다.

밤이다.

격리의 밤. 그리고 아마도 양성의 밤.

내일 날이 밝으면 보건소에 가 재검사를 받을 것이다.

그리고 우리는

여전히 이렇게 부를 수 있다면

우리는 함께 이 병을 앓을 것이다.

---

* 본문 중 여자와 물고기에 관한 부분은 엘리자베스 비숍의 시 「The Fish」의 내용을 산문으로 재구성한 것이다.

그   고양이의   이름은   길다

떠올랐다.

슷.

붓.

저 아래 내 몸이 보였다. 산소마스크를 쓰고 수술대에 누운 53세 여성의 몸은 아침마다 욕실 거울에 비춰본 모습과는 달랐다. 나는 지금 영(靈)인가. 혼(魂)인가. 저 아래 내 몸이 따뜻한 걸 보면 나는 죽지 않았다. 이런저런 위험 요소를 인지했다는 수술 동의서에 서명했던 일이나 수면마취제가 들어가기 전 의사가 숫자를 세어보라고 했던 것, 조금 어색한 느낌으로 하나, 둘, 셋까지 중얼거렸던 것도 다 기억한다. 그러곤 검은 망각 속으로 까무룩 가라앉았는데, 어느새 슷 혹은 붓 하고 수술실 천장에 떠올라 내 몸을 내려다보고 있다. 영혼의 무게는 21그램이라는데. 영화 포스터에서 '벌새 한마리의 무게, 초콜릿 바 하나의 무게'라는 카피를 보고 코웃음을 쳤더랬다. 사람마다 몸의 모양도 색깔도 무게도 길이도 부피도 다 제각각인데, 영혼의 무게는 21그램이라는 단일 수치로 설명하려들다니. 그런데 지금 부유하는 내 영은 21그램일까. 터무니없는 호기심으로 혹시 수술실 안에 저울 같은 게 있나 둘러보기까지 했다.

호기심의 방향을 돌려 내 몸을 다시 살펴본다. 어디서도 경험할 수 없었던 시점이고 전망이다. 거울을 보는 것과는 달랐고, 내 몸을 찍은 동영상이나 CCTV 화면을 본 적도 없다. 저 몸의 역사는 오직 저 몸 안에서만 감각해왔는데, 이제 영이 된 나는 새로운 거리를 두고 저 몸을 관찰한다. 저 몸은 열일곱살에 169.9센티미터로 아슬아슬하게 성장을 마쳐 엄마를 안도하게 했다. (여자애가 키가 170이 넘어서 어디에 쓴다니?) 그러나 그전에 이미 70킬로그램을 가뿐히 넘겨 엄마를 한숨짓게 했다. (여자애 몸무게가 70을 넘겨서 어디에 쓴다니?) 엄마는 늘 내 몸의 쓸모를 걱정했는데, 다행히 나는 스무살부터 저 몸을 잘써서 식구들을 먹여 살렸다. '처녀 가장'은 이십대의 내게 철썩 들러붙은, 내가 죽도록 싫어했던 별명이었다. 저 몸은 이십대와 삼십대를 순식간에 통과하더니 사십대에 들어서자마자 갑작스럽게 제 존재의 이모저모를 분주하게 알려왔다. 마흔살에 흰머리가 생기면서 정기적인 뿌리 염색의 부담을 안겨주더니 마흔다섯살에 노안이 찾아와 가방에, 책상에, 침대 머리맡에, 돋보기를 하나씩 두지 않으면 눈도 마음도 우중충해지는 삶이 시작되었다. 마흔아홉살에는 경추 디스크와 고지혈증과 지방간, 비타민D 결핍증이 번호표도 뽑지 않고 무질서하게 들이닥쳤다. 온갖 증상이 약속어음처럼 당도하자 내 몸 어딘가에 이런 것들이 고여 있구나, 새삼스레 깨닫게 되었다. 삼개월에 한번씩 혈액검사를 통해 한주먹쯤 되는 약의 복용량을 조절했고, 어딜 가도 약부터 챙기며 약과 식구처럼 지내는 생활에 익숙해졌다. 이만하면 노화의 활주로에 연착륙하지 않았나, 섣불리 안도할 즈음 자궁 근종이 발견되었다. 자궁은 한달에 한번씩 생리통이랄지 생리전증후군이랄지 배란통으로 꾸준히 제 존재를 알려왔던 장기였기에 나름 친한 줄 알았는데, 이 녀석이 가장 세게 뒤통수를 쳤다. 근종이 워낙 많기도 하고오…… 여기 보이죠? 12센티미터가 넘는 것도 있고오…… 위치도 써억…… 의사는 말꼬리를 길게 빼는 버릇이 있었다. 나는 의사의 말을 자르고 끼어들었다. 그냥 들어내죠. 순간 의사가 나를 빤히 보았는데, 그 눈빛에 질책이 엿보였다. 의사는 자궁적출 후 부작용도 고려해야 한다며 적출할 경우와 적출하지 않는 경우

생길 수 있는 일들을 비교하며 길게 설명했다. 질질 끄는 말버릇은 듣기 괴로웠지만, 이 의사에게 수술을 맡겨도 괜찮겠다는 생각이 들었다.

마취 상태로 의료진에게 둘러싸인 내 몸은 낯설었다. 잠든 것 같지도 않았고 기절한 것 같지도 않았다. 물론 잠든 내 모습이나 기절한 내 모습을 본 적이 없으니 정확한 비교는 아니다. 저건 뭐랄까. 쓸모를 유예당한 빈 자루 같달까. 확실히 쓰레기통에 처박히지는 않았지만, 나중을 기약하며 챙김을 받은 것도 아닌, 어정쩡한 상태로 창고 한구석에 방치된 빈 자루. 그렇게 생각하니 내 몸에 너무 가혹한 비유를 한 것 같아 마음이 좋지 않다. 설상가상으로 의사가 드디어 내 아랫배에 메스를 대는 순간 나는 차마 그 모습을 똑바로 보지 못하고 시선을 돌리고 말았다. 아무리 영이 되었대도 내 몸의 노골적인 안쪽까지 마주할 자신은 없다.

영이 되니 편하긴 했다. 늘 거인, 여장부, 처녀 장사 같은 별명을 달고 다녔는데, 영인 나는 깃털처럼 가볍고 숨결처럼 희박했다. 뜨자, 하면 떴고 움직이자, 하면 움직였다. 벌새보다 기동력이 좋았고 초콜릿 바처럼 묵묵하지도 않았다. 가볍다는 건 이런 느낌이구나. 수술은 보통 두시간 반 정도 걸리지만 개복 후 확인한 상태에 따라 수술 시간이나 수술 범위가 늘어날 수도 있다고 했다. 적어도 나에겐 두시간 남짓한 여유가 있었다. 수술실 밖으로 빠져나오자마자 나는 저절로 회사로 움직였다. 스무살부터 삼십년 넘게 다닌 곳을 영도 몸만큼이나 잘 알았다.

야적장의 통나무 더미에 올라앉았다. 언제고 한번은 올라오고 싶었다. 공장 건물에서 요란한 전동 톱 소리가 들렸다. 예정대로라면 지금쯤 초대형 우드슬랩을 작업하고 있을 것이다. 회사가 보유한 통나무 가운데 가장 크고 질 좋은 놈을 골라 만드는 우드슬랩은 유명 화장품 회사가 올가을 오픈할 가로수길 매장의 메인 진열대가 되어 그 회사가 한창 표방 중인 자연주의 이미지를 과시할 예정이었다. 이번 우드슬랩 수주는 실익으로 보나 홍보 효과로 보나 회사로서도 꽤 중요한 계약이었다. 화장품 회사는 유명 잡지들에 가로수길 매장 오픈 기사를 대대적으로 내보낼 테고, 페이지 가득 실릴 매장 사진에서 우리 회사가 제작한 우드슬랩 테이블은 화장품보다 근사하게 돋보일 것이다. 현 사장은 몇년째 인기가 사그라지지 않는 우드슬랩 사업으로 재미를 좀 보더니 이번 계약 건으로 어깨에 힘이 잔뜩 들어갔다. 급기야 회사의 주력 부서인 인테리어 사업부에 비해 다소 소품 취급을 받아왔던 가구 사업부에 투자를 강화하겠다고 선언했다. 언뜻 기특하게 들렸지만 사실 현 사장의 속내는 투자 강화가 아니라 경비 절감이었다. 이제껏 가구 사업부를 만들고 키워온 나를 밀어내고 그 자리에 디자이너 출신인 자신의 부인을 앉히 겠다는 뜻이었으니까.

툿.

풋.

귀 기울이면 들렸다. 통나무가 마르면서 깊은 속살 어딘가가 미세하게 비틀리는 소리. 습기가 빠져나가면서 빈자리가 틀어지는 소리. 예측 불가한 그 소리를 사장은 나무가 익어가는 소리라고 했다. 나무 익는 소리를 깔고 앉아 삼십년 넘게 내 몸이 자리했던 곳을 살펴보았다. 낯선 위치에서 바라본 공간은 수술실 천장에서 바라본 내 몸처럼 새삼스러웠다. 지금 보니 공장 건물과 휴게 건물, 본관 건물은 묘하게 틀어져 삼각형을 이루지 못하는 세 선과 같았다. 목재의 아름다움을 알리고자 사장이 무리해서 지었던 목재 전시장의 지붕도 그새 낡고 녹슬어 전혀 아름답지 못했다. 위치만 달라졌을 뿐인데 많은 것이 달라 보였다. 저기 휴게 건물 뒤쪽, 뒷산으로 이어지는 좁은 산책로에서 소희 언니가 차가운 얼굴로 말했었지. 그래서 너는 다리를 벌렸니? 저쪽 공장 건물 옆 흡연실에서 창립기념일 공짜 술에 취한 천중만 씨가 내 손을 함부로 잡으며

지껄이기도 했다. 미쓰 구는 몸만 와. 내가 미쓰 구 허물
다 덮어줄게. 나는 미쓰 구만 있으면 돼. 소희 언니는 결
혼과 함께 회사를 그만두었고 천중만 씨는 근무 태만으로
잘렸다. 둘 다 오래전 일이다. 공장 건물 바닥에 매일매일
쌓이는 톱밥과 대팻밥만큼 흔한 이야기다.

툿.

픗.

나무 익는 소리보다 쓸데없는 헛소리들이다.

—

열여덟 살 봄, 이류 신문 데스크였던 아버지가 어디론
가 끌려갔다가 가을에 돌아왔다. 아버지는 몸만 돌아왔
다. 혼이 빠져나간 아버지는 온종일 방에 누워 지내거나
말도 없이 집을 나갔다가 한참 후에 낯선 도시의 여관에
서 밀린 여관비를 대신 지불해달라고 연락하길 반복했다.
원래 아버지는 꽤 부지런한 사람이었는데 천하에 게으른
백수건달이 되어버렸다. 엄마는 아버지가 마음을 다친 거
라고, 마음을 다친 사람도 몸을 다친 사람만큼이나 알뜰
히 보살피고 치유해야 한다고 나와 두 남동생을 달랬다.
하지만 외가 식구들에게 돈을 빌려 생활하는 처지에 온

갖 보양식과 보약을 일년이 넘도록 해다 먹여도 아버지가 조금도 달라지지 않자 아버지를 없는 사람 취급했다. 아버지는 어느새 마음을 다친 사람이 아니라 그저 쓸모없는 빈 자루가 되어 집 안 아무 데나 부려졌다. 큰 부자는 아니어도 모자랄 것 없는 집안의 늦둥이 막내로 태어나 고생을 모르고 섬세하게 자란 엄마는 순식간에 체질까지 바뀌 식당에 나가 설거지를 했다. 밤에도 아버지가 틀어놓은 시끄러운 14인치 흑백텔레비전 앞에 밥상을 펴놓고 봉투에 풀칠해 푼돈을 벌었다. 모든 가격의 기준이 봉투 하나 붙이고 받는 값이 된 엄마는 정말 소소한 돈도 가열하게 깎아야 직성이 풀리는 생활의 투쟁가로 거듭났다. 그러나 엄마가 벌 수 있는 돈은 정말이지 소소했다. 그 돈으로 우리 다섯 식구가 먹고살 수는 없었다. 나는 고등학교 삼학년 말에 딱 십분을 고민하고 대학 진학을 포기했다. 내 성적으로는 우리 집 형편을 극적으로 바꿀 만한 이름 있는 대학이나 전망 좋은 학과에 들어갈 수 없었다. 인문계 고등학교 졸업장을 가지고 당장 취직할 곳이 마땅치 않았지만, 산림청 공무원인 이모부가 서울과 경기도의 경계에 있는 작은 목재 회사에 임시직으로 '꽂아'주었다. 그때부터 내게는 '처녀 가장'이라는 꼬리표가 붙었다. 가끔 눈치 없는 사람들은 남들보다 조금 우람한 내 체격을 보고 '처녀 장사'라고 바꿔 부르기도 했다.

내가 어리바리한 얼굴로 처음 사무실에 들어섰을 때 화사하게 웃으며 먼저 다가와준 사람이 소희 언니였다. 소희 언니는 총무부 베테랑 직원이었다. 여상 출신으로 경리 실무를 도맡았다. 언니는 내게 짬짬이 타자와 부기를 가르쳐주기도 했다. 언니에겐 늘 좋은 냄새가 났다. 지금 생각하면 향수 냄새나 조금 비싼 샴푸 냄새가 아니었을까 싶은데, 여고를 졸업하자마자 회사에 던져지다시피 해 소위 '여성스러움'에 대해 배울 기회가 전혀 없었던 나는 그저 소희 언니에게서 풍기는 모든 냄새와 분위기를 '여성스러움'의 정수라고 믿어버렸다. 점심시간에 내 앞에서 한걸음 반 정도 떨어져서 식당으로 향하는 소희 언니의 뒷모습을 바라보는 건 퍽퍽한 회사생활 중 내가 가장 좋아하는 일이 되었다. 언니는 늘 종아리 가운데까지 내려오는 치마와 잘 다린 블라우스를 입었다. 언젠가 언니가 발목 뒷부분이 드러나는 슬링백 구두를 신고 온 날엔 언니의 발목 양쪽이 옴폭 들어간 걸 보고 속으로 깜짝 놀라기도 했다. 사람의 발목이 허리처럼 잘록하게 쏙 들어갈 수도 있다니. 새로운 발견이었다. 언니가 타자기 앞에서 일에 골몰할 때는 수굿한 각도로 기운 어깨선을 한참 바라보기도 했다. 아마 그 시절 나는 언니를 동경했던 것 같다. 언니의 우아한 겉모습과 다정한 마음 씀씀이와 그것들이 한데 어우러져 우러나오는 어떤 분위기를 나는 아름다움이라고 정의했다. 언니는 정말 아름다웠다. 그렇게 아름다운 사람을 회사 아저씨들은 미쓰 양아, 커피 좀 마시자. 미쓰 양아, 과일 좀 깎아 와라, 부려먹었다. 내가 실수라도 하면 사람들은 언니를 혼냈다. 미쓰 양아, 천둥벌거숭이 미쓰 구 관리 좀 잘하자, 응?

나는 점심을 다 먹고 언니와 함께 뒷산으로 이어지는 산책로를 따라 천천히 걷다가 내려오는 그 짧은 시간을 사랑했다. 언니는 수북하게 자란 풀 사이를 헤치며 나직한 말투로 이야기를 들려주었다. 공장장의 먼 친척이라는 언니는 착실하게 월급을 모아서 적당한 사람을 만나 결혼하고 단란한 가정을 꾸리는 게 인생의 목표라고 했다. 뒷산에 오르면 회사 바로 옆에 온갖 귀한 목재로 탄탄하게 지은 사장의 이층집이 보였다. 그 집을 내려다보며 언니는 꿈꾸듯 말했다. 저렇게 짱짱한 집에서 딸 둘 아들 둘 낳아 마당에 풀어놓고 행복한 아이들로 키우고 싶어. 하지만 요즘은 둘 이상 낳으면 야만인이니까 딸 하나 아들 하나 이렇게 딱 둘만 낳아서 곱게 키울 거야. 언니라면 잘할 수 있을 것 같았다. 저렇게 잔털 하나 보이지 않게 눈썹과 코밑 털과 다리털을 관리할 수 있는 언니라면, 버스로 한시간 반을 통근하면서 흐트러지지 않게 눈썹을 그리고 기분 좋은 냄새까지 풍기는 언니라면 세상에서 가장 행복한 아이들의 어머니가 될 수 있을 것 같았다. 나는 언니의 시선을 따라 사장의 집 마당을 내려다보며 그 자리에 미래의 아이들을 포개보았다. 언니를 닮아 맑고 순할 딸 하나 아들 하나를.

그해 가을, 갑자기 날씨가 추워져 서둘러 겨울옷을 꺼내느라 정신이 없었던 날이었다. 소희 언니는 재단이 잘되어 언니의 어깨선에 착 들어맞는 핸드메이드 모직 코트를 입고 출근했다. 언니의 하얀 얼굴에 홍시 빛깔 코트가 아주 잘 어울렸다. 나는 오리털도 아니고 솜을 넣어 잔뜩 부풀리기만 했을 뿐 보온성은 훅 떨어지는 나일론 패딩을 입고 있었다. 언니의 날씬한 몸에 착 들러붙은 코트를 보다가 내 패딩을 보면 바람을 지나치게 불어넣은 풍선 인형이 되어버린 기분이 들었다. 그날의 옷차림이 또렷하게 기억나는 건 소희 언니가 뜻밖의 부탁을 해왔기 때문이다. 언니는 퇴근하고 어딜 좀 같이 가줄 수 있느냐고 물었다. 소희 언니는 늘 부탁을 들어주는 사람이지 내게 뭔가를 부탁하는 사람이 아니었기에 나는 좀 흥분했던 것 같다. 퇴근 후 우리는 경기도 깊숙이 들어가는 버스를 타고 야트막하게 엎드린 회색 건물들이 띄엄띄엄 나타나는 시골길을 달렸다. 버스에서 내렸을 때는 이미 해가 지고 난 다음이었다. 어쩌다가 하나씩 나타나는 침침한 가로등에 의지해 몇백 미터 정도 걸었을 때, 붉은 깃발을 단 대나무 가지가 시멘트 담장 안쪽에 삐죽이 솟은 집이 나타났다. 양철 간판에 붉은색 페인트로 '처녀 보살 신점'이라고 씌어 있었다. 내림굿을 받은 지 얼마 안 된 용한 무당이래. 내내 조용했던 소희 언니가 간판을 확인하자마자 내 쪽으로 고개를 돌리고 속삭였다. 무당집은 어둠 속에 괴괴하게 엎드려 있었다. 허술한 알루미늄 새시 문을 열고 안으로 들어가니 천장이 낮은 어둑한 거실에서 중년 여자가 우리를 맞았다. 용하다는 처녀 무당은 가장 안쪽 방에 차린 굿당에 오도카니 앉아 있었다. 무당은 아무리 봐도 내 또래로밖에 보이지 않았다. 진한 화장이 앳된 이목구비까지 감추지는 못했다. 텔레비전에서 본 화려한 무복을 기대했지만, 무당은 그저 편안한 트레이닝복 차림이었다. 다만 머리카락만은 사극 속 처녀처럼 하나로 땋아 붉은 댕기를 달고 있었다. 무당이 허리를 꼿꼿이 세우고 자세를 고쳐 앉더니 소희 언니를 보고 말했다. 이쁜 언니가 뭐가 답답해서 여기까지 왔대? 소희 언니가 잔뜩 겁먹은 얼굴로 핸드백에서 종이 한장을 꺼내 무당 앞에 내밀었다. 회사 로고가 인쇄된 종이에 한자 이름과 생년월

일, 생시가 두개씩 씌어 있었다. 둘 중 누구랑 결혼하면 좋을까요? 아휴, 이 언니, 얌전한 줄 알았더니 여우네, 여우. 무당이 눈웃음을 지으며 소희 언니를 보았다가 이내 정색하고 요령을 흔들기 시작했다. 눈을 살짝 내리깔고 중얼중얼하기도 했다. 무당의 눈꺼풀에 검은색 아이라인이 살짝 비뚤어져 있었다. 요령 소리가 뚝 그쳤다. 무당이 눈을 부릅뜨고 손가락으로 종이 위 이름을 하나씩 찍으며 말했다. 이놈하고 살면 몸이 편하고 이놈하고 살면 마음이 편해. 소희 언니가 말했다. 좀더 자세히 설명해주시면 안 될까요? 무당이 답답하다는 듯 말했다. 이놈하고 살면 맘고생, 이놈하고 살면 몸 고생이라고. 어느 쪽을 택해도 한쪽이 편하면 한쪽은 고생이야. 나는 무당이 하나 마나 한 소리를 하고 있다고 생각했다. 소희 언니는 뭐가 더 물어보고 싶지만 무당의 기세에 눌려 말을 삼키는 기색이었다. 잠시 침묵이 고였다. 저, 사기꾼. 나는 소희 언니의 얼굴을 단박에 어둡게 만든 저 무당이 미웠다. 그때 무당이 내게 말했다. 거기 뒤에 앉은 언니. 언니도 뭐 하나 물어봐. 내가 특별히 서비스해줄게. 소희 언니가 화들짝 놀라더니 애써 거들었다. 그래, 너도 보살님께 뭐든 물어봐. 오늘 여기까지 와준 보답으로 언니가 복채 내줄게. 무당과 소희 언니가 동시에 내 쪽을 보았다. 난처했다. 언니는 뭐 답답한 거 없어? 무당이 채근한다기보다는 살짝 재미있다는 말투로 물었다. 뭘 물어야 할까. 소희 언니처럼 언제 결혼할지 혹은 누구랑 결혼할지, 그것도 아니면 언제 애인이 생길지 그런 게 궁금해야 할까? 그때 내 입에서 생각지도 않은 말이 튀어나왔다. 우리 아버지는 언제쯤 돈을 벌기 시작할까요? 내가 말해놓고 내가 놀랐다. 아버지에 관해서라면 나 역시 엄마처럼 완전히 포기한 줄 알았는데. 무당이 눈도 깜박이지 않고 나를 빤히 보며 혀를 찼다. 언니도 참 딱하네. 나만큼 딱해. 고작 스무살짜리가 참 무겁네. 이고 졌네, 이고 졌어. 나는 그 말을 아버지가 다시는 재기하지 못할 것이라는 최종 선언으로 이해했다.

그날 무당집을 나와 버스 정류장까지 걸어가는 길에도, 버스를 타고 다시 서울로 나가는 동안에도 나와 소희 언니는 한마디도 나누지 않고 각자 무겁게 이고 진 것들을 생각했다.

―

지금쯤 내 몸은 조금 가벼워졌을까? 영혼의 무게 21그램 더하기 들어낸 자궁의 무게만큼? 자궁의 무게는 얼마나 될까? 자궁을 들어낸 시간 동안 나뭇결 사이에 생긴 빈틈의 무게는 또 얼마나 될까?

—

스물한살, 정식 사원이 되었다. 소희 언니에게 배워 타자도 제법 할 수 있게 되었고 업무 실수도 줄었다. 큰 남동생이 고등학교 이학년이 되었고 작은 남동생이 중학교에 들어가 돈 들어갈 곳이 늘어났는데 월급이 조금이나마 올라 다행이었다.

스물두살, 큰 남동생이 고등학교 삼학년 되었고 내 월급은 그대로였다. 휴게 건물 뒷산에 연두색 새잎이 돋아나기 시작할 무렵 사장이 나를 사장실로 호출했다. 입사한 지 삼년째에 처음 있는 일이라 좀 놀랐는데, 나보다 소희 언니가 더 당황한 눈치였다. 괜찮아. 별일 아닐 거야. 어서 다녀와. 소희 언니가 철없는 아이를 물가에 보내는 눈빛을 하고 말했다.

사장의 책상 위에는 2년 전 내 글씨로 쓴 이력서가 놓여 있었다. 사장이 이력서를 내려다보았다가 나를 올려다보았다가 하며 물었다. 회사생활은 할 만한가? 예. 바로 밑에 남동생이 올해 몇학년인가? 고삼이 되었습니다. 공부는 잘하나? 전교 3등이랍니다. 가고 싶은 대학은 있고?

서울대는 아슬아슬하고 연고대 중위 학과는 노려볼 만하다고 합니다. 아버지는 좀 어떠시고? 사장이 우리 집 사정을 어디까지 알고 있을까? 이모부가 나를 여기 '꽂아' 주었을 때 어디부터 어디까지 말했을까? 알 수 없는 만큼 두루뭉술하게 대답해야 했다. 여전하십니다. 그래, 자네가 고생이 많겠군. 나는 아무 대답도 하지 않았다. 여기 보니까 특기가 일본어라고 되어 있네? 일본어는 잘하나?

그럴 리가. 취미란에는 독서라고 적었지만 특기란에는 도무지 적을 게 없어서, 고등학생 때 제2외국어로 배웠고 유일하게 '수'를 받은 과목이라 일본어를 적었을 뿐이었다. 사장이 내 대답을 듣지도 않고 말했다. 우리 회사가 올해 일본의 목재 회사하고 기술이전 계약을 체결할 예정이야. 내가 앞으로 일본 출장을 정기적으로 다녀야 하는데 우리 회사에 일본어를 할 줄 아는 사람이 자네뿐이야. 자네가 날 좀 도와줘야겠어.

망했다. 나는 그날 저녁 당장 종로의 대형서점에 가서 회화 카세트테이프 세트를 산 뒤 짬이 날 때마다 이어폰을 끼고 열심히 일본어 문장을 중얼거렸다.

몇달 후 사장이 일본 출장 계획을 발표하면서 수행원으로 나를 지목하자 회사 사람들 모두가 놀랐다. 한동안 떨떠름한 표정, 어이없는 표정, 약이 오른 표정이 나를 향했다. 내가 휴게실에 들어가면 앉아 있던 사람들이 갑자기 입을 다물었다. 소희 언니는 점심을 먹으러 가는 길에 더이상 내 팔짱을 끼지 않았다.

일본 출장은 4박 5일 일정이었다. 엄마는 큰이모의 큰딸에게 여행용 트렁크와 트렌치코트를 빌려 왔다. 사촌 언니의 코트는 내 몸에 작아 어깨가 꼭 끼었다. 출발 전날 짐을 싸고 있는데 엄마가 거들어주는 척하면서 넌지시 물었다. 사장님하고 너하고 호텔 방 따로 잡은 거 맞지? 제대로 확인했지? 엄마, 우리 사장님, 아버지보다 나이가 많아. 아들이 고등학생이야. 엄마가 화들짝 놀라며 말했다. 남자가 자기 나이 따지는 거 봤어? 무슨 일 있으면 국제 전화로라도 꼭 연락해. 알았지?

엄마의 걱정이 무색하리만큼 사장은 비행기 옆자리에 앉은 내게 말도 걸지 않았다. 사장은 평소 별명이 일벌레일 정도로 회사 바로 옆의 목조 이층집과 회사만 오갔다. 술도 못해서 회식 때면 밥만 먹고 가장 먼저 자리를 떴다. 소희 언니 말로는 일본 유학생 출신이라는데 내 눈에는 그저 일밖에 모르는 못생긴 중년 아저씨였다. 그나마 사장이 일벌레니까 사양산업이라는 목재 사업이 작게나마 버티고 있고, 덕분에 나 같은 애도 먹고사는 거라고 생각했다. 소희 언니는 그런 사장이 꿈에 그리던 이상적인 남편상이라고 했다. 다정한 아버지, 다정한 남편. 사모님이 참 복이 없었던 거지. 우리 사장님 같은 사람하고 살았다면 생전에 몸 고생도 맘고생도 안 해봤을 텐데. 당신 명이 짧아서 그 운을 다 못 누리고 가신 거야. 그런데 우리 사장님은 아직도 사모님을 못 잊어서 재혼 이야기는 입 밖에도 못 꺼내게 한대. 그러니 사모님은 죽어서도 운이 좋은 여자라고 해야 하나?

나리타 공항에 내렸을 때 '마루와 임업'의 직원이 마중을 나왔다. 우리는 회사 로고가 박힌 밴을 타고 도쿄 외곽에 있는 본사로 갔다. 놀랍게도 사장은 유창한 일본어로 현지 직원과 대화를 나누었다. 하긴 일본 유학생 출신이라지 않던가. 그렇다면 애초에 나를 왜 데려왔을까? 불안한 마음을 다독이며 그들의 대화를 들어보려고 했지만, 회화 테이프가 늘어지도록 듣고 또 들었던 문장은 단 한마디도 들리지 않았다.

일본은 목재 사업 강국이라더니 일본 회사는 우리 회사보다 훨씬 규모가 크고 어딘가 선진의 냄새를 풍겼다. 마중 나온 직원이 사장과 나를 온통 하얀 사무실로 안내했는데, 거기서 기술부장이라는 사토 상을 만났다. 사토 상이 바로 우리가 상대해야 할, 아니 모셔야 할 '갑'이라는 사실은 초보인 내 눈에도 확실해 보였다. 사장은 사토 상

앞에서 계속 쩔쩔매거나 굽신댔고 그럴 때마다 사토 상은 여유롭게 웃었다. 체구가 작고 마른 사토 상 앞에서 두꺼비 같은 사장이 계속 굽신거리는 꼴은 어딘가 짠하기도 하고 볼썽사납기도 했다. 이것이 어른의 세계인가. 나는 별 도움도 못 되고 사장 옆에서 반박자 늦게 굽신거렸다.

첫날은 사토 상과 젊은 직원 하나가 사장과 나를 데리고 다니며 회사 곳곳을 보여주었다. 우리 회사에는 없는 큼직한 기계와 작업장을 보고 사장이 놀란 입을 다물지 못하고 계속 '스고이!'를 연발했다. 그 모습이 정말 입 벌린 두꺼비 같아서 나는 조금 창피했다. 마지막 코스는 회사 가장 안쪽에 있는 너른 야적장이었다. 그곳에 통나무가 종류별로 산더미처럼 쌓여 있었다. 카메라를 메고 다니며 계속 사진을 찍던 사장이 갑자기 내게 카메라를 내밀더니 통나무 더미 앞에 섰다. 사장 뒤쪽으로 큼직한 통나무의 둥근 단면들이 벽지 무늬처럼 동글동글 펼쳐졌다. 붉은 기운이 도는 나무를 배경으로 사장의 감색 양복이 푸르게 도드라졌다. 하나, 둘, 셋. 나는 사장의 전신이 다 나오게 사진을 찍었다. 카메라를 다시 돌려주려는데 사토 상이 사장 옆에 섰다. 나는 다시 뷰파인더에 눈을 가져다 댔다. 무뚝뚝한 사장과 여유로운 사토 상이 한 프레임 안에 보였다. 나는 두 사람의 전신이 다 나오게 한장 찍고,

조금 더 앞으로 걸어가 두 사람의 상반신만 꽉 차도록 한 장 더 찍었다. 시마이! 얼토당토않은 내 일본어에 사토 상이 항복하듯 웃어버렸고 사장도 긴장을 풀었다. 순간 나는 몰래 셔터를 몇번 더 눌렀다.

둘째날엔 본격적인 협상이 시작되었다. 사장은 회화 테이프 속 문장 말고는 일본어를 한마디도 제대로 못하는 나를 옆에 앉혀놓고 유창한 일본어로 협상했다. 분위기는 나쁘지 않았지만, 굉장히 진지했다. 전날 걸핏하면 여유롭게 방긋방긋 웃어서 살짝 기분이 나쁠 지경이었던 사토 상도 웃지 않았다. 나는 무거운 분위기에 눌려 졸지 않으려고 몰래 허벅지를 꼬집으며 버텼다. 협상은 무사히 끝났고 그날 저녁 다 같이 회식을 했다. 손대기 아까울 정도로 예쁜 생선 초밥을 먹었고 가라오케에 가서 노래도 불렀다. 일본 가라오케 기계에 한국 노래가 나와서 놀랐다. 술을 한잔도 못하는 사장은 미안하다며 대신 노래를 두곡이나 불렀다. 사장은 서울 사람이면서 일본 사람들 앞에서 자꾸 부산항으로 돌아오라고 절규하는 노래를 불렀다. 사람들과 헤어지고 호텔로 돌아가는 길에 사장이 호텔까지 걸어가도 되겠느냐고 물었다. 도쿄의 밤은 톡톡 튀는 콜라 거품처럼 청량했다. 사장은 호텔까지 걸어가는 길 내내 아무 말도 하지 않았다. 술도 안 마셨으면서 취한 사람처럼 몇번 걸음을 허청거렸다. 호텔 로비에 도착하자마자 사장은 그 옆에 딸린 작은 커피숍으로 들어가 따뜻한 커피 두잔을 시켰다. 그리고 커피가 나오자마자 미리 준비한 듯 급하게 할 말을 전했다. 내일부터는 자유 시간이다. 모레 아침 공항에서 보자. 일본어를 할 줄 아니까 공항까지 혼자 올 수 있지? 여권 잘 챙기고. 하루 동안은 너도 나도 자유야. 하고 싶은 일이 있으면 해. 가고 싶은 데가 있으면 다녀오고. 이걸 써. 사장이 제법 두툼한 봉투를 내밀었다. 빳빳한 일본 지폐가 들어 있었다. 특별 보너스로 생각해. 단, 이 자유 시간은 우리만 아는 비밀로 하자. 사장은 자기 앞의 커피에 손도 대지 않고 먼저 일어나 커피숍을 나갔다. 나는 어쩐지 퇴짜를 맞은 기분이 들어 (대체 왜?) 혼자 남아 커피를 마저 마셨다. 다 마시고 나서 사장의 커피까지 마셨다. 그러고도 왠지 마음이 가라앉지 않아서 자판기에서 담배를 한갑 샀다. 호텔 후문 쪽에 흡연실이 있는 걸 봤다. 생애 처음으로 담배를 피웠다. 좁은 흡연실에는 나 말고 '오피스 레이디'의 전형으로 보이는 젊은 여자가 굉장히 세련된 포즈로 담배를 피우고 있었다. 소희 언니가 보고 싶었다.

　이 기이한 출장은 그후로도 이십년 넘게 이어졌다. 사장은 매년 나를 데리고 도쿄에 갔고 때가 되면 내게 돈 봉투를 건네고 홀연히 사라졌다가 마지막 날 아침 공항에 나타나 함께 귀국했다. 출장 일수나 내게 건네는 돈 봉투의 두께는 조금씩 달라졌지만, 출장지와 사장의 미스터리한 하루는 늘 같았다. 그 이십년 동안 나는 고참 사원을 넘어 어느새 회사의 터줏대감으로 불리며 나이가 들었고 옆집 아저씨 같던 사장은 옆집 할아버지 같아졌다.

　첫 출장을 다녀와서 부서 사람들에게 나리타 공항에서 사 온 과자를 돌렸을 때 사람들의 눈빛은 한층 더 떨떠름했다. 사람들도 내 일본어 실력이 형편없다는 걸 눈치챈 것 같았다. 고작 그런 실력으로 왜 너 따위가 사장과 단둘이 출장에 다녀왔느냐고 묻는 표정들이었는데, 그건 내가 더 궁금했기 때문에 그들의 의문이나 오해를 풀어줄 수가 없었다. 나와 사장의 관계를 둘러싼 숙덕거림은 그해 말 최고조에 달했다. 큰 남동생이 유명 사립대에 입학하면서 등록금이 모자라 쩔쩔매는 나에게 사장이 직원 복지 명목으로 동생의 등록금을 선뜻 내주었던 것이다. 소희 언니는 나랑 같이 밥을 먹으러 가지도 않았다. 혼자 쓸쓸하게 밥을 먹고 쓸쓸하게 산책로 쪽으로 걸어갈 때면 간혹 등 뒤에서 사장님 취향도 참 그렇다, 미쓰 양도 아니고 미쓰 구라니, 소리가 들려왔다.

　이듬해 봄 소희 언니가 청첩장을 돌렸을 때 나는 우아

한 미색 카드에 인쇄된 신랑 이름이 소희 언니가 처녀 무당에게 건넨 이름 중 어느 쪽인지 몹시 궁금했지만, 감히 물어볼 수가 없었다. 언니는 몸 고생과 맘고생 중 어느 쪽을 선택했을까? 회사 사람들은 소희 언니가 땅 부잣집 맏며느리가 되었다고 했다. 역시 결혼은 신랑보다는 시댁 보고 하는 거라고 말하기도 했다. '신랑보다는'이라는 말이 어쩐지 불길했다. 청첩장을 돌린 뒤로 소희 언니의 얼굴이 눈에 띄게 어두워 보이는 것은 내 착각일까? 결국, 나는 어느 날 식당을 나가는 소희 언니를 붙잡아 산책로 한가운데로 데려가서 참아왔던 말을 하고야 말았다. 언니! 맘고생도 몸 고생도 안 하면 안 돼요? 그냥 언니 혼자 행복하게 살면 안 돼요? 나는 언니가 행복하면 좋겠어요. 나는 언니가 좋아요,라고까지는 하지 않았다. 내가 생각해도 너무 뜬금없었으니까. 발목이 잘록하고 뒷모습이 아름다운 소희 언니가 처음 보는 딱딱한 얼굴로 말했다. 그래서, 너는, 행복하려고, 늙은 홀아비 앞에서, 다리를 벌렸니? 언니는 그 짧은 문장을 단번에 말하지도 못하고 부들부들 떨다가 끝내 울음을 터뜨렸다.

그날 이후 언니는 결혼식 전날 회사를 그만둘 때까지 내게 말 한마디 건네지 않았다. 나는 언니의 결혼식에 갔다. 내 형편을 고려하면 터무니없이 두툼한 봉투를 축의

금으로 건네고 하객석 앞쪽에 앉아 열심히 박수를 쳤다. 면사포가 길게 늘어진 아름다운 언니의 뒷모습을 보면서 진심으로 언니의 행복을 빌었다. 옆에 앉았던 총무부장이 옆구리를 찌르며 말했다. 야, 미쓰 구야. 이 좋은 날 네가 왜 우냐? 미쓰 양 언니가 부러워서 우냐? 시집 못 가 서러워서 우냐?

—

집안의 빈 자루가 되기 전 아버지는 사실 꽤 다정한 아빠였다. 예닐곱살 무렵이던가. 아버지는 저녁 식사 후 배를 꺼뜨려야겠다면서 나를 자전거 뒤에 태우고 불광천을 따라 천천히 달렸다. 어린 동생들은 자기들도 태워달라며 징징거렸지만, 아빠는 꼭 나만 태웠다. 은정이, 아빠 몸 꽉 잡아라. 내가 아빠 허리 양쪽을 꼭 움켜잡으면 아빠는 자전거를 출발시켰다. 은정이, 다리 들었니? 내가 돌아가는 바큇살에 종아리가 끼어 다친 후로 아빠는 버릇처럼 확인했다. 우리 은정이, 다리 들었니? 나는 주변 풍경이 아무리 멋져도, 뺨을 간질이는 바람이 아무리 상쾌해도 자전거 뒷자리에 타면 양다리를 살짝 드는 걸 잊으면 안 된다고 명심했다. 검은 수면에 가로등 불빛이 오렌지빛으로

어른거릴 때도, 산책 나온 사람들이 유령처럼 스쳐 갈 때
도 아빠는 뒷자리의 내게 다정하게 물었다. 우리 구은정
양, 다리 들었니? 그러나 소희 언니의 매몰찬 말을 들었을
때 나는 십수년간 내 기억이 왜곡되었음을 비로소 깨달았
다. 은정이, 다리 벌렸니? 확실히 벌렸니? 아빠는 분명 그
렇게 물었었다.

—

사장은 칠십대 중반에 췌장암을 진단받았다. 그리고 이
미 부사장이 되어 경영을 배우고 있던 아들에게 회사 일
을 완전히 넘기고 치료에 전념했다. 사장이 치료를 포기
하고 호스피스 병동에 들어갔을 때 마지막 인사를 하러
갔다. 그때 나는 친환경 목제 가구와 미니멀리즘의 유행
에 따라 가구 사업부를 새로 만들어 꽤 성공적으로 이끌
고 있었다. 간병인이 자리를 비운 사이 사장에게 물었다.
혹시 제가 일본에 있는 어떤 분에게 연락을 드리기를 원
하세요? 건방지게 함부로 넘겨짚은 질문이었다. 역정을
각오한 질문이었는데 사장은 의외로 순순하게 대답했다.
구부장, 우리는 말이야. 서로 기다리지 않기로 했어. 처음
부터 그렇게 약속하고 만났어.

이십대 초반의 나와 오십대 홀아비였던 사장 사이를 둘러싼 불미스러운 소문은 회사 창고 깊숙이 처박힌 지 오래였다. 그 무렵 회사 안에 떠도는 내 별명에는 '처녀 가장'은 고사하고 '노처녀'처럼 성적인 뉘앙스를 풍기는 단어도 완전히 사라져버렸다. 그나마 성별을 암시하는 별명은 '억척 아줌마' 정도? 가장 경악했던 별명은 '불알 없는 남자'였는데, 뭐 그것도 그러려니 했다. 그런데 사장이 죽고 나서 변호사가 공개한 유언장에 내 이름이 언급되었다는 소식이 퍼지자 다시금 나와 사장의 관계를 의심하는 숙덕거림의 파도가 한차례 회사를 휩쓸고 지나갔다. 그러나 요란한 술렁임과 현 사장의 역력한 긴장이 무색할 정도로 사장이 내게 남긴 유산은 소박했다. 사장은 자신의 환갑을 기념해 직접 오동나무로 서랍장을 만드는 일에 골몰했었다. 노인의 고요한 취미 생활이라고 하기엔 꽤 열심히 만들었던 기억이 난다. 사장은 온갖 공구가 갖춰진 작업장에 가지 않고 자신의 방에서 그 모든 일을 천천히 해결했다. 결재를 받으러 사장실에 들어가면 늘 나무 냄새가 고여 있었다. 방금 깎은 연필 냄새. 바닥에 툭 떨어진 대팻밥이 피워 올리는 향. 작업 내내 사장의 표정은 편안했다. 사장은 그 서랍장을 내게 주라고 유언장에 썼다.

현 사장이 뒤에서 지켜보는 가운데 서랍장을 열어보았

다. 사장이 입원 전에 정리를 끝냈는지 서랍 안에 든 건 별로 없었다. 몇년에 한번씩 회사 홍보용으로 제작했던 브로슈어와 직원용으로 제작한 문구가 연도별로 정리되어 있었는데, 전부 내 책상 서랍에도 똑같이 들어 있는 것들이었다. 나는 현 사장에게 보여주듯 내용물을 하나씩 꺼내 탁자 위에 늘어놓았다. 별다른 귀중품이나 중요 서류 같은 게 없다는 걸 확인한 현 사장이 눈에 띄게 안도하며 말했다. 우리 아버지, 구부장 누님을 정말 딸처럼 여겼나보네. 왜, 딸이 생기면 오동나무를 심었다가 시집갈 때 그 나무로 장을 만들어 보낸다잖아요? 뭘 저렇게 열심히 만드시나 했더니 처음부터 누님한테 물려줄 생각이었어. 우리 누님, 지금이라도 빨리 시집가셔야 하는 거 아냐? 현 사장은 저 아쉬울 때만 나를 누님이라고 불렀다. 어울리지도 않는 너스레를 떠는 현 사장의 말을 들으며 나는 현 사장 역시 오래전 나와 제 아버지를 둘러싼 소문을 들은 적이 있구나, 직감했다.

회사 용달차를 빌려 서랍장을 집으로 옮겼다. 나 혼자 사는 집에서 다시 서랍을 하나씩 열어보았다. 맨 아래 서랍을 밖으로 완전히 뺐다. 사장이 거기에 따로 공간을 만들 때 내게 보여준 적이 있었다. 손을 더듬어 서랍 바닥의 돌출 부분을 누르자 딸깍 소리와 함께 비밀의 공간이 열렸다. 거기 봉투 세개가 딱 맞게 들어가 있었다. 하나에는 오만원짜리 지폐가, 또 하나에는 만엔짜리 지폐가 들었는데 둘 다 꽤 두툼했다. 한화와 일화를 모두 합치면 내 연봉 정도의 금액이었다. 나머지 두개보다 작고 얇은 봉투에는 사진 한장이 들어 있었다. 사장을 처음 만났을 때 이미 늙은 남자라고 여겼는데, 오랜만에 보는 사진 속 사장은 꽤 젊었다. 거대하게 쌓인 둥근 통나무 단면들을 배경으로 사장과 사토 상이 서 있었다. 사토 상은 카메라를 보고 활짝 웃고 있고 사장은 방심한 표정으로 옆의 사토 상을 곁눈질하고 있었다. 이십년도 더 전에 내가 몰래 셔터를 눌러 찍었던 사진들 가운데 한장일 것이다. 왜 나였을까? 이 사랑의 목격자이자 증언자로 하필이면 왜 나를 선택했을까? 그날 밤 나는 사토 상에게 편지를 써야 할지 밤새 생각했다.

—

통나무 위에서 바라보는 노을은 형체 없는 내 영까지 물들이며 붉었다. 영인 채로 나는 물기도 없이 울었다. 지금쯤 내 자궁도 저렇게 붉은 모습으로 검체가 되어 스테인리스 그릇에 담겨 있겠지. 인제 그만 돌아갈까? 약간의

무게를 잃었을 내 몸에. 영과 몸이 하나가 되어 찾아가볼
곳이 떠올랐다.

—

　가게 이름은 구루미였다. 처음 사장이 일본 지폐가 든
봉투를 건네며 하루 동안의 자유를 주었을 때 나는 당장
뭘 해야 할지 알 수 없어 당황했다. 일본어가 능숙하지 않
아 겁이 나기도 했다. 출장 첫해 자유 시간은 호텔 주변을
걷다가 아무 식당에나 들어가 밥을 먹고 아무 커피숍이나
들어가 커피를 마시며 심심하게 흘려보냈다. 출장이 반복
될수록 그 시간을 알뜰하게 쓰고 싶어 미리 계획을 세웠
다. 도쿄 시내 관광지를 전부 훑었고 유명 식당과 디저트
가게를 섭렵하기도 했다. 하지만 십년쯤 그 패턴이 반복
되니 지겨워졌다. 만사가 귀찮아 호텔 방에 틀어박혀 종
일 자다 온 해도 있었다. 삼십대 중반부터는 그 시간을 조
금 편안하게 보내기로 했다. 지하철을 타고 낯선 역에 내
려 그 동네를 천천히 산책하다 마음을 끄는 식당에 들어
가 동네 사람들 사이에 섞여 밥을 먹었다. 그리고 눈에 띄
는 서점에 들어가 그림책을 한권 사서 역시 마음을 끄는
커피숍에 들어가 커피를 마시며 책을 읽었다. 좁은 골목

에 작은 집들이 다닥다닥 붙은 동네는 낯설면서도 어딘가 익숙했다. 오년 정도 그렇게 시간을 보냈을 때 카페 구루미를 발견했다. 고양이 한마리가 '구루미'라는 글자와 호두가 그려진 나무 입간판 옆에 엎드려 자고 있었다. 가게 안에서 커피 향과 나무 냄새가 풍겼다. 방금 깎은 연필 냄새. 막 바닥에 떨어진 대팻밥의 냄새. 아담한 가게 안에 작은 목공예 소품들이 진열되어 있었다. 주인은 커피도 내리고 목공예 소품도 판다고 말하며 쑥스럽게 웃었다. 나는 그후로 매년 구루미에 갔다. 그 사람이 만든 커피를 두 잔씩 마셨고 그 사람이 만든 빵을 밥 대신 먹었다. 그 사람은 부드러운 음성으로 내가 사 간 그림책을 읽어주고 내가 이해하지 못하는 문장은 쉽게 풀어 설명해주었다. 그럴 때면 어느새 낯을 익힌 고양이가 우리 옆에 앉아 골골거렸다. 그 고양이의 이름은 길었다. 구루미 라떼 아로니아 바로네즈 3세랍니다. 그 사람이 그림책을 읽어줄 때처럼 다정하게 설명했다. 라떼는 친구가 붙여준 이름이에요. 털이 하얀 우유 거품과 에스프레소가 섞여가는 라떼 색깔이라고요. 아로니아는 이 고양이를 처음 구조한 사람이 지어준 이름이랍니다. 이 아이는 근처 아로니아 농장에서 구조되었거든요. 형제들에게 따돌림을 당했는데 어미가 외면했대요. 지브리 애니메이션을 무척 좋아하는 우리 어머니가 「고양이의 보은」에 나오는 바론처럼 반드시 남작 칭호를 붙여줘야 한다고 고집했는데 이 아이가 여자애라서 바로네즈 3세가 된 거예요. 물론 바로네즈 1세는 어머니지요. 구루미는 가게 이름을 딴 거고요? 그 사람이 나를 말갛게 바라보더니 수줍게 시선을 돌리며 말했다. 예, 내 이름이기도 하고요. 나는 가게를 나올 때마다 내년에 또 올게요,라고 인사했다. 언젠가는 크게 용기를 내어 내가 묵는 호텔과 방 번호를 알려주었다. 밤에 만난 그 사람의 몸은 따뜻하고 둥글었다. 다음 날 아침 헤어지면서 그 사람이 처음으로 물었다. 내년에도 또 오나요? 나는 고개를 끄덕였다. 하지만 그다음 해 나는 일본에 가지 않았다. 사장과 달리 나는 그 사람을 기다리게 했다.

—

내 몸은 회복실에 가 있었다. 간병인이 내 뺨을 톡톡 치며 나를 깨우고 있었다. 일어나요. 얼른 깨어나서 호흡해야지. 정신 차려요. 나는 회복실 천장에서 그 모습을 물끄러미 내려다보며 있지도 않은 영의 뺨을 어루만졌다. 21그램 더하기 자궁의 무게만큼 가벼워진 내 몸이 억울하게 뺨을 맞고 있었다. 나는 그런 내 몸을 구해줄 생각도

154

없이 그저 이런저런 것들의 무게가 궁금했다. 사토 상 미소의 무게. 그 사람 기다림의 무게. 사장이 나를 선택했을 때 내게 부려놓은 소문의 무게. 아버지가 돌리던 자전거 바큇살 사이의 무게. 우리 구은정 양, 다리 벌렸니? 소희 언니가 별안간 터뜨린 눈물의 무게. 내 안에 새로 생긴 빈자리의 무게. 그 없어짐의 무게.

툿.

풋.

어디서 나무 익는 소리가 들린다. 들어낸 자리에 무엇이 드러났을까. 지금 내 몸은 뭐라고 말할지 물어보러 가야겠다.

물 속 을 걷 는 사 람 들

사람이 무엇인가를 '떠올린다'고 할 때, '사람'이
생각해내는 것이 아니라, 기억이 사람에게 도래하
는 것이다.*

히웅이 길 건너에서 목격한 사람은 스물한살의 자신이
었다. 얼굴은 물론이고 머리 모양과 옷차림, 걸음걸이까
지 히웅이 분명했다. 길 건너 그 사람은 오른발에 신발을
신고 있지 않았다. 오직 왼발에만 운동화를 신고 걸어가
는 그 사람이 28년 전 어느 늦은 봄밤의 히웅이라는 사실
은 오직 히웅만이 알았다. 히웅은 걸음을 멈추고 그 사람
을 빤히 바라보았지만 두 사람 사이에 가로놓인 8차선 도

* 오카 마리 『기억 서사』, 김병구 옮김, 소명출판 2004, 48면 참조.

로는 광활했고 자동차가 끊임없이 오갔다. 대형 버스 두 대가 나란히 지나간 후 히웅은 그 사람을 시야에서 놓쳤다. 한참 서서 두리번거렸지만 그 사람은 보이지 않았다. 히웅은 그 사람이 여전히 한쪽 신발을 신고 있지 않은 게 마음에 걸렸다.

며칠 후 히웅은 기역에게 전화를 걸어 젊은 자신을 목격한 이야기를 들려주었다. 기역은 이런 이야기를 듣고도 히웅의 정신 상태를 의심하지 않을 유일한 친구였지만 히웅은 자기도 모르게 이야기의 개연성과 진위성을 신경 써가며 말하고 있었다. 기역은 전국적으로 수십만명이 시위에 나갔던 그해 봄의 육십여일을 당연히 기억했다. 하지만 히웅이 종로3가 뒷골목에서 백골단에게 가방을 뺏기고 신발 한쪽까지 벗겨지는 바람에 네시간 넘게 밤길을 걸어 기숙사로 돌아간 이야기는 처음 듣는다고 했다. 내가 말 안 했던가? 히웅은 되물었지만 사실 그날 밤의 이야기를 누구에게도 하지 않았다는 걸 알았다. 그건 할 수 없는 이야기이자 하고 싶지 않은 이야기였다.

—

히웅이 대기실로 찾아갔을 때 기역은 하리나와 함께

커피를 마시고 있었다. 하리나는 대략 삼년 전 어느 독립 영화에서 엉뚱하면서도 근성 있는 여자 탐정 역할을 그럴 듯하게 소화해내 주목을 받은 신인 배우였다. 기역은 히 옹에게 이번 영화에서 주인공 '순아'를 연기한 하리나를 '한국 영화의 기대주이자 세계 영화의 미래'라고 소개했 다. 하리나가 기역의 팔을 툭 치며 소리 없이 웃었다. 기역 은 이어서 하리나에게 히옹을 소개했다.

이쪽은 내 대학 친구고 진짜 순아야.

'진짜 순아'라는 말에 하리나보다 히옹이 더 놀랐다. 하 리나가 안 그래도 크고 둥근 눈을 더욱 크게 뜨고 히옹을 보았다.

진짜 순아가 영화를 보러 오셨다니 제가 연기를 제대 로 했는지 너무 걱정돼요.

그러면서 하리나는 기역을 향해 코끝을 찡그렸다.

우린 최선을 다했으니까 결과는 하늘에 맡기자고요.

기역은 하리나의 말에 대답하면서 시선은 히옹을 향 했다.

영화는 푸른 호수를 비추는 조감으로 시작했다. 물빛이 어찌나 시푸른지 얼른 뛰어들라고 유혹하는 것 같기도 하 고 당장 위험에서 벗어나라고 등을 떠미는 것 같기도 했다. 카메라가 천천히 내려가면서 오른편에 호수를 끼고 달리는 자동차 안으로 화면이 넘어간다. 하리나가 운전대를 잡았고 조수석에는 중년 여자가 앉아 물끄러미 수면의 윤슬을 바라본다. 두 여자는 커플룩으로 원피스와 스니커즈를 맞춰 입었다. 운전대를 잡은 하리나는 한껏 들떠 보이는데 중년 여자는 울적해 보인다. 그 우울과 무기력은 여자에게 피부나 껍질처럼 철썩 들러붙어 만성적인 분위기를 풍긴다. 하리나는 오랜 공부와 아르바이트를 거듭하던 끝에 드디어 원하는 직장에 다니게 되었다. 문제는 그 직장이 먼 외국에 있다는 것이고, 하나뿐인 딸과의 이별을 앞둔 엄마는 평소보다 훨씬 더 우울하다. 영화가 전개되면서 모녀 사이에 주고받는 대사가 아슬아슬하게 선을 넘나들며 평소 두 사람의 복잡한 관계를 짐작게 한다. 호수가 바라보이는 별장에 도착해 하리나가 참 근사하지? 한교수님이 축하 선물이라고 빌려주셨어,라고 하면 하리나의 엄마는 물가라 곰팡내가 장난 아니네. 환기부터 시켜야겠다,라고 하는 식이었다. 짐을 풀던 엄마가 트렁크에서 큼직한 위스키 병을 꺼내는 순간 분위기는 크게 휘청인다.

엄마는 내가 잘된 게 하나도 기쁘지 않아?

저녁을 준비하던 하리나가 붉은 살코기를 썰다가 문득

날 선 질문을 던지면 엄마는 가죽 소파에 나른하게 앉아 남의 별장 카펫에 무심히 담뱃재를 털면서 말한다.

잘난 척 그만해. 그래봤자 넌 내가 싸질렀어.

영화는 한동안 연극 무대 같은 별장 씬에 집중했는데, 순전히 두 배우의 연기력에 의존하는 이 장면이 기억의 의도인지 연출의 태만인지 히웅은 궁금했다.

히웅이 다소 지루하다고 느낄 무렵(그동안 모녀는 식사를 하며 서로 걱정 어린 당부를 주고받다가 갑자기 가시 돋친 말로 상대를 공격하는 패턴을 반복했다) 화면 가득 밤의 호수가 펼쳐진다. 언뜻 보면 검은 물은 밤하늘과 구별되지 않는다. 수면이 잔잔한 가운데 어디선가 물을 휘젓는 소리가 들려온다. 물소리는 점점 커진다. 누군가 호수에 들어서서 물을 헤치며 걷고 있다. 엄마! 엄마! 멀리서 하리나의 목소리가 들린다. 수면을 가르는 속도가 조금 더 빨라진다. 엄마! 하리나의 목소리가 가까워지더니 첨벙하고 물에 뛰어드는 소리가 들린다. 카메라가 순식간에 물속으로 들어간다. 암청색 물속을 걸어가는 두 다리가 보인다. 스니커즈를 신은 한쌍의 발이 천천히 물속을 걷는다. 그 모습은 산책이라도 나선 듯 편안해 보이기까지 한다. 잠시 후 뒤쪽에서 또다른 다리가 나타난다. 두쌍의 다리는 똑같은 스니커즈를 신었다. 물속을 나란히 산책하듯 보이던 걸음걸이가 빨라지더니 곧 두 사람 모두 완전히 물속으로 들어온다. 하리나가 엄마의 몸을 붙잡아 뒤로 잡아당긴다. 아무 소리도 들리지 않는 가운데 물속 두 사람이 치열하게 몸싸움을 벌인다. 엄마를 물 밖으로 끌어내려는 하리나와 한사코 버티는 엄마. 이윽고 화이트 아웃. 그리고 극장 안을 뒤흔들다시피 큰 소리로 파열하는 외침. 엄마!

다시 화면 가득 물속에서 눈을 질끈 감은 하리나의 얼굴이 보인다. 푸하! 소리와 함께 하리나가 물 밖으로 나오면, 실내 수영장이다. 이른 아침 수영장에는 오직 하리나뿐이다. 창 너머에서 오렌지빛 아침 햇살이 비쳐 들어오는 아늑한 수영장에 하리나가 둥둥 떠 있다. 하리나의 몸은 가뿐하게 물 위에 떠 있지만 눈을 꼭 감은 얼굴은 어딘가 어두워 보인다. 이 장면에서 히웅은 어쩔 수 없이 오필리아의 이미지를 떠올렸다. 탈의실에서 드라이어로 머리를 말리는 하리나. 별장의 하리나는 곱슬거리는 긴 머리였는데 수영장의 하리나는 바가지 머리에 가까운 짧은 단발이다. 화장기 없는 얼굴이 무척 앳되어 보인다.

티셔츠에 청바지를 입은 하리나가 배낭을 메고 대학 캠퍼스 안을 걸어간다. 히웅은 화면 속 장소를 단박에 알아봤다. 저 시공은 히웅과 기역이 지나온 1990년대 초의 어느 대학이었다. 순아야! 누군가 하리나를 부르며 다가온다. 드디어 등장한 '순아'라는 이름에 히웅은 긴장했다. 하리나와 친구가 자판기에 동전을 넣고 오백원짜리 학생식당 식권을 사는 장면이나 두 사람이 마주 앉아 식판에 담긴 조악한 밥을 먹는 동안 바로 옆 테이블에서 담배를 피우는 장면 등 히웅과 기역 세대에게는 익숙한 캠퍼스 풍경이 지나간다. 하리나가 커다란 냉면 그릇에 담긴 콩나물비빔밥을 비비다 말고 그릇에 코를 대고 킁킁거린다.

왜? 오늘은 또 무슨 냄새가 나는데?

친구의 타박에 하리나가 작게 말한다.

콩나물이 비려.

오백원짜리 짬밥에 뭘 기대해? 개밥보다 조금 나은 수준이려니 해야지.

친구가 먼저 콩나물비빔밥을 크게 한숟가락 떠먹는다.

하리나와 친구는 학생회관 벽에 붙은 '속보' 대자보를 발견한다. 대자보 앞에 모여 서서 웅성거리는 학생들과 학생회관 옥상에서 아래를 향해 주르륵 펼쳐지는 길쭉한 현수막("살인적인 강경 진압, 노태우정권 타도하자!"), 복사기가 정신없이 토해내는 '대국민 호소문', 어둑한 복도 구석에서 빈 소주병으로 화염병을 제조하는 학생들이 몽타주로 지나간다. 대형 강의실 뒤쪽에 앉아 좀처럼 수업에 집중하지 못하고 자꾸 손목시계를 들여다보는 하리나, 혼자서 긴 계단을 올라가는 하리나, 복도에 서서 문에 붙은 쪽창으로 동아리 방 안쪽을 살피는 하리나의 모습도 차례로 지나간다.

학생회관 옥상이다. 하리나가 옥상 난간에 몸을 기대고 누군가를 기다리고 있다. 잠시 후 남학생 하나가 하리나에게 다가온다. 몇년 전 지상파 채널의 수목 드라마에서 지고지순한 서브 남주 역할을 맡아 얼굴을 알린 남자 배우다. 드라마에서는 꽤 세련되어 보였는데 기억의 영화 속 남자는 깡마른 얼굴과 은테 안경, 지루한 체크무늬 셔츠를 입은 모습이 히웅이 질리도록 보았던 그 시절 '남자 선배'의 전형이었다. 체크무늬 선배가 하리나를 보자마자 담배부터 피워 물자 하리나가 얼굴을 확 구긴다. 두 사람이 옥상 난간 너머로 캠퍼스 광장을 바라보며 진지하게 무슨 이야기를 나누는데, 그 모습이 부감으로 보일 뿐 두 사람의 음성은 광장에서 들려오는 구호 소리에 묻혀 들리지 않는다. 잠시 후 화장실 변기에 걸터앉아 조용히 눈물을 흘리는 하리나. 누군가 화장실 문을 두드리자 급히 눈물을 닦고서 코까지 풀고 변기 물을 내린다.

장면이 바뀐다. 안 그래도 앳된 하리나는 더욱 고등학생처럼 보이게 입었고 그 옆의 친구는(학생 식당에서 같이 콩나물비빔밥을 먹었던 친구다) 일부러 꾸민 듯 짧은 치마를 입고 하이힐까지 신었다. 친구가 어깨에 둘러멘 가죽 핸드백 안에는 화염병 꾸러미가 들었다. 지하철역 출구마다 전경이 두명씩 검문을 서고 있다. 얼핏 이모와 조카처럼 보이는 친구와 하리나가 긴장한 얼굴로 전경 옆을 지나간다. 조금 떨어져 따라오던 체크무늬 선배는 전경에게 붙들려 몸 뒤짐을 당하고 신분증을 요구받는다. 길모퉁이에 멈춰 선 하리나가 걱정이 가득한 얼굴로 그 모습을 지켜본다.

누군가 큰 소리로 구호를 부르짖자 그걸 신호로 인도 곳곳에서 기다리던 학생들이 우르르 거리로 뛰어든다. 해체 민자당! 퇴진 노태우! 구호가 거리를 가득 메우고 어느새 대열을 형성한 시위대가 일제히 한 방향으로 행진한다. 대열 앞부분에서 몇몇 학생들이 화염병을 던지며 경찰과 대치 중이다. 잠시 후 요란한 폭음과 함께 페퍼포그가 터지면서 시위대를 향해 하얀 연기가 쏟아진다. 거리에 온통 매운 가스가 퍼지자 시위대가 흩어지기 시작한다. 전경이 위압적인 군홧발 소리를 내며 달려와 시위대 앞쪽의 사람들을 붙잡아 간다. 반대 방향으로 달아나는 사람들, 도중에 넘어지는 사람들, 최루가스를 들이마시고 호흡곤란을 일으키는 사람들, 그대로 주저앉아 구역질하는 사람들, 경찰에게 질질 끌려가는 사람들, 백골단의 곤봉에 두들겨 맞는 사람들로 거리는 아수라장이 되고 만다. 히웅은 화면 전체가 자신의 몸을 무겁게 짓누르는 느낌을 받으며 이를 악물고 숨을 참았다. 잠시 후 앵글 안으로 들어오는 하리나. 콧물과 눈물 범벅이 되어 아스팔트에 무릎을 꿇고 주저앉는다. 움직이지 못하는 하리나 곁을 무수한 다리가 스쳐 지나간다. 저만치서 경찰이 방패를 들고 이쪽으로 달려오는 게 보인다. 위태로운 순간 누군가의 손이 하리나의 손을 붙잡더니 앞으로 뛰기 시작한다. 체크무늬 선배다. 관객석 어디선가 오오오! 탄성이 터지자 극장 안에 잠시 나직한 웃음이 일렁인다. 히웅은 웃지 않았다.

학교 앞 술집으로 장소가 바뀌고 하리나의 동아리 사람들이 찌개에 소주를 먹으며 요란하게 떠든다. 다들 경쟁이라도 하듯이 그날 시위에서 누가 가장 곤란한 일을 겪었는지, 그러다 어떻게 위기를 모면했는지 온갖 무용담을 늘어놓는다. 그 모습은 얼핏 유치해 보이지만 다들 공포를 억누르려고 안간힘을 쓰는 게 한없이 딱해 보이기도 한다. 분위기가 달아오르자 여기저기서 울음을 터뜨린다. 누군가 벌떡 일어나 주먹을 부르쥔 오른팔을 흔들며 투쟁가를 부른다. 하리나는 멀찍이 떨어져 앉은 체크무늬 선배가 벌겋게 달아오른 얼굴로 울음을 눌러 참는 모습을 지켜보며 남몰래 한숨을 쉰다. 거리로 나와 어느 남학생의 등에 업혀 가는 선배. 그 뒷모습을 하염없이 바라보다가 하이힐 친구의 손에 이끌려 반대 방향으로 향하는 하리나. 도중에 몇번 뒤를 돌아본다. 하이힐 친구는 그런 하리나의 마음을 전혀 눈치 채지 못하고 발꿈치가 다 까졌다며 계속 투덜거린다.

학교 앞 하숙촌의 이른 아침은 흡사 폐허 같다. 히웅은 그 시간대에 그 거리에 고여 있던 낯선 적요와 묵은 음식 냄새를 기억했다. 반지하 자취방에서 꾀죄죄한 몰골로 나오는 체크무늬 선배를 말끔한 차림의 하리나가 기다리고 있다. 국밥집에 마주 앉은 두 사람. 하리나는 숟가락을 들고만 있고 체크무늬 선배는 해장하듯 국물을 들이켠다. 그 모습을 물끄러미 바라보다 하리나가 불쑥 말한다.

다음 주에 병원에 같이 가요.

선배가 숟가락질을 멈추고 하리나를 쳐다본다. 그 얼굴에 겁이 와락 실리는 게 보인다. 히웅은 반사적으로 한숨을 푹 내쉬었는데, 관객석에서 탄식을 내뱉은 사람이 히웅 한 사람만은 아니었다.

오빠는 같이 가주기만 해요. 나머지는 내가 다 알아서할게요.

선배는 금세 울상을 짓는다. 국밥 그릇을 향해 고개를 숙이고 하얀 김만 바라보다가 떨리는 목소리로 겨우 말한다.

우리, 결혼할래?

하리나가 한심하다는 얼굴로 선배를 빤히 본다.

내가 양쪽 부모님께 잘 말할게. 응? 우리 결혼하자.

하리나가 완강한 자세로 아무 말도 하지 않자 선배가 으름장을 놓듯이 말한다.

어떻게 그래? 생명을, 어떻게, 그래?

하리나의 얼굴에 분노가 깜박일 때 히웅은 순간 눈을 질끈 감아버렸다. 잠시 후 하리나가 오금을 박듯 말한다.

다음 주 수요일 4시, 교문 앞에서 봐요. 잊으면 안 돼요. 나도 더는 못 버텨요.

하리나가 먼저 일어나 국밥집을 나가면 선배는 얼굴을 쓸며 괴로워한다.

씬 몇개가 지나가고 또다른 시위 날이다. 하리나는 시민들에게 나눠 줄 선전물을 배낭에 넣었고 하이힐 친구는 지난번과 똑같은 옷차림으로 가죽 핸드백에 화염병 꾸러미를 감췄다. 이번에도 두 사람은 지하철역 출구의 검문소를 무사히 통과하지만 체크무늬 선배는 전경에게 신분증을 확인당한다. 잠시 후 건물 사이 구석에서 만나는 세 사람. 선배는 하이힐 친구에게 화염병 꾸러미를 전달받는다. 조심해요, 오빠. 하이힐 친구가 화통하게 말하자 고개를 끄덕이는 선배. 하리나는 불안한 표정으로 선배를 바라볼 뿐 조심하란 말도 제대로 못한다. 잠시 시선을 마주치고 눈으로 많은 말을 나누는 두 사람. 이번 시위는 지난번보다 규모가 더 크고 경비도 훨씬 삼엄해 보인다. 거리 가득 긴장감이 팽팽하다. 누군가 구호를 부르짖으며 동을 뜨자 곳곳에 숨어 있던 학생들이 일제히 도로로 뛰어든다. 하리나는 배낭에서 선전물을 꺼내 인도를 지나가는 시민들에게 나눠 준다. 어느새 한 방향으로 행진하는 시위대 사이에 하리나와 하이힐 친구가 보인다. 대열 앞쪽에서 화염병을 던지는 무리 가운데 체크무늬 선배도 보인다. 시위대와 전경 양쪽 모두 지난번 시위보다 격렬하고 치열하다. 콰콰콰쾅 소리가 들리고 곧바로 시위대 쪽으로 하얀 페퍼포크 덩어리가 마구 날아오면 시위대가 방향을 틀어 달리기 시작한다. 구호는 질서! 질서! 질서!로 바뀐다. 그러나 어김없이 다리가 걸려 넘어지는 사람, 가스를 마시고 쓰러지는 사람, 주저앉아 토하는 사람 들로 대열은 엉망이 된다. 거리를 부감하면 시위대와 반대 방향으로 거슬러 뛰는 사람이 눈에 띈다. 하리나다. 하리나의 시야에 화염병 투척조가 들어온다. 그들은 벌써 백골

170

단의 손에 하나둘 끌려가고 있다. 체크무늬 선배도 곤봉으로 등을 두들겨 맞으며 모욕적으로 붙들려 가고 있다. 놀라서 비명을 지르는 하리나. 그 틈에 페퍼포그 연기를 들이마시고 푹 고꾸라진다. 눈물 콧물로 엉망이 되어 헛구역질해대는 하리나를 누군가 일으켜 세운다. 야, 정신 차려! 하이힐 친구가 하리나의 손을 잡고 뛰기 시작한다. 하리나는 달려가며 선배 쪽을 돌아보지만 곧 인파와 연기에 휩싸여 아무것도 보이지 않는다.

어느새 날이 저물고 거리는 어둡다. 거리 곳곳에서 산발적인 시위가 벌어진다. 하리나와 하이힐 친구는 좁은 골목길에 들어선다. 저쪽에서 괴성과 함께 백골단 무리가 나타난다. 그들은 흡사 사냥에 나선 야만인처럼 보인다. 이른바 '토끼몰이'가 시작된다. 백골단이 어느 여학생의 긴 머리채를 휘어잡는다. 상의가 위로 말려 올라가 맨살이 드러난 여학생은 바닥에 드러누운 채 자루처럼 질질 끌려간다. 하리나는 사냥을 즐기듯 이를 드러내며 웃는 어느 백골단을 보고 경악한다. 히웅은 기시감을 느끼며 이를 악물었다. 턱이 얼얼해졌다. 하리나 바로 옆에서 하이힐 친구가 넘어지는 바람에 하리나도 잠시 걸음을 멈춘다. 친구가 하이힐을 벗어 들고 맨발로 걷기 시작한다. 순간 백골단이 다가와 친구의 긴 파마머리를 확 낚아챈다.

하리나가 반사적으로 친구를 향해 손을 뻗는데 다른 백골단이 하리나의 배낭을 붙잡는다. 공포로 하얗게 질리는 하리나. 본능적으로 몸부림을 쳐 순식간에 배낭을 벗어던지고 백골단의 손아귀에서 벗어난다. 야! 백골단의 외침을 뒤로하고 뛰기 시작하는 하리나. 순간 오른쪽 운동화가 벗겨지지만, 굴러가는 운동화를 주워 들 생각도 못하고 정신없이 달아난다. 좁은 골목은 순식간에 지옥으로 변한다. 곳곳에서 터지는 비명과 울음. 저만치서 친구의 하이힐과 하리나의 운동화 한짝이 무수한 다른 외짝 신발들과 함께 굴러다닌다. 하리나는 앞사람의 등만 보고 달리다가 또 우르르 넘어지는 사람들 틈에 끼어 같이 넘어진다. 머리 위로 백골단의 곤봉이 춤을 춘다. 포기한 듯 눈을 질끈 감아버리는 하리나. 그때 누군가의 손이 하리나를 붙잡아 일으킨다. 하리나는 그 손의 주인을 확인할 생각도 못하고 이끌려 뛴다. 이리저리 방향을 바꿔가며 골목길을 빠져나가는 두 사람. 샛길로 접어들더니 어느 상가 안으로 숨어든다. 한참을 달려 백골단도 시위대도 없는 한적한 구석에 도달해서야 달리기를 멈추는 두 사람. 바닥에 주저앉아 한참 숨을 고른다.

　두 사람이 동시에 고개를 들어 서로를 바라본다. 하리나를 구한 손의 주인은 영화 앞부분 별장 씬의 하리나다.

예상 가능한 장면이었지만 관객석에서 탄성이 터져 나왔다. 하리나의 연기가 뛰어난 건지 분장이 뛰어난 건지 두 하리나는 일인이역이라기보다 많이 닮은 자매처럼 보인다. 자신과 꼭 닮은 미래의 하리나를 보고 놀라는 과거의 하리나. 그러나 애틋한 눈빛으로 과거의 하리나를 보는 미래의 하리나. 순간 검은 물속을 걸어가는 두쌍의 다리가 보인다. 엄마! 엄마! 다급한 외침도 겹쳐 들린다.

저쪽 출구로 나가면 이면 도로가 나와요. 거기서 곧장 버스정류장을 찾아가요. 큰길은 피해요.

언니 같은 미래의 하리나가 말한다. 과거의 하리나는 그저 멍한 얼굴로 듣고 있을 뿐이다.

자, 일어나요.

미래의 하리나가 과거의 하리나를 일으켜 세운다.

내 말 잘 들어요, 순아씨.

나를 알아요?

곧 나쁜 소식을 듣게 될지도 몰라요. 고통스러울 거예요. 죄책감도 만만치 않을 거고요. 하지만 어떤 일이 생겨도 우선 순아씨부터 생각해요. 세상에서 가장 사랑하는 사람이 마음에 걸리더라도 그 사람보다 순아씨 자신을 더 사랑해야만 해요. 무조건이요.

미래의 하리나가 그렁그렁한 눈망울로 과거의 하리나

를 바라보다가 이윽고 녹색 스니커즈를 벗어 과거의 하리
나에게 준다.

이거 신고 가요. 나는 괜찮아요. 나는, 정말로, 괜찮아요.

아예 허리를 굽혀 스니커즈를 신겨주는 미래의 하리나.
과거의 하리나가 신고 있던 왼쪽 운동화는 자신이 신는
다. 두 사람은 다시 몸을 세우고 마주 본다. 미래의 하리나
가 충동적으로 과거의 하리나를 끌어안는다. 그리고 속삭
인다.

살아남아요. 꼭, 살아남아.

엄마. 마지막 말은 소리 없이 입 모양으로만 덧붙인다.

미래의 하리나가 과거의 하리나를 돌려세우고 등을 가
볍게 떠민다. 과거의 하리나는 녹색 스니커즈를 신고 천
천히 걸어간다. 도중에 뒤를 한번 돌아보면 미래의 하리
나가 신발을 한쪽만 신은 채 그 자리에 꼼짝 않고 서서 멀
어지는 과거의 하리나를 바라보고 있다. 다시 걸음을 옮
기는 과거의 하리나. 검은 물속을 걸어가는 두쌍의 다리
가 또다시 등장한다. 살아남아요. 꼭, 살아남아. 간절한 목
소리가 화면에 겹쳐진다. 녹색 스니커즈를 신고 걸어가는
과거의 하리나의 다리. 물을 헤치고 나아가는 소리. 과거
와 미래의 씬과 소리가 교차하다가 이윽고 화면이 어두워
진다.

호숫가에서 동이 트고, 카메라는 그 정경을 조감한다. 잔잔한 수면과 초록 나뭇잎 사이로 비쳐 드는 햇살이 어우러져 더없이 평화롭다. 카메라가 지상으로 내려갈수록 서서히 들려오는 아침 새소리, 풀벌레 소리, 그리고 누군가의 평온한 숨소리. 누가 호숫가 풀밭에 반듯이 누워 있다. 옷만 봐서는 하리나인지 하리나의 엄마인지 알 수 없다. 그 사람은 오수라도 즐기는 것처럼 편안하게 누워 호흡한다. 카메라가 고르게 숨 쉬는 그 사람의 상반신부터 다리까지 천천히 보여준다. 그리고 발이 보이려는 순간 엔딩 크레딧이 시작된다. 히웅이 앉은 열에서 누군가 다 들리게 중얼거렸다. 뭐야, 열린 결말이야? 무책임하네.

—

기자 간담회가 시작되자마자 히웅은 조용히 극장을 빠져나갔다. 지하철이 환한 지상으로 나와 한강을 건널 때 히웅은 출입문에 바짝 붙어 서서 저 아래 강물을 보았다. 그 봄밤, 걸어서 한강 다리를 건널 때 내려다본 강물은 너무 검어서 히웅을 두렵게 했다. 검은 심연이 히웅을 통째로 빨아들일 것 같았다. 속을 알 수 없는 것들은 죄다 무서웠다. 기억의 영화에서 본 물속을 걷는 다리가 떠오르자 히웅의 다리가 묵직해졌다. 그러나 지하철 안에는 히웅이 앉을 자리가 없었다.

저녁 반주를 간단히 준비해 테이블 앞에 앉아 습관적으로 핸드폰 포털 앱을 확인했다. 벌써 기역의 영화 관련 기사들이 올라와 있었다. 그중 '이것은 후일담이 아니다'라는 제목의 기사가 눈에 띄어 클릭했다. 이번 영화가 운동권 출신 감독의 후일담이냐는 어느 기자의 질문에 기역은 아직 그 시절을 통과하지 못한 사람들의 이야기이므로 후일담이 될 수 없다고 대답했다. 다른 기사에서는 하리나가 시대를 고민하는 청년인 동시에 여성으로서 이중 부담을 지고 살아갔던 선배 여성들의 이야기를 연기할 수 있어서 감회가 남달랐다고 말했다. 기사 아래에 "하리나, 페미였냐?" "잘 가라, 멀리 안 나간다" 같은 경박한 댓글이 여럿 달려 있었다. 히웅은 포털 앱을 닫고 문자메시지 창을 열었다. 그리고 며칠 전 시사회 장소를 알려준 기역의 메시지 밑에 새 메시지를 보냈다. "영화 잘 봤어. 봉준호보다 낫더라. 곧 칸에 가겠어. 그런데 기역아" 히웅은 잠시 망설였다. "나는 '진짜 순아'가 아니야."

매주 토요일에 하기로 정했던 히웅과 준의 화상 채팅
은 2년 전부터 격주의 행사가 되었다. 히웅은 그 사실에
불만이 없지 않았지만, 논문 학기가 시작되면서 더욱 바
빠진 준이 화상 채팅을 한달에 한번으로 줄이자고 할까
봐 오히려 준의 눈치를 살피게 되었다. 언제나 자식이 갑
이었다. 그래도 히웅은 준이 어린애처럼 징징거리며 외국
생활의 어려움을 하소연하거나 하룻밤 새 불쑥 커버린 것
처럼 제법 진지하게 논문과 관련한 전문 지식을 늘어놓는
모습을 보는 게 좋았다. 이번 채팅 도중에는 어쩔 수 없이
기역의 영화 이야기를 하게 되었다. 준은 영화가 OTT 플
랫폼에 올라오는 대로 보겠다고 했고, 히웅은 바쁜 와중
에 챙겨 볼 만큼 썩 재미있지는 않다고 했다. 엄마, 기역
삼촌 질투하는 거야? 준이 웃으며 말했고 히웅은 살짝 눈
을 흘기는 것으로 대답했다. 준이 한창 사춘기를 통과할
때 혹시 기역 삼촌이 자신의 생물학적 아버지냐고 물은
적이 있었다. 히웅은 준이 그 주제를 입 밖에 꺼냈다는 사
실보다 '생물학적 아버지'라는 표현을 썼다는 사실을 훨
씬 더 인상적으로 받아들였다. 지금은 얼굴도 생각 안 나
는 그 개자식을 준이 '친'아빠라고 불렀다면 정신을 못 차

릴만큼 분노했을 것이다. 준이 기억을 향한 의심을 확실히 풀었는지 어쨌는지는 몰라도 기억과 기역의 영화들에 호감을 품고 있는 건 분명했다. 자세히 말은 안 해도 중요한 선택을 앞두고 가끔 기역을 찾아갔다는 것도 히옹은 알고 있었다. 그러니 기역은 히옹에 대해서도 준에 대해서도 많은 걸 알고 있을 것이다. 영화 이야기가 어느 정도 마무리되었을 무렵 히옹은 준이 큼직한 머그잔을 들어 차를 한모금 마시는 틈을 타 불쑥 물었다.

혹시 나의 불행이 너무 커서 너의 선택에 막대한 영향을 끼친 적이 있니?

준이 무슨 소리냐는 뜻으로 눈을 동그랗게 치떴다.

내가 지독하게 불행해 보여서 이럴 거면 차라리 낳지 말지,라고까지 생각해본 적 있어?

준은 한참을 말없이 히옹을 바라보기만 했다. 그러곤 머그잔을 한번 더 들어 입에 가져갔다. 잠시 후 스피커에서 히옹이 좋아하는 제법 어른스러운 준의 음성이 흘러나왔다.

엄마, 지난주에 같은 랩 사람 집에 놀러 갔다가 스웨덴 남자를 하나 만났거든? 코리안을 처음 본다며 호들갑을 떨더니 "너의 모국어는 무엇이냐?"라고 영어로 묻더라고. 나는 독일어로 대답했어. "네가 말한 모국어가 어머니의 언어라는 뜻이라면, 나는 솔직히 내 어머니의 언어를 완전하게 알지 못한다. 내 어머니의 언어는 가끔은 불안정하게 일렁이며 뿌옇게 시야를 흐리지만 오랜 시간 깊이 가라앉은 진흙처럼 묵직하고 진지하며 결국엔 아름답다. 나는 내 어머니의 언어를 꽤 사랑한다. 하지만 네가 말한 모국어가 내가 가장 먼저 배운 언어를 뜻한다면, 나는 태어나서 25년 동안 한국어를 사용했고 여기 와서 독일어를 새로 배웠으며 제2언어인 영어까지 섞여 굉장히 새로운 언어를 실험 중이다." 그랬더니 그 스웨덴 남자가 정색하면서 "나는 한국인이 중국어와 일본어 중 하나를 쓰는 줄 알았는데 한국어가 따로 있다니 놀랍다"라고 하더니 슬그머니 다른 데로 가버리더라고.

무식한 새끼!

히옹이 큰 소리로 말하자 준이 깔깔 웃었다. 화면에 제비 같은 준의 입속이 보였다. 그 모습을 계속 보고 싶어 히옹은 얼른 웃긴 이야기를 해주겠다고 말했다. 그러고는 요즘 절박성 요실금이 심해져서 달리기나 줄넘기를 할 때면 반드시 기저귀를 찬다고 털어놓았다.

엄마, 그건 재미있는 이야기가 아니잖아.

준이 웃음기를 거두고는 핀잔을 주었다.

어머, 애 좀 봐. 어렸을 땐 내 입에서 똥오줌이라는 말만 나오면 자지러지게 웃더니 컸다고 초심을 잃었네.

히웅이 투덜거리자 준이 아주 살짝 웃으며 병원에 꼭 가보라고 말했다. 히웅은 내처 이 요실금의 역사까지 말해야 할까 고민했다. 준을 슬프게 하지 않으면서 그 이야기를 제대로 들려줄 수 있을까? 기역에게도 다 하지 못한 이야기를 준에게 할 수 있을까? 아니, 어쩌면 기역이 아니라 준에게 꼭 해야 하는 이야기가 아닐까?

—

돌이켜보면 이야기의 시작점과 끝점에 니은이 있었다. 히웅은 대학교 입학식 날 기숙사 방에서 니은을 처음 만났다. 그날 밤 니은은 책상 앞에 앉아 뭔가를 끄적이며 간간이 코를 훌쩍였다. 나중에 니은은 그날 처음으로 엄마와 떨어져 자게 되어 일종의 분리 불안을 겪었다고 털어놓았다. 그래도 니은은 히웅보다 대학생활에 더 빨리 적응하는 것처럼 보였다. 니은은 일학기 도중에 혼자 여대 앞 미용실을 찾아가 최신 유행 파마를 하고 나타나는가 하면 또래 가운데 누구보다 일찍 화장을 시작했다. 늘 짧은 단발에 청바지, 운동화로 일관했던 히웅은 니은의 막냇동생으로 보였다.

니은이 아니었다면 히웅은 절대로 '철학'과 '연구'라는 단어가 동시에 들어가는 이름의 동아리에 가입하지 않았을 것이다. 연합 동문회에 다녀온 니은이 좋아하는 선배가 생겼다며 그 사람이 회장을 맡은 동아리에 같이 들어가달라고 며칠을 졸랐다. 테이블 하나와 어디서 주워 온 듯한 3인용 소파 하나, 역시 어디서 주워 온 것 같은 낡은 책꽂이가 전부인 동아리 방에 처음 갔을 때 디귿 선배를 보았다. 히웅은 신여성처럼 앞서 나가는 니은이 어쩌자고 저런 골방 지식인처럼 생긴 남자를 좋아하게 되었을까 생각했다. 어쨌든 니은의 꾸준한 노력으로 두 사람은 여름방학 직전부터 사귀기 시작했지만, 디귿 선배는 엄혹한 시절에 연애라는 사적 행위를 하는 자신을 부끄러워했기에 둘의 교제는 오직 히웅만 알았다.

　히웅의 요실금 역사는 일학년 여름방학 농활 때로 거슬러 올라간다. 그때도 역시 니은이 곁에 있었다. 농사일을 도우며 '노동의 신성함'이나 '민중의 위대함' 같은 것을 배울 수 있다고 해서 따라갔는데, 동이 트기도 전에 담배밭에 나가 키만큼 자란 담뱃잎에 팔을 긁혀가며 일하다 보면 너무 덥고 힘들어 욕만 늘었다. 노동은 신성하기 전에 일단 힘들었고 민중은 그 힘든 노동을 견디고 버틸 수밖에 없는 사람들이라는 점에서 위대하다기보다 죄책감만 자극할 뿐이었다. 게다가 숙소로 사용하는 구 마을회관의 화장실 시설이 좋지 않아 히웅은 대소변을 편하게 볼 수 없었고, 샤워 시설도 갖춰져 있지 않아 열흘이 지나는 동안 히웅의 몸은 점점 숙성된 두엄 냄새를 풍겼다. 그럴 때면 아무 데서나 몸을 돌리고 바지만 내리면 볼일을 볼 수 있고 매일 냇가에서 웃통을 벗고 시원하게 등목 하는 남학생들이 부럽고 얄미웠다.

농활 마지막 날 생각지도 않은 데서 일이 터졌다. 마지막을 장식하는 마을 잔치 도중 농활대와 마을 청소년들 사이에 시비가 붙었다. 디근 선배가 히웅과 니은을 급히 숙소 안으로 피신시켰다. 숙소 가장 깊숙한 방에 니은과 히웅을 집어넣은 디근 선배가 방문을 단단히 걸어 잠그고 있으라고 했다. 술김에 농활대와 시비가 붙은 마을 청소년들이 농활대 여학생들을 잡아다 강간, 아니 윤간하겠다고 위협했다는 것이었다. 동아리 남학생들이 쇠파이프며 야구방망이며 곡괭이 자루며 뭐든 무기가 될 만한 것을 집어 들고 보초를 서는 동안 멀리서 건물 주변을 위협적으로 돌고 도는 오토바이 소리가 들려왔다. 오토바이 소리는 가까워졌다가 멀어지길 반복했고 가끔 호기로운 함성도 들려왔다. 그 괴이한 대치 상태에서 히웅은 밤새 생각했다. 저 아이들은 어떤 과정으로 강간을 응징의 한

가지 방법으로 학습한 걸까? 디근 선배를 비롯한 동아리 남학생들은 왜 저들의 미숙한 위협을 진지하게 받아들이고 똑같은 수준으로 행동하는 걸까? 어쩌자고 히웅과 니은은 누군가의 사냥감이자 누군가의 수호 대상이 되었을까? 이를 악물고 참담한 생각에 빠져 있을 때 옆에 앉은 니은이 나직하게 말했다. 아씨, 오줌보 터지겠네. 순간 미처 느끼지 못했던 요의가 단박에 히웅을 덮쳤다. 히웅의 오줌보야말로 금방이라도 터져버릴 것 같았다.

농활 직후 히웅은 하숙촌에서 가까운 작은 의원에 가서 급성 방광염을 진단받았다. 증상을 들은 늙은 남자 의사가 대뜸 최근 성관계가 언제였냐고 물었다. 히웅이 그런 적 없다고 대답하자 의사는 고개를 갸웃하며 입을 비죽 내밀었다. 약을 받고 동아리 방에 들른 히웅은 니은과 동아리 사람들에게 늙은 의사의 능글맞은 눈빛과 오만한 말투에 관해 분통을 터뜨렸다. 변태 새끼, 그게 처녀한테 할 소리야? 그 순간 자신의 말투에 '성관계를 한 적이 없는 몸'에 대한 자부심이 묻어 있었고, 그 기이한 자부심이 그 자리의 누군가에게는 일종의 가해가 될 수도 있었다는 생각은 한참 후에야 떠올랐다. 늘 그렇듯이 그때는 모든 게 돌이킬 수 없게 늦어 있었다.

터질 것 같은 오줌보에 관해서라면 역시 그날 밤의 이

야기를 하지 않을 수가 없다. 운동화 한짝을 잃고 빈손으로 걷고 또 걸어야 했던 그 밤의 본격적인 출발점은 사실상 서울역 근처였다. 자정이 넘자 역 주변은 급속히 어두워졌다. 여기저기 아무렇게나 놓인 정물들이 금방이라도 살아 움직일 것 같아서 히웅은 잔뜩 긴장했다. 자세히 보니 몇몇은 길바닥에 웅크리고 누운 사람이었다. 포장을 뒤집어쓴 작은 수레나 오토바이가 사람과 구별되지 않았다. 그중 어떤 것이 벌떡 일어나 자신을 공격할지 몰라 히웅은 패닉에 빠졌다. 걷는 몸이 덜덜 떨렸다. 역을 지나 한참 걸어가는데 골목에서 누가 불쑥 튀어나와 히웅 쪽으로 빠르게 다가왔다. 오빠, 쉬었다 가. 히웅은 주저앉을 뻔했다가 여자 목소리라는 걸 알고 겨우 마음을 놓았는데 바로 앞에서 히웅을 확인한 여자는 오히려 화를 냈다. 계집애잖아? 아씨, 재수 없어. 히웅은 상대가 여자라서 안도했는데 상대는 왜 히웅이 여자라서 화가 났는지 헤아릴 틈도 주지 않고 여자가 소리 나게 가래를 돋우어 침을 뱉었다. 가래침이 히웅의 발 바로 앞에 떨어졌다. 무슨 일이야? 골목에서 또다른 여자가 나왔다. 두번째 여자가 다가와 히웅을 살펴보더니 맨발을 가리키며 말했다. 대학생인가보네. 데모하다 신발 잃어버렸지? 요즘 너 같은 애들 자주 본다. 히웅이 슬그머니 뒷걸음질을 치기 시작했다. 잠깐 기다려. 두번째 여자가 히웅을 붙잡더니 골목으로 다시 들어갔다. 히웅은 순간 여자가 신발을 빌려줄지도 모른다고 기대했다. 이거 가져가. 여자가 내민 건 빈 콜라병이었다. 너, 이 동네 험하다? 누가 덤비면 이걸로 냅다 대갈통을 갈겨버려. 두번째 여자의 말에 첫번째 여자가 클클 웃었다. 두 사람은 히웅을 상대로 장난을 치는 것도 같았고 나름 히웅을 생각해주는 것 같기도 했다. 뭐 해, 얼른 받지 않고? 여자의 채근에 히웅은 콜라병을 받아 들었다. 가까이서 본 여자는 진한 화장으로도 가려지지 않는 피로와 나이를 잔뜩 붙이고 있었다.

빈 콜라병을 꼭 쥐고 한강을 건넜다. 그 즈음엔 오른발에 신은 양말도 너덜너덜해졌고 아스팔트에 쓸린 발바닥도 아팠다. 긴 대교 한가운데서 사람을 만날까봐 무서웠고 정말로 아무것도 없을까봐 무서웠다. 여차하면 도로에 뛰어들 마음으로 자동차가 오가는 쪽으로 바짝 붙어서 걸었다. 표지판을 참고해가며 익숙한 지명 쪽으로 향했다. 드디어 학교 앞 하숙촌에 도착했을 때는 밤이 이슥해 다니는 사람도 거의 없었다. 익숙한 건물과 간판을 보자마자 요의가 몰려왔다. 기숙사는 아침 6시나 되어야 문을 열어줄 것이고 하숙촌에서 기숙사까지 또 한시간 정도를 더 걸을 힘도 없었다. 처음부터 히웅은 니은의 자취방을 목적지로 정해두었다. 이학년이 되고 히웅은 기숙사에 남았으나 니은은 자취방을 구해 나갔다. 늦은 시간이었지만 니은은 선뜻 문을 열어줄 것이다. 가자마자 요의부터 해결하고 나면 니은은 그날 밤 히웅이 얼마나 무섭고 힘들었는지 다 들어줄 것이다. 저녁도 먹지 못한 히웅을 위해 라면을 끓여줄지도 모른다. 좁은 반지하 방이지만 히웅의 잠자리를 봐줄 것이고 아침에 기숙사로 돌아갈 히웅에게 여벌 신발과 택시비까지 빌려줄 것이다. 니은은 반드시 히웅을 환대할 것이다. 마지막 힘을 쥐어짜서 언덕길을 올라 니은의 자취방으로 들어가는 쪽문을 열었을 때, 방문 앞 좁은 현관에 신발 두켤레가 나란히 놓여 있었다. 한켤레는 히웅도 잘 아는 니은의 소가죽 단화였고 또 한켤레는 큼직한 남자 운동화였다. 히웅은 신발의 주인이 누구인지 알았다. 얼마 전 니은이 새로 뚫은 과외처에서 월급을 받았을 때 히웅과 함께 신촌까지 가서 사 온 나이키였다. 디귿 선배는 부끄럽게 나이키를 어떻게 신냐고 받지 않으려 했다. 기대했던 환대가 사라졌다. 히웅은 순간 콜라병을 휘둘러 니은의 방문을 내리치고 싶었다. 팽팽한 오줌보에 욱신거리는 통증이 느껴졌다. 불 꺼진 니은의 방은 냉담했다. 히웅은 디귿 선배의 오른쪽 운동화에 쓰라린 자기의 오른발을 집어넣었다. 운동화는 크고 포근했다. 발바닥이 따끔거렸다. 히웅은 그대로 나가려다가 다시 뒤돌아서서 디근 선배의 운동화 한짝이 있던 자리에 빈 콜라병을 세워두었다.

니은의 집을 나와 상점가로 돌아온 히웅은 문이 열린 화장실을 찾아 온 건물을 뒤지고 다녔다. 대부분의 건물들은 출입문부터 잠겨 있었다. 잠기지 않은 문을 겨우 찾아 들어가보면 화장실이 열리지 않았다. 히웅은 오직 오줌보를 비워야 한다는 생각으로 절박해졌다. 발을 동동거리며 최후의 방법을 생각하고 있을 때 어디선가 두 사람의 형체가 나타났다. 두 사람은 취했는지 졸린 건지 서로에게 몸을 바짝 기댄 채 비틀거리며 걷고 있었다. 아, 씨발, 깜짝이야. 두 사람은 히웅을 보고 귀신이라도 본 것처럼 놀랐다. 히웅의 눈에 두 사람은 귀신은 너무 무섭지만 이 세상은 하나도 겁날 게 없다는 이상한 믿음을 가진 나이로 보였다. 머리를 노랗게 물들인 여자애가 히웅을 빤히 바라보더니 옆의 친구에게 말했다. 여대생이다. 그러자 친구 여자애가 히웅 쪽으로 고개를 쑥 내밀고 말했다. 존나 패버릴까? 두 여자애가 장난을 치듯 한발짝 성큼 히웅 쪽으로 다가왔다. 좋겠다, 여대생. 두 여자애가 또 한발짝 성큼 다가왔다. 그때 노랑 머리 여자애가 비명을 지르며 뒤로 물러났다. 친구 여자애도 사태를 알아채고 뒷걸음쳤다. 히웅의 바지 밑으로 오줌이 빠른 속도로 흘러내렸다. 시멘트 바닥에 검은 얼룩이 퍼져갔다. 수치스러웠지만 한번 열린 오줌보는 닫힐 줄을 몰랐다. 디근 선배의 운동화 밑이 오줌으로 철벅거렸다. 미친년! 두 여자애가 왔던 방향으로 돌아 뛰기 시작했다. 그 모습이 어딘가 신이 나 보였다. 히웅은 꼼짝도 못하고 서서 오줌보를 마저 비웠다. 배를 당기던 절박함이 사라지고 수치스러운 모습을 지켜볼 사람들도 가버리자 히웅의 입에서 생각지도 않은 말이 흘러나왔다. 휴, 살았다.

—

기역은 이번 영화가 판타지 영화제의 개막작으로 선정되었다며 초대장을 보내왔다. 히웅은 개막식에 가지 않고 대신 시간 맞춰 인터넷 생중계를 보았다. 슈트 차림의 기역이 경쾌한 미니 드레스를 입고 유리 구두 같은 킬힐을 신은 하리나와 팔짱을 끼고 레드카펫에 등장했다. 플래시가 터지고 박수 소리가 들렸다. 그날 백골단의 손아귀에서 벗어났을 때 등 뒤에서 요란하게 파열하던 소리를 히웅은 여태 기억한다. 야이, 씨팔년아! 쌍피읗이라는 게 있어야만 표기할 수 있겠다 싶을 만큼 날카롭게 파열하던 그 '팡' 소리는 두꺼운 청바지를 뚫고 종아리에 박혔던 사과탄 파편보다 더 힘이 셌다. 노트북 화면 속에서 기역이 관객들을 향해 손을 흔들었다.

기역아. 나는 진짜 순아가 아니야. 그토록 둥글고 부드러운 이름이라니. 그 시절 우리는 미친년이고 재수 없는 년이고 씨팔년이었어. 처녀인 게 부끄럽고 처녀가 아닌 게 수치스러웠던 미숙한 계집들이었어. 이학년 가을학기에 니은은 휴학하고 학교를 떠났다. 그해 겨울 니은은 고향 도시에 있는 한의대에 합격했다고 소식을 전했다. 디귿 선배는 입대를 앞두고 매일 술에 취해 동기들의 품에 안겨 울부짖었다. 조국을 수탈하는 제국주의와 자신을 버리고 떠난 니은을 동시에 욕했다. 동아리 술자리에서 니은은 나쁜년이나 독한년으로 통했다. 그 시절 우리에게 허락된 이름은 죄다 날카롭게 파열하는 소리뿐이었다. 디귿 선배가 입대 전날 밤 잔뜩 취해 니은이 두번이나 낙태했다고 나불거렸을 때 히읗은 디귿에게 소주병을 던지고 동아리를 떠났다. 소주병은 디귿의 이마에 부딪혀 끝내 피를 보게 했지만, 히읗이 그후로도 오랫동안 떨쳐내지 못했던 죄책감은 다른 곳에서 생긴 것이었다. 선 채로 오줌보를 비우고 '휴, 살았다'라고 중얼거렸던 그날 그리 멀지 않은 곳에서 또 한 사람이 목숨을 잃었다. 다음 날 늦

게 신발을 사러 슬리퍼 차림으로 학교 후생관에 갔다가
속보를 보았다. 대자보에 붙은 흑백사진 속 여학생의 말
간 눈빛이 히웅을 주저앉혔다. 그 눈망울은 둥글고 부드
러웠지만 전날 밤 히웅에게 날아왔던 무수한 말의 파편들
보다 훨씬 더 아프게 당도했다.

레드카펫 한가운데서 하리나의 유리 구두가 벗겨졌다.
벗겨진 구두가 옆으로 굴러갔다. 기역이 얼른 구두를 주
워 하리나 앞에 한쪽 무릎을 꿇었다. 사람들이 환호했고
플래시가 터졌다. 하리나가 잠시 멈칫하더니 기역의 손
에서 구두를 뺏어 들었다. 그러곤 나머지 한쪽 구두까지
벗어 양손에 하나씩 들더니 구두를 귓가에 빙글빙글 돌
리며 경쾌하게 걷기 시작했다. 기역이 멋쩍게 웃으며 뒤
를 따라갔다. 환호와 플래시가 훨씬 더 요란해졌다. 검은
물속을 걷는 하리나의 묵직한 발걸음이 떠올랐다. 그 장
면은 직접 연기했을까? 히웅은 방금 진짜 순아를 얼핏 본
것도 같았다. 준과의 다음 화상 채팅 날 혹시 물속을 걸어
본 적이 있냐고 물어봐야겠다 생각하며 히웅은 노트북을
닫았다.

꽃을 그려요

소년의 집 담벼락에 또 붉은 글씨가 나타났다. *사탄은 물러가라!* 붉은 스프레이 페인트로 휘갈겨 쓴 글씨가 담벼락 전면을 가로질렀다. 벌써 몇번째인지 모른다. 할머니는 아침 일찍 글씨를 발견하고 마루 밑에 넣어둔 시너통을 꺼냈다. 익숙한 동작으로 면장갑 위에 고무장갑을 끼고 수세미에 시너를 묻혀 글씨를 벅벅 문질렀다. 염병할 것들. 할머니는 간간이 욕을 뱉으며 글씨를 지웠다. 호랑이가 씹어 갈 것들. 글씨가 하나씩 지워질 때마다 할머니의 욕도 거칠어졌다. 썩어 문드러질 것들. 붉은 페인트는 시너에 녹아 지워졌지만 흉한 얼룩을 남겼다. 담벼락은 지워진 글씨가 남긴 흔적으로 얼룩덜룩했다. 사탄. 물러. 괴물. 꺼져. 몇걸음 뒤로 물러나서 살펴보면 그동안 어떤 글씨가 나타났다가 사라졌는지 대충 짐작할 수 있을 정도였다. 소년이 보기엔 차라리 지우지 말고 그냥 놔두는 게 오히려 더 깔끔할 것 같았지만, 할머니는 붉은 글씨가 보이는 족족 기를 쓰고 지웠다. 골목에 매캐한 시너 냄새가 고였다.

글씨는 한 사람의 짓은 아닌 것 같았다. 스프레이 페인트를 휘둘러 쓴 글씨로는 필체를 알아보기 어려웠지만, 글씨 주인이 한명 이상인 것은 분명해 보였다. 일단 '범인'은 동네 사람일 가능성이 컸다. 아마도 소년이 연루된 일년 전의 사건과 관련된 사람, 혹은 그 사건에 대해 아는 사람의 짓일 것이다. 할머니는 가장 먼저 그 사건의 '피해자' 가족을 의심했다. 소년과 파란대문집 아이 하람, 둘 중 한 사람이 던진 돌에 뒤통수를 맞고 쓰러져 아직도 중환자실에 있는 남자의 가족 말이다. 또 할머니는 파란대문집 부부의 개척교회가 급히 문을 닫고 동네를 떠나게 된 것에 앙심을 품은 열혈신도의 짓일 수도 있다고 짐작했다. 특히 '사탄'이라는 말을 쓰는 걸 보면 예수쟁이가 틀림없다고 했다.

하람이 동네를 떠나고 소년은 다니던 학교를 그만두었다. 맞춘 지 얼마 되지 않은 중학교 교복은 고스란히 옷장에 처박혔다. 출혈이 심각했던 남자는 여태 의식이 돌아오지 않았다. 소년은 한달에 한번 할머니와 함께 병원에 갔다. 병원에서 주는 파란색 옷을 걸치고 손 소독까지 마친 뒤 중환자실에 들어가면 맨 구석 침대에 남자가 누워 있었다. 퉁퉁 부은 얼굴로 산소호흡기를 낀 남자는 평소 동네에서 보던 모습과는 전혀 달랐다. 소년의 가녀린 뒷목을 낚아채고 귓바퀴에 불쾌한 입김을 불어 넣던 모습은 찾아볼 수 없었다. 소년의 어깨를 감싸 안고 긴 팔을 늘어뜨려 소년의 바지 앞섶을 주무르던 모습도 지워지고 없었다. 그저 물에 불은 살덩어리가 침대 위에 함부로 부려진 것만 같았다. 그래서 소년은 침대 옆에 앉은 아주머니를 향해 할머니가 시키는 대로 고개를 숙여 인사할 수 있었다. 너 같은 새끼 한입거리지,라는 비아냥을 들을 걱정 없이 살덩어리를 향해 허리를 90도로 숙여 잘못했다고 말할 수 있었다. 만약 남자가 평소 동네를 돌아다니며 소년을 괴롭히던 그 모습 그대로였다면, 탁한 눈을 뜨고 소년을 향해 한쪽 입꼬리를 비틀어 올리며 웃기라도 했다면 할머니가 시키는 대로는 절대 할 수 없었을 것이다.

할머니는 병원에 가는 날이면 상추와 콩나물과 수세미를 팔아 번 천원짜리 지폐를 다리미로 반듯하게 다려 봉투에 넣었다. 소년이 중환자실에서 남자와 남자의 엄마에게 몇번이고 허리를 숙여 절을 하고 나면 할머니는 주머니에서 봉투를 꺼내 내밀었다. 아주머니는 단 한번도 그 봉투를 거절하지 않았다. 할머니가 꼬깃하고 더러운 지폐를 다리미로 다릴 때마다 소년은 그 다리미를 빼앗아 자신의 허벅지를 짓누르고 싶은 충동을 느꼈다.

사건에 대한 수사가 끝나고 하람이 쥐도 새도 모르게 동네를 떠난 다음부터 소년의 집에 붉은 글씨가 나타나기 시작했다. 동네 사람들은 하람네처럼 소년과 할머니도 동네를 떠날 거라고 생각했다. 남부끄러워 견딜 수 없을 거라고. 그러나 할머니는 끝까지 버텼다. 사람들이 노골적으로 수군대고 등 뒤에서 손가락질을 해대도 끄떡도 하지 않았다. 할머니는 평생 이 집에서 살다 죽는 게 삶의 마지막 목표라고 소년에게 자못 비장하게 말했다. 버티는 할머니처럼 붉은 글씨도 끈질기게 나타났다.

사탄아, 썩 물러가라!

괴물은 동네를 떠나라!

살인자!

붉은 글씨를 보이는 대로 지웠다. 집 외관은 점점 흉해졌다. 동네가 벽화마을이 되어 담장마다 꽃이 피고 새가 나는데도 소년의 집은 흉가 같아졌다.

할머니가 '사탄'의 '탄' 자를 마저 지우고 있을 때, 처음 보는 여자가 나타났다.

지우지 말고 칠하지 그래요?

여자가 불쑥 말을 걸었다.

지울수록 힘만 들고 얼룩이 남아 흉해지잖아요. 차라리 다른 색으로 덮어버려요.

여자는 한낮의 태양처럼 환한 주황색 머리를 하고 큼직한 가죽 가방을 들고 있었다. 동네에 벽화를 그리러 오는 자원봉사자들과 비슷한 모습이었다. 할머니가 손을 멈추고 여자를 돌아보자 여자는 바닥에 가방을 내려놓고 열어 보였다. 반으로 갈라진 가방 안에 온갖 색깔의 스프레이 페인트가 들어 있었다. 할머니는 미심쩍은 얼굴로 여자와 페인트를 한참이나 번갈아 쳐다보더니 웬일로 여자에게 담벼락을 내주었다.

젊은이들이 동네에 나타나 벽화를 그리기 시작하면서, 꽃송이가 화사하게 피어난 담장도 생기고 천사의 날개가 활짝 펼쳐진 벽도 생겼다. 알록달록한 그림이 늘어나자 곧 무기처럼 묵직한 카메라를 목에 건 사람들도 나타나기 시작했다. 사람들은 꽃 그림 옆에서 브이 자를 그리고, 천사의 날개 앞에서 두 팔을 활짝 벌리며 사진을 찍어댔다.

우리 집에는 모란을 그려요. 동백도 좋고. 할머니는 여자에게 당부했다. 이왕 그릴 거면 빨갛고 예쁜 꽃으로 그려요. 짐승은 그리지 마. 꿈자리 사나우니까.

할머니는 긴 담장에 얼룩말, 사자, 기린이 그려진 계단 아래 37번지 집주인 할머니가 불쌍하다고 했다. 그 할머니는 담장에 짐승이 그려진 다음부터 늘 꿈자리가 사나워 베개 밑에 부엌칼을 넣어두고 잠이 든다고 했다.

아유, 짐승은 싫어. 사람도 지긋지긋한데. 꼭 꽃을 그려요, 응?

할머니는 소년에게 여자를 단단히 지켜보라고 이르고는 장사를 나갔다. 주황 머리 여자가 스프레이 페인트를 휘둘러 창문 둘레에 노란 타원부터 그렸다. 검정 쇠창살이 쳐진 작은 창문은 곧바로 부릅뜬 눈동자로 변했다. 또 한번의 동작으로 반대편 창문도 눈동자가 되었다. 소년은 조금 떨어진 곳에 쭈그리고 앉아 여자가 그림을 그리는 모습을 구경했다. 할머니는 여자를 감시하라 했지만, 여자는 꽃을 그릴 마음이 조금도 없는 것 같았다. 노란색 눈을 다 그린 여자가 검은색 페인트를 꺼냈다. 원래 어떤 색이었는지 짐작조차 할 수 없는 창문 아래 벽에 검은색이 채워졌다. 여자의 거침없는 손짓이 소년의 집을 바꿔나갔다. 붉은 글씨가 남긴 얼룩이 사라져갔다. 소년은 여자가 할머니의 당부를 잊은 것 같아 걱정이 들면서도 이상하게 마음 한편이 후련해졌다. 여자의 막힘없는 몸짓과 손놀림이 시원시원했고 점점 무시무시해지는 그림은 통쾌했다.

여자가 한참 만에 페인트를 내려놓고 허리를 폈다. 여

자는 앞치마 주머니에서 담배를 꺼내 불을 붙이고 소년 옆에 쭈그려 앉았다. 그리고 소년에게도 담배 한대를 내밀었다. 소년은 고개를 저었다.

할머니가 꽃을 그리라고 했잖아요.

왜?

꽃이 예뻐야 사람들이 오니까.

사람들이 오면 뭐하게?

집 앞에 앉아 장사할 수 있으니까.

소년은 자기가 말해놓고 자기가 놀랐다. 할머니는 한번도 사람들이 집 앞으로 찾아오기를 바란 적 없었다. 소년도 집에 그림이 그려졌으면 좋겠다고 생각해본 적 없었다. 집이 다른 집들처럼 예뻐져서 사람들이 구경을 오면 할머니가 집 앞에서 편안하게 장사할 수 있을 거란 생각은 방금 떠오른 것이었다. 오히려 소년은 화사한 꽃이며 천사의 날개가 그려진 담벼락을 지나갈 때마다 궁금했다. 카메라를 든 구경꾼들은 벽 너머에 퀴퀴한 냄새를 풍기는 수챗구멍이 사시사철 입을 벌리고 있는 걸 알기나 할까? 시멘트가 부슬부슬 떨어져 내리는 벽에 잿빛 그리마가 기어다니는 걸 찍을 수나 있을까? 여자가 피식 웃었다.

너 그거 아냐? 가난은 팔수록 가난해진다.

소년은 여자가 건방지다고 생각했다. 가난이 뭔지도 모

르면서.

할머니는 가난을 파는 게 아니에요. 상추랑 콩나물이랑 수세미를 팔아요.

여자는 소년의 말을 못 들은 사람처럼 담배꽁초를 바닥에 비벼 끄고 일어났다. 여자가 소년의 손에 스프레이 페인트를 하나 쥐여주었다.

난 그릴 테니까 넌 지워라.

소년이 눈을 동그랗게 뜨고 쳐다보자 여자가 턱 끝으로 담벼락 어딘가를 가리켰다. 붉은 기는 빠졌지만 물이 스민 것처럼 구불구불한 글씨 자국이 남아 있었다. 사탄. 물러. 꺼져. 괴물.

여자가 검은 얼굴의 오른쪽 뺨에 생채기를 그려 넣었다. 소년은 검은 얼굴의 왼쪽 뺨을 마주하고 섰다. 소년이 학원에 간 하람을 기다리며 쭈그리고 앉아 해바라기를 하던 자리였다. 할머니가 가래침을 돋우던 자리이기도 했고, 중환자실에 누워 있는 남자가 소년의 입을 틀어막던 자리이기도 했다. 소년은 여자가 쥐여준 대로 페인트를 휘둘렀다. 소년의 뒤통수가 닿았던 자리가 지워졌다. 실지렁이 같은 글씨 자국이 지워졌다. 지워지면서 동시에 색깔이 채워졌다. 지웠다. 그렸다. 지웠다. 그렸다.

여자가 출입문의 알루미늄 새시 둘레에 분주히 뭔가를

그려 넣었다. 소년은 뒤로 몇걸음 물러나 여자의 그림을 보았다. 노란 눈을 부릅뜬 검은 얼굴이 출입문 주변으로 커다란 아가리를 벌리고 있었다. 소년의 집 전면이 커다란 얼굴이 되어 외치고 있었다. 그것은 끔찍한 비명 같기도 했고 성난 아우성 같기도 했다. 소년은 자기도 모르게 손바닥으로 귀를 막았다. 여자가 그런 소년의 손을 잡아뗐다.

물 한잔만 줄래?

역광을 받은 여자의 주황색 머리카락이 석양처럼 타오르고 있었다. 소년은 허술하게 덜렁거리는 새시 문을 열고 먼저 집 안으로 들어갔다. 여자가 뒤를 따랐다. 두 사람은 흡사 짐승의 아가리 속으로 거침없이 쳐들어가는 전사 같았다.

꼭 동굴 같네.

오주는 소년의 방을 둘러보며 말했다. 소년의 방은 바로 뒤에 언덕이 있어서 해가 잘 들지 않고 축축한 습기가 가득했다. 방의 모서리를 따라 검푸른 곰팡이가 줄지어 피어 있었다.

소년은 냉장고에 넣어두지도 않은 미지근한 물을 한컵 가득 따라 오주에게 주었다. 오주는 물을 달게 마셨다. 소년의 방에는 그림이나 사진 한장 걸려 있지 않았다. 벽지는 잿빛으로 바래어 있었다. 처음 색깔을 알아보기 어려울 정도로 오래된 벽지였다. 한칸짜리 작은 옷장과 3단 서랍장, 그리고 좌식 책상이 방의 전부였다. 책상에 책은 없었다. 변변찮은 가구는 천장에서부터 쏟아지는 그늘에 짓눌려 있었다. 당장 방바닥에 이끼가 돋아나고 천장에서 종유석이 내려와도 전혀 신기할 것 같지가 않았다.

정말 동굴 같아.

동굴,이라는 둥글고 깊은 발음이 입 밖으로 굴러가자마자 오주의 머릿속에 어떤 이미지가 떠올랐다. 동굴 속에 붉은 조명이 탁! 켜진 것 같았다. 오주는 핸드폰을 꺼내 이미지를 검색해서 소년에게 보여주었다. 오주가 내민 이미지를 보고 소년의 눈이 동그래졌다. 동굴 속 벽면 가득 수백개의 희고 붉은 손자국이 찍혀 있었다. 무수한 손자국이 그리마 수천마리가 한 방향으로 몰려가는 것처럼 동굴 벽을 타고 어디론가 다급히 달려가고 있었다. 맹수에게 쫓기는 초식동물떼의 피난 행렬 같기도 하고 성벽을 타고 진격하는 적군의 집요함 같기도 한 손자국은 볼 때마다 소름이 끼쳤지만, 바로 그런 이유 때문에 오주는 이 이미지를 좋아했다. '손의 동굴'이라는 이름을 가진 아르헨티나 파타고니아 지역의 선사시대 동굴벽화였다. 붉은색 안료를 이용해 스텐실 기법으로 사람의 손자국을 무수하게 찍어놓은 것이라고 했다. 그러니까 선사시대 동굴생활자의 진짜 손자국이다. 오주는 언젠가 꼭 아르헨티나에 가서 이 동굴벽화를 직접 두 눈으로 확인하고 싶었다. 혈거인의 손자국에 자신의 손바닥을 맞대어보고 싶기도 했다. 오주는 '손의 동굴'을 혼자 '손의 아우성'이라고 불렀다. 그 앞에 서면 손들이 우우우우 아우성치는 소리가 귀를 때릴 것만 같았다.

죽이지?

소년은 천천히 고개를 끄덕였다.

이거 피예요?

오주는 토끼 눈을 하고 놀라는 소년이 귀여웠다.

꼭 피 같지? 나도 처음 봤을 땐 핏자국인 줄 알았어. 원시인이 짐승의 피를 손바닥에 찍어 발랐나? 사냥 인증 같은 건가? 근데 진짜 피는 아니고 붉은색 안료래. 물감.

처음 이 벽화를 봤을 때 오주는 커다란 들소의 배를 가르고 흥건하게 쏟아져 나오는 뜨거운 피에 환호하는 태고의 사냥꾼들을 떠올렸다. 뜨거운 피웅덩이를 양손으로 휘적거리며 승리의 휘파람을 불었을까? 손에 정말 피가 닿은 듯 뜨뜻한 감각이 느껴지기도 했다. 이어서 콧속 깊이 훅 끼쳐오는 쇠 비린내. 속이 울렁거렸다.

재미있는 놀이가 생각났어.

오주는 가방에서 빨간색 스프레이 페인트를 꺼냈다. 화구통에서 도화지도 한장 꺼냈다. 소년의 방바닥에 새하얀 도화지가 놓였다. 오주가 소년의 오른손을 잡아당겨 도화지 위에 놓았다. 소년의 손은 뜨거웠다. 오주는 소년의 손 위로 페인트를 분사했다. 소년의 손등과 그 주위에 붉은 점이 뿌려졌다.

옛날에는 이런 스프레이가 없었으니 입에 물감을 머금고 빨대로 훅 뿜어냈대. 플라스틱 빨대도 없었을 때니까, 짐승의 뼈를 썼겠지. 그렇게 원시인의 입으로 불어낸 물감이 원시인의 손에 뿌려져 이런 모양을 만든 거야.

오주는 소년의 손을 도화지에서 걷어냈다. 소년의 손 모양이 점점이 뿌려진 붉은 물감을 배경으로 하얗게 도드라졌다. '손의 동굴'에 찍힌 손자국과 같았다.

네 손은 검지와 약지의 길이가 똑같구나.

오주가 자기 손을 쭉 펴서 소년의 눈앞에 내밀었다. 오주의 손은 약지가 검지보다 한마디 더 길었다.

너도 한번 해봐.

오주는 빈 도화지 한쪽에 왼손을 쫙 펴서 얹었다. 소년이 조심스럽게 스프레이 페인트를 들었다. 그리고 오주보다는 서툰 솜씨로 페인트를 오주의 손에 뿌렸다. 오주의 손등이 붉어졌다. 소년의 손자국 옆에 오주의 손자국이 나란히 찍혔다. 오주의 손이 조금 더 크고 조금 더 길었다. 두 사람은 지문처럼 표정처럼 서로 다른 두 손자국을 나란히 내려다보았다. 소년은 자신이 찍은 오주의 손자국보다 오주가 찍어준 자신의 손자국이 더 선명하다고 생각했다. 길쭉한 가운뎃손가락을 중심으로 검지와 약지가 공평하게 어깨를 늘어뜨린 손. 아직 아무도 해치지 않은 손. 누구의 입도 막아본 적 없는 착한 손. 그러나 따뜻한 피의 온도를 기억하는 손. 기별도 없이 들이닥친 손님처럼 토가 왈칵 올라왔다. 소년이 뱉은 토사물이 두개의 손자국을 덮어버렸다. 오주는 놀랐지만 아무렇지 않은 척 가방에서 휴지를 꺼내 토사물을 닦기 시작했다.

망할 년.

귀선은 한참이나 벌린 입을 다물지 못했다. 집이 어떻게 달라졌을까, 은근히 기대감이 차올라 장사도 평소보다 일찍 접고 언덕을 올라왔다. 그런데 세상에. 귀선의 집이 거무튀튀하고 요란하고 흉악하게 변해버렸다.

허름한 동네에서도 가장 후미진 골목에 깊숙이 숨은 볼품없는 집이었지만 귀선은 이 집을 아꼈다. 집은 귀선이 칠십년 넘게 살면서 유일하게 온전히 소유한 재산이었다. 이 집 한채를 가지기 위해 귀선은 수십년간 관절이 닳도록 노동해왔다. 이제 그 집이 흉악한 괴물로 변해버렸다. 귀선은 집 담벼락에 붉은 모란 한송이가 큼지막하게 피어 있기를 내심 바랐다. 꽃잎이 집이 아닌 곳까지 뻗어갈 기세로 속 시원하게 피어 있기를 기대했다. 집 전체가 함지박보다 큰 붉은 꽃으로 변해 향기를 풀풀 날리고 있기를 원했다. 그러면 밤을 틈타 담벼락에 '사탄은 물러가라' '괴물은 꺼져라' 같은 흉한 낙서를 휘갈기러 온 사람들도 어여쁜 꽃을 보고 마음이 바뀌지 않을까. 그런데 세상에, 꽃은커녕 집이 괴물로 변해 있었다. 여길 보라고, 이 집에 정말로 괴물이 살고 있다고, 집 전면이 괴물의 얼굴이 되어 세상을 향해 아가리를 힘껏 벌리고 있었다.

손자는 귀선의 방 아랫목에 가만히 누워 있었다. 체기가 있는지 안 그래도 희끄무레한 얼굴이 새하얗게 질려 있었다.

할머니.

응.

집에 그림 그린 거 봤지?

응.

무섭지?

흉하더라.

응. 흉하지?

그래, 그애 어디 갔냐. 잡히기만 해봐라. 아주 그냥.

나는 좋아.

손자의 대답에 다급함이 묻어났다.

나는 좋아, 할머니. 나는 흉악하고 무서워서 좋아.

손자가 벌떡 일어나 귀선의 팔을 붙잡았다.

지우지 말자, 할머니. 괴물 지우지 말자.

왜? 흉하고 무서운 게 뭐가 좋아서?

그럼 사람들이 안 올 거 아니야. 우리 집 흉하고 무서워서 도망갈 거 아니야.

손자가 이렇게 말을 많이 하는 것도 오랜만이었다. 원래 말이 없는 아이였지만 사건 이후로 더욱 말수가 줄었던 터였다. 귀선은 대답 없이 소년의 방을 나갔다. 그리고 다시 집 밖으로 나가 변해버린 집을 자세히 살펴보았다. 아가리를 한껏 벌린 모습은 어디 공격할 테면 해봐라, 위협적으로 으르렁대는 것 같기도 했고 무서우니까 더는 다가오지 말라고 겁에 질려 비명을 지르는 것 같기도 했다. 뺨에 묻은 검은 얼룩은 귀선의 검버섯과 비슷해 보였다. 덥수룩한 머리털은 손자의 것과 비슷해 보였다. 귀선은 한걸음 더 뒤로 물러나 집을 다시 보았다. 온통 검게 칠한 괴물의 아가리 속에서 오동나무를 깎아 만든 문패만, 귀선의 이름 석자가 정갈하게 새겨진 그 문패만 홀로 하얗게 빛났다. 문패는 괴물의 송곳니가 있을 법한 자리에 날카롭게 박혀 있었다. 귀선은 이를 악물었다. 새로 송곳니가 돋아날 듯 늙은 잇몸이 찌릿하고 울었다.

벽은 하얄수록 좋다. 시멘트벽도 괜찮지만, 회벽이면 더 좋다. 흰 배경에서 붉은 손은 더욱 도드라질 테니까. 소년의 짐은 단출하다. 접었다 펼 수 있는 사다리와 물감을 담은 작은 음료수통, 그리고 빨대. 알루미늄 사다리는 거리에서 주웠다. 어느 카페 앞에서 사다리를 펴놓고 통유리를 닦던 청년이 잠시 뒷골목으로 담배를 피우러 간 사이에. 그게 주운 거냐, 훔친 거지. 하람이 보았다면 한마디 했을 것이다. 소년은 옆에 있지도 않은 하람에게 대꾸했다. 주운 거야. 주인 없는 사다리였으니까. 그 순간 소년의 눈앞에 주인은 없었으니까. 소년은 주운 사다리와 주황 머리 여자한테서 얻은 물감을 들고 예술을 하러 다녔다. 소년은 이제 예술가다.

오늘의 도화지는 파란대문집이다. 소년이 마음을 다해 좋아했던 하람의 집이다. 소년을 온몸으로 밀쳐냈던 하람의 집이다. 하람은 처음 만난 날부터 스스럼없이 소년의 손을 잡았다. 하지만 경찰서에서 마지막으로 본 날은 소년 쪽으로 눈길 한번을 주지 않고 온몸으로 소년을 거부했다. 헐거운 대문을 지나면 손바닥만 한 마당이 나오고, 한구석에 꼭지를 오른쪽으로 돌리면 미지근한 물이 졸졸졸 흘러나오는 수도가 보인다. 거기서 한뼘 떨어진 곳에 커다란 수챗구멍이 있다. 수챗구멍은 늘 비릿한 냄새를 풍겼다. 간혹 동네 고양이들이 고인 물을 핥다 갔다. 하람은 험악한 고함을 지르며 고양이들을 내쫓고 수도꼭지를 비틀어 졸졸졸 떨어지는 물줄기에 입을 대고 물을 마셨다. 졸졸졸 흐르는 게 꼭 니 오줌 줄기 같다. 하람은 어느 것에나 소년을 빗대어 놀릴 구실을 찾았다. 소년은 신발을 신은 채로 하람이 드러누워 배를 긁으며 만화책을 보던 거실로 들어간다. 거실 바닥에 소년의 발자국이 찍힌다. 나무껍질이 벗겨지기 시작한 안방 문이 활짝 열려 있다. 소년은 안방으로 들어간다. 안방 벽에는 크기가 다른 네모 자국들이 나 있다. 어떤 네모는 한칸짜리 옷장이었고 어떤 네모는 5단 서랍장이었다. 모든 네모가 바닥에서 시작하고 있지만 단 하나의 네모는 벽 높은 곳에 찍혀 있다. 하람의 가족사진이 걸려 있던 자리라는 것을 소년은 안다. 하람의 엄마와 아빠가 살짝 놀란 얼굴의 아기 하람을 가운데에 두고 아무것도 모르는 표정으로 웃고 있는 가족사진을 소년은 꽤 오래 노려본 적이 있다. 하람의 돌사진이라고 했다. 하람은 그 사진을 보여주기 싫어서 소년을 집에 데려온 날이면 안방 문을 꼭 닫아놓고 거실에서만 놀았다.

소년은 사진이 사라진 자리 아래에 사다리를 편다. 사다리를 밟고 올라서자 누렇게 바랜 벽지 위에 홀로 희게 두드러진 도화지가 소년의 눈높이에 펼쳐진다. 소년은 왼손을 활짝 펴 도화지 위에 댄다. 검지와 약지의 길이가 똑같아 가운뎃손가락을 중심으로 완만한 시옷 자를 그리는 손이다. 오른손으로는 음료수통을 들어 물감을 한모금 마신다. 입안에 석유 냄새가 퍼진다. 물감을 삼키지 않게 조심하며 바지 주머니에 꽂아놓은 빨대를 꺼내 입에 문다. 하나 둘 셋. 속으로 숫자를 세었다가 단숨에 훅 분다. 순간 소년은 입에 석유를 머금고 있다가 불을 뿜어내는 서커스 단원 같다. 소년은 차가운 불을 내뿜는다. 손등에 찬 기운이 느껴진다. 손을 움직이지 않게 조심하고 물감을 손 주변에 고르게 뿌린 다음 점점이 뿌려진 물감이 벽에 잘 스며들 때까지 기다려야 한다. 그리고 천천히 손을 뗀다. 하얀 벽에 붉은 손이 찍힌다. 아니, 손은 하얗고 손의 주변이 붉을 뿐이다. 소년은 제가 찍은 붉은 손자국을 흡족하게 바라본다. 붉은 그것은 내내 어두웠던 동굴 속을 밝히는 횃불 같다. 소년의 마음을 뿌옇게 채운 공포가 딱 그만큼

벽으로 옮겨 간 것 같다. 살짝 놀란 아기 하람의 얼굴 위로 손자국이 찍혔다고 생각하자 소년의 마음이 더욱 흡족해진다. 늘 소년에게 험하고 거친 말을 쏘아댔던 하람의 입을, 조롱하고 빈정대야 진짜 애정인 줄 알던 하람의 말본새를 붉은 손으로 막아버린 것만 같다. 소년은 아무것도 모른다는 듯 그저 속 편히 웃고 있는 하람의 엄마와 아빠의 얼굴에까지 손자국을 찍는다. 처음 만난 날 소년을 함부로 끌어안으며 오, 주여, 이 가엾은 어린양을 보살펴소서, 동정했던 여자와 남자의 입을 붉은색 공포로 틀어막고 오늘의 예술을 마친다.

소년은 사다리에서 내려와 더러운 방바닥에 드러눕는다. 목이 매캐하게 조여온다. 소년은 누운 채로 고개만 돌려 바닥에 침을 뱉는다. 다시 반듯이 누우니 비로소 천장이 눈에 들어온다. 왼손을 가만히 들어 바라본다. 붉은 물감이 점점이 튄 작은 손이 천장을 배경으로 도드라진다. 손톱 밑에 검붉은 물감 때가 낀 손. 그 손은 아직 작고 보드랍다. 소년은 어서 빨리 마디마디 뼈가 불거진 억센 손을 갖고 싶다. 주황 머리 여자가 집 담벼락에 그려놓고 간 괴물이 가질 법한 거친 손을 원한다. 소년은 괴물처럼 험악한 표정을 지어본다. 으르릉. 캬르릉. 소리도 내본다. 꽃을 그려요. 할머니는 여자에게 당부했다. 가난은 팔수록 가난해진다. 여자는 말했다. 소년은 누운 자리에서 고개를 뒤로 젖혀 조금 전 자신이 찍은 붉은 손자국을 올려다본다. 동굴 속을 밝히는 횃불이었던 것이 주먹보다 조금 더 큰 꽃봉오리로 스르르 변한다. 세 사람의 얼굴을 들어낸 자리에 다섯개의 뾰족한 꽃잎을 위로 힘껏 밀어 올린 주먹 꽃 세송이가 피었다. 소년은 더러운 손등으로 눈을 한번 문질렀다가 다시 위를 쳐다본다. 다섯개의 길쭉한 꽃잎은 불꽃 줄기였다가 날카로운 창이었다가 여린 새싹이 된다. 소년은 누구라도 데려와 물어보고 싶다. 당신 눈에는 저게 무엇으로 보이나요? 저 붉은 것은 불꽃인가요, 꽃잎인가요? 할머니라면 이렇게 말할 것이다. 모란을 그려. 동백도 좋고. 이왕 그릴 거면 빨갛고 예쁜 꽃으로 그려. 그러면 소년은 대답해야지. 불꽃인지 꽃잎인지, 후퇴인지 전진인지 모를 저 붉은 손자국 세개가 아직 억세지 않은 소년의 손으로 그릴 수 있는 최대치의 꽃이라고. 소년은 기어이 꽃을 그리고 말았다고.

봄 의 왈 츠

봄이 자기 어머니를 만나줄 수 있겠냐고 물었을 때 나는 기쁨과 두려움을 동시에 느꼈다. 그 무렵 나는 봄과의 관계를 정확히 어떻게 정의해야 할지 몰라 아득했다. 내가 대학을 졸업하자마자 친척들이 모이는 자리에만 가면 결혼 이야기를 꺼내는 엄마 때문에 짜증이 솟구치는 일이 잦았다. 그럴 때면 봄도 나처럼 결혼하고 가정을 꾸려야 한다는 은근한 압박에 시달리는지, 혹시 그렇다면 그 순간 내가 봄을 떠올리듯 봄도 나를 떠올리는지 궁금했다.

봄과 나는 대학 밴드 동아리에서 만난 캠퍼스 커플이었다. 하지만 그건 정기적으로 데이트를 하거나 어쩌다 여행을 떠나 둘만의 시간을 보낸다는 뜻이었을 뿐 우리는 진지하게 둘만의 미래를 입에 올린 적이 없었다. 수많은 낮과 밤, 봄은 내게 문학과 영화와 사진과 풍경에 대해 속삭였지만 자신의 가족 이야기는 한번도 들려주지 않았다.

그게 서운하면서도 한편으론 상대와 적절한 거리를 유지하는 세련된 태도로 보여서 나 역시 봄에게 시사와 역사와 철학과 음악에 대해서만 속삭였다. 엄마와 오빠가 내 속을 할퀼 때도 봄에게는 단 한번도 가족 이야기를 하지 않았다. 가족이 분노와 짜증을 유발할 때면 고등학교 동창이나 동네 친구들을 만나 풀었다. 그러나 친구들에게 엄마와 오빠의 험담을 늘어놓고 집으로 돌아오는 길이면 빈 자루처럼 쭈그러든 마음으로 어김없이 봄을 떠올렸다. 나는 왜 봄에게 이런 이야기를 하지 못하는가. 아니, 봄은 왜 이런 이야기를 하지 못하게 거리를 두는가. 섭섭했다. 원망했다. 이런 감정으로 낑낑대는 내가 초라했다. 그러던 중에 봄이 처음으로 자기 어머니를 만나달라고 정중하게 부탁을 해온 것이다. 마음 한쪽에 전구가 켜진 것처럼 환하게 기뻤고, 봄과의 관계가 전혀 다른 국면으로 넘어가나 싶어 겁이 났다.

봄이 문자메시지로 보내준 주소는 봄의 집에서 가까운 대학병원이었다. 봄은 병원 로비에 있는 스타벅스에서 만나 함께 7층 병실로 올라가자고 했다. 분홍빛 아지랑이처럼 눈앞을 예쁘게 물들였던 기대감이 순식간에 불안감으로 추락했다. 봄의 어머니는 입원 중이었다. 심각한 병은 아니고 부인과 질환으로 수술을 받았는데, 어쩐 일인지 수술한 자리가 깨끗하게 아물지 않아 입원 기간이 예상보다 길어졌다고 했다. 몸의 회복이 더뎌지니 급격하게 우울감에 빠졌고 담당의가 정신과 진료를 권할 정도로 감정 상태가 좋지 않다고도 했다. 그러던 어머니가 어느 날 심각한 얼굴로 봄의 손을 잡고는 봄의 애인을 꼭 한번 보고 싶다고 부탁했단다. 처음에 봄은 웃음을 버무려 적당히 거절했지만, 어머니의 부탁이 죽음을 앞둔 사람의 마지막 간청처럼 절절해 도저히 딱 잘라 거절할 수는 없었다고 한다. 이야기를 듣는 내 표정이 점점 심각해졌는지 봄은 내 눈을 똑바로 들여다보며 덧붙였다.

무슨 평가를 받는 자리는 당연히 아니고, 사랑하는 사람이 사랑하는 사람을 만나보고 싶은 자연스러운 마음으로 이해해주면 고맙겠어.

긴장으로 목이 타서 아이스 커피를 연거푸 들이켜면서도, 봄이 중저음으로 빚어낸 '사랑'이라는 단어에 내 마음은 하릴없이 풀어졌다. 나는 이다지도 봄을 사랑하는구나. 그렇다면 나도 사랑하는 사람이 사랑하는 사람을 기꺼이 만나러 가야지. 봄 몰래 테이블 아래서 주먹을 불끈 쥐어보았다.

병실은 2인실이었다. 입구 쪽 침대에 누가 누워 자고 있었고, 창가 쪽에 얼굴이 말갛고 긴 웨이브 머리를 한 중년 여성이 침대 헤드에 등을 기대고 앉아 있었다. 바로 옆 간병인용 장의자에는 단발머리에 안경을 쓴 비슷한 연배의 여성이 보였다. 봄과 내가 나란히 들어서자 두 사람은 한참 기다렸다는 티가 역력한 표정으로 이쪽을 바라보았다. 봄의 어머니가 얼굴의 모든 근육을 활용해 활짝 웃으며 우리를 반겼다. 간병인도 환영의 뜻으로 빙그레 미소를 지었다.

어서 와, 우리 아가들.

봄의 어머니가 높고 가느다란 목소리로 말했다. 만화에서 튀어나온 사람처럼 모든 표현이 큼직했고 머리부터 발끝까지 애정이 뚝뚝 묻어났다.

여기 앉아요.

간병인이 일어나 자리를 비켜주었다. 생각보다 키가 크고 골격이 반듯하고 자세가 꼿꼿한 사람이었다. 목소리는 봄의 어머니보다 낮고 또렷했다. 봄이 내 팔을 살짝 잡고 간병인용 의자로 이끌었다.

정말 반가워요. 난 봄이 엄마, 김미호예요. 봄처럼 미호 씨라고 불러요.

나도 모르게 말을 더듬거렸다.

아, 안녕하세요? 봄의…… 친구, 성은수입니다.

하마터면 면접을 보러 온 사람처럼 잘 부탁드립니다,

까지 덧붙일 뻔했는데, 마침 간병인이 적절하게 말을 잘 라주었다.

자칫 무례하게 느껴질 수도 있었는데, 이렇게 응해줘서 고맙고 반가워요. 나는 봄이 엄마, 박선남이에요. 뭐, 봄은 선남씨라고 불러요.

순간 내가 잘못 들은 걸까 싶어 봄을 돌아보았는데, 봄 은 미국 하이틴 영화 속 고등학생처럼 어깨를 한번 으쓱 할 뿐이었다.

뭐야? 고새 나를 빼고 니들만 신난 거야?

좀 전까지 옆 침대에 누워 있던 사람이 두 침대 사이에 드리운 커튼을 걷으며 나타났다. 자다 깬 사람답게 부스 스했지만, 언밸런스로 바짝 깎은 머리와 눈꼬리를 진하게 그린 화장, 화려한 무늬의 레깅스가 예사롭지 않았다.

나도 봄이 엄마야. 오리온. 반가워.

여자는 불쑥 앞으로 다가와 악수를 청했다. 얼떨결에 그 손을 잡고 흔들었다. 아무리 봐도 이건 신입사원 환영식 이지 애인의 어머니(들)을 만나는 자리는 아니었다. 다시 봄을 돌아보자 봄이 또 한번 어깨를 으쓱하고는 말했다.

미호씨, 선남씨, 리온씨. 전부 내 엄마야.

세 여자가 동시에 나를 보고 환하게 웃었다. 미소의 크 기와 모양은 달랐지만 전부 '엄마 미소'였다.

선남씨 이야기

선남은 매일 저녁 일기장에 이렇게 썼다. '비극의 자리에 자신을 가져다놓지 않기'. 아빠 없는 아이를 가졌다고, 아빠 없이 홀로 아이를 키워야 한다고, 천지간에 아이와 나뿐이라고, 이런 불행의 문장들은 처음부터 선남의 것이 아니었다. 불행의 문장은 선남의 마음이 물러지거나 몸이 약해졌을 때를 기다렸다가 튀어나오곤 했다. 약한 틈새를 알고 단박에 공격해 들어오는 음험한 문장들을 선남은 경계했다. 지금은 오로지 자신과 아이의 삶에 집중할 때다. 더욱 단단해져야 한다. 그러려면 하규의 기억마저 버려야 한다. 선남은 마음을 다잡기 위해 수시로 되뇌었다. 하규에게 죄책감을 느끼지는 않았다. 당장 이 험악한 세계를 살아가야 하는 사람은 하규가 아니라 선남과 아이였으므로.

하규의 실종 소식은 뉴스를 보고 알았다. CCTV가 포착한 하규의 뒷모습은 전혀 하규 같지가 않았다. 두툼한 탐사복을 입은 하규는 흡사 뒤뚱거리며 달 표면을 걷는 우주인처럼 비현실적이었다. 입자가 거친 CCTV 화면을 다시 텔레비전 뉴스 화면으로 봐야 하는 이중의 거리감 때문일까. 걸음걸이며 어깨며 팔을 흔드는 각도며 움직이는 모양새가 선남이 알던 하규가 아니었다. 선남의 마음이 하규의 실종 사실을 믿지 못해 슬픔은 영영 유예되었다.

한달이 넘도록 수색작업이 이어졌지만 하규는 발견되지 않았다. 수색팀은 하규 홀로 기지 밖으로 나갔다가 눈보라를 만나 길을 잃고 헤매던 중 크레바스에 빠진 것으로 잠정 결론을 내렸다. 수색이 종료된 날 하규의 부모가 뉴스에 나와 울부짖었다. 생때같은 내 자식이…… 아이고, 아직 장가도 못 가고…… 원통해서 어떡해…… 하규의 모친은 푸념하듯 띄엄띄엄 울었다. 선남은 한번도 만난 적 없는 하규의 모친을 고작 몇초짜리 뉴스 화면으로 바라보며 그녀가 몹시 신경질적인 여자일지도 모른다고 생각했다. 마, 가슴이 까맣게 타버렸습니다. 눈물도 말라붙고 마, 피도 말라붙고. 하규의 부친은 몹시 피로해 보였다. 뭔가 못마땅할 때 미간에 주름이 세로로 세줄기 뚜렷하게 패는 버릇은 부친을 닮았구나, 선남은 담담하게 생각했다. 부친의 미간과 모친의 인중에 하규가 어른거렸다. 남극기지 안전대책 이대로 좋은가,라는 후속 보도가 이어졌다. 폐쇄된 공간에 장기간 머물러야 하는 대원들이 받는 스트레스는 심각한 정신질환으로 이어질 수도 있다고, 어느 정신과 의사가 하나 마나 한 말을 하고 들어갔다. 뉴스는 하규의 실종을 두고 자살을 떠올릴 수 있게 교묘히 편집되어 있었다. 주변이 온통 하얗게 몰아치는 폭풍설에 갇히면 사막에서 신기루를 보듯이 헛것을 볼 수 있다고 자극성 보도를 하는 뉴스도 있었다. 남극기지 생활이 답답해 제 발로 크레바스를 향해 걸어간 무모한 사람. 폭풍설에 갇혀 잠시 판단력을 잃고 제 목숨까지 위험에 빠뜨린 어리석은 사람. 세상이 한통속이 되어 하규를 은밀히 비난하고 조롱했다. 오직 한 사람, 선남만이 도리질을 쳤다. 하규는 죽지 않았어. 잠시 얼음 동굴에 숨어 있는 거야. 두고 봐. 조금만 기다리면 짠 하고 나타날걸? 깜짝 놀랐지? 얼굴의 반을 차지할 만큼 입을 크게 벌리고 웃으면서. 하규는 그런 사람이야. 늘 장난기로 눈을 빛내는 사람. 지구에서 가장 추운 곳에서 일하면서도 누구보다 뜨겁게 달아오를 줄 아는 사람. 내가 아는 하규는 그렇다고.

입덧은 느닷없이 몰려와 선남을 끈질기게 괴롭히고는 불현듯이 사라졌다. 모든 냄새가 고역이고 물만 먹어도 토하던 시기가 지나자 선남의 혀는 탐욕스럽게 이 세계의 모든 맛을 떠올리고 갈구했다. 선남은 마감 직전의 백화점으로 차를 몰았다. 주차장에 차를 세우자마자 곧장 지하 1층 식품코너로 가서 카트에 음식을 가득 담았다. 장인이 만들었다는 고급 화과자 한상자와 남도의 유명 제과점에서만 만든다는 땅콩 센베이 한줄, 애플망고와 멜론, 포크립 바비큐와 양다리 구이를 앞뒤 재지 않고 무조건 담았다. 반찬가게에 가서 저염 명란젓을 한통 고르고 낙지호롱과 장어조림처럼 혼자서는 절대로 만들어 먹지 않을 손이 많이 가는 요리도 샀다. 정신없이 음식을 카트에 담는 동안에도 자꾸 입안에 침이 고였다. 눈에 띄게 배가 부른 임산부가 허겁지겁 음식을 담는 모습은 누구에게나 동정심을 자아내기 마련인지 백화점 직원들은 알아서 시식을 권하고 덤을 끼워주고 가격을 할인해줬다. 순산하세요,라고 인사를 건네는 직원도 있었다. 나이가 많은 여자 직원들은 선남의 배 모양을 보고 아들이네, 딸이네, 한마디씩 보태기도 했다. 모르는 사람과 말 섞는 걸 별로 좋아하지 않는 선남도 어쩐지 그들의 참견과 오지랖이 싫지 않았다. 아하, 배 모양이 이러면 아들이에요? 정말요? 아직 몰라요. 일부러 안 물어봤어요. 나중에 아기 낳을 때 알게 되면 더 놀랍고 반가울 것 같아서요. 직원이 내민 시식용 육포를 입에 넣고 오물오물 씹으며 대화를 나누는 자신의 모습이 스스로도 낯설었다. 순전히 먹을 것으로만 불룩히 채운 쇼핑백을 양손에 들고 주차장으로 가는 길에, 엘리베이터 거울에 비친 해쓱한 얼굴을 보고서야 선남은 자신의 행동을 이해했다. 아침에 바르고 나온 진홍색 립스틱이 그새 다 지워져 윤곽만 희미하게 남아 있었다. 광대뼈 위쪽 뺨에는 점점이 주근깨와 기미가 올라와 있었다. 지치고 피곤해 보이는 그 얼굴이 말해주었다. 씩씩하게 잘 버티는 척했지만 사실 선남은 외롭다는 것을. 아무도 필요 없다고, 간섭도 오지랖도 해가 될 뿐이라고 생각했지만 선남에겐 지금 그 어느 때보다 사람이 필요하다는 것을.

리온씨 이야기

오리온. 예쁜 이름이구나. 새 학년이 되어 새 담임이 첫 출석을 부를 때가 리온은 제일 싫었다. 오리온이라니, 아버지가 별자리에 관심이 많으신가보구나? 동생 이름은 혹시 오로라니? 어른들의 형식적인 관심이 지긋지긋했다. 아버지는 별자리에 아주 무식하고, 심지어 하나뿐인 딸에 관해서도 무식하며, 내 이름은 할머니가 지어주셨고, 동생은 오로라가 아니라 오승민입니다. 그리고 나는 남들이 예쁘다고 부러워하는 이 이름이 아주 싫습니다. 딱 잘라 말하고 싹수없는 애로 찍히면 한학년은 적당히 심심하고 편하게 보낼 수 있었다. 당돌하게 할 말 다 하는 리온을 보고 담임과 반 아이들은 당황하거나 떨떠름해했다. 하지만 선남은 그런 리온이 마음에 들었다고, 그래서 3월 한달 동안 조용히 눈으로 리온을 쫓았다고, 나중에 리온에게 말해주었다.

리온이 선남을 눈여겨보기 시작한 건 5월 체육대회 때였다. 반마다 제비뽑기로 한 국가를 뽑아 그 나라 민속 의상을 입고 민속춤을 추는 순서가 있었는데, 리온의 반은 스페인을 뽑았다. 반장과 체육부장이 학급비를 걷어 수선집에 의상 제작을 맡기고 춤 동작을 짜서 아이들에게 가르쳤다. 여학교여서 번호순으로 학급의 반이 남자 역할을, 나머지 반이 여자 역할을 맡았다. 남자 역할을 맡은 애들은 검은 종이로 만든 가면을 쓰고 여자 역할을 맡은 애들은 붉은 천으로 만든 플라멩코 드레스를 입었다. 스페인 사람들이 와서 보면 배를 잡고 웃을 만큼 말도 안 되는 춤에 조악한 의상이었지만, 아이들은 모처럼 입시 준비의 압박에서 벗어나 운동장에 나가 춤 연습도 하고 서성이며 바람 쐬는 걸 달가워했다.

체육대회 당일 5월의 햇빛이 정수리를 달구며 쏟아지는 가운데 리온은 아이들과 줄을 서서 순서를 기다리고 있었다. 운동장 중앙에는 태국을 뽑은 반 아이들이 손끝에 날카롭게 감은 알루미늄 포일을 빙글빙글 돌리며 춤을 추고 있었다. 통이 좁은 긴 치마를 입은 아이들이 다리를 불편하게 움직일 때마다 모래 먼지가 자욱하게 일었다. 포일 끝에 햇빛이 날카롭게 부딪치며 리온의 눈을 찔렀다. 종이 가면의 고무줄이 귀 뒤쪽을 너무 조여댔다. 관자놀이 위로 땀이 흘렀다. 지끈거리는 두통이 몰려왔다. 어떤 아이들은 춤 동작을 잊지 않으려고 작은 몸짓으로 연습하고 있었다. 다른 아이들은 쪼그리고 앉아 모래 위에 낙서를 끄적이며 체육대회와는 전혀 상관없는 이야기를 나누었다. 어디선가 윙윙 매미 소리가 들려왔다. 5월에 매미라니, 그럴 리가 없었다. 순간 주변의 풍경이 참을 수 없이 유치한 촌극으로 보였다. 싸구려 촌극의 소품이 되어 지저분한 운동장 구석에 처박힌 자신이 한심하기 짝이 없었다. 아이, 씨발. 그때 바로 옆에서 욕설을 뱉은 사람이 선남이었다. 반에서 일등을 놓치지 않는 선남의 입에서 그런 욕이 나왔다는 사실에 리온은 왠지 모를 상쾌함을 느꼈다. 제 마음의 소리를 선남이 대신 내뱉어준 것 같았다. 급기야 선남은 한 손으로 얼굴의 반을 덮은 종이 가면을 잡아 뜯어버렸다. 야! 가까이 서 있던 부반장이 소리를 질렀다. 곧 리온의 반이 운동장 한가운데로 나갈 차례였다. 부반장은 어쩔 줄 몰라 발을 동동 굴렀다. 선남은 방금 가면을 찢어버린 손으로 이마의 땀을 훔쳤다. 아이들이 선남을 보며 술렁거렸다. 술렁임은 너울처럼 앞뒤로 번졌고 곧 반장이 여분의 가면을 가져왔다. 부반장이 사정하는 눈빛으로 선남에게 가면을 내밀었다.

야, 너 진짜 웃겼던 게 뭔지 알아? 쌍욕까지 하면서 가면을 북 찢어버렸으면서 부반장이 내민 가면을 다시 쓰고 순순히 춤을 추러 갔다는 거야. 게다가 동작도 하나도 안 틀리고 완벽하게 추더라. 오히려 내가 너 훔쳐보느라 박자 놓쳐서 내 짝한테 혼났잖아. 스텝이 꼬여서 개까지 넘어질 뻔했거든. 그때부터 네가 좋았어. 멋져 보이더라. 조용한데 더럽게 말 안 들어먹을 것 같은 애, 그게 너였어. 어른이 되고 나서 선남과 가끔 만나 맥주를 마실 때면 리온이 늘 하는 얘기였다. 그때부터 네가 좋았어. 리온은 스스럼없이 자신의 감정을 말할 줄 알았다. 내가 먼저 너 좋아했는데. 3월 2일 첫날부터. 말수 적은 선남이 툭 던지는 말에 리온의 심장이 뜨겁게 조여들던 나날이었다.

학기 초부터 싹수없는 애로 찍혔던 리온과 달리 선남은 성실한 학생이었다. 늘 셔츠 단추를 끝까지 채우고 작은 입술을 꾹 다물고 지냈다. 리온이 365일 잔잔히 문제를 일으켰다면, 선남은 어쩌다 한번씩 대형사고를 쳤다. 무단결석, 삭발, 교장실 항의방문 등 선남의 전적은 화려했다. 지방의 무명 여학교에서 서울 명문대에 진학할 수 있는 뛰어난 성적이 아니었다면 진작 징계를 받았을 거라고 아이들은 뒤에서 수군거렸다. 화장실이나 복도 구석에서 선남을 험담하는 애들을 목격하면 리온은 특유의 길고 마른 다리로 그애들의 엉덩이를 걷어찼다. 씨발, 니들이 뭘 알아? 솔직히 리온도 선남이 왜 그렇게 간헐적으로 폭발하는지 영문을 알지 못했다. 선남의 행동이라면 그냥 무턱대고 이해하고 싶었을 뿐. 그랬던 선남이 서른을 훌쩍 넘어 또 한번 대형사고를 치고 리온을 찾아왔다. 혼전임신이라니. 게다가 그애를 낳겠다니. 리온은 여러모로 어이가 없어서 선남의 고백을 듣고 웃음을 멈출 수가 없었다.

야, 이렇게 선수 치기 있냐? 내가 먼저 너 놀라게 해주려고 했는데! 리온은 배를 내밀고 디카페인 커피를 홀짝이는 선남에게 봉투를 하나 내밀었다. 선남은 갸름한 눈을 최대한 동그랗게 뜨고 봉투를 열어보았다. 청첩장이었다. 리온이 직접 찍은 사진 속에 짧은 웨딩드레스를 입은 두 여자가 각자 부케를 들고 서로의 손을 꼭 잡은 채 활짝 웃고 있었다. 키가 크고 호리호리한 짧은 머리 여자가 리온이었고, 키가 작고 긴 하늘색 웨이브 머리를 늘어뜨린 귀여운 인상의 여자가 미호였다. 결혼식은 선남의 출산예정일 보름 전이었고 장소는 마포구의 어느 카페였다. 이번에는 선남이 헛웃음을 지으며 리온을 보았고, 리온은 공연히 커피잔을 들어 입에 댔다. 서로의 놀람이 잦아들었을 무렵 카페 문이 열리며 레몬 빛깔로 머리를 염색한 여자가 들어왔다. 미호였다.

미호씨 이야기

리온이 화보 촬영 때문에 싱가포르로 출장을 갔을 때 미호는 연락도 없이 불쑥 선남의 집을 찾아갔다. 미호의 양손에는 쇼핑백이 가득 들려 있었다. 선남은 소개받은 지 얼마 안 된 미호의 방문이 놀랍고 당황스러웠을 테지만, 교양 있는 사람답게 겉으로 티를 내지는 않았다. 미호는 스스럼없이 선남의 집 안으로 들어가 주방 식탁에 쇼핑백을 내려놓았고, 오늘 날씨를 입에 올리며 선남의 안부를 묻는 동시에 물건들을 꺼내 차곡차곡 정리했다. 피부가 민감한 선남이 쓰는 오일 티슈는 거실 다탁 위에 두고, 선남이 입맛 없을 때마다 즐겨 먹는 저염 명란젓은 냉장고에 넣었다. 심지어 아직 태어나지도 않은 아기의 유기농 순면 기저귀와 아토피 로션, 샴푸까지 사 왔다. 미호가 사 온 물건들은 미호의 성격처럼 일관성도 맥락도 없이 뒤죽박죽이었지만, 가만히 살펴보면 불필요한 것은 하나도 없었다. 선남이 손님 대접을 하려고 나서자 미호는 그런 선남을 한사코 말리며 소파에 앉혀놓고 직접 주방에서 차를 끓이고 과일을 깎았다. 찬장을 열고 냉장고를 뒤적이는 모습이 제 집인 양 자연스러웠다.

집에 과일이 푸석한 사과밖에 없네요? 이럴 줄 알았으면 딸기라도 사올걸.

미호는 선남이 아끼는 일본산 찻잔에 히비스커스와 로즈힙을 블렌딩한 붉은 차를 따라주었다. 피처럼 붉은 찻물에서 새콤한 냄새가 풍겼다. 언젠가 영국에 출장을 다녀온 리온이 런던의 백화점에서 사다 준 차였다. 미호는 리온과 함께 선남의 집에 서너번 드나드는 사이 어디에 무엇이 있는지 속속들이 파악했다.

식기 전에 드세요.

어느새 미호의 머리는 연분홍 장미 색깔로 물들어 있었다. 미호가 움직일 때마다 찰랑거리는 머릿결에서 장미 향이 풍겼다. 미호가 포크로 사과를 쿡 찍어 선남에게 건넸다.

우리 여보가 신신당부하고 갔어요. 선남 언니 요즘 특히 잘 먹어야 한대요.

미호는 선남 앞에서 리온을 '우리 여보'라고 불렀다. 리온의 이야기가 나오자 미호의 표정이 금세 밝아졌다. 이번 출장은 모 유명 배우의 패션 화보 촬영이다, 그 배우가 리온의 작업을 좋아해 리온과 나란히 비즈니스석에 앉아 가야 한다고 고집했다, 줄줄 늘어놓은 목소리도 신났다. 리온의 이야기를 할 때면 미호는 자신 있는 상품을 판매하러 온 외판원처럼 목에 힘이 들어갔다. 맞은편에 앉은 선남이 슬슬 피곤한 기색을 보이자 미호가 허를 찌르며 물었다.

언니, 저 오늘 여기서 자고 가도 되죠?

선남이 당황스러움을 숨기지 못하고 얼떨떨해하는 사이 미호는 벌써 허락을 받은 사람처럼 리온의 잠버릇 이야기로 넘어갔다. 리온은 한 침대에서 잘 때 자꾸 미호를 발로 차거나 팔꿈치로 찍는 버릇이 있었다. 그래서 리온이 멀리 출장을 가서 혼자 자게 되면 홀가분할 줄 알았는데 실제론 허전하고 무서웠다. 차라리 자다가 몸부림치는 리온의 길쭉한 팔다리로 얻어맞는 편이 낫겠다 싶었다. 이런 이야기를 열렬히 늘어놓자 맞은편의 선남이 어느새 당혹스러운 표정을 풀고 배시시 웃었다.

리온이 팔다리가 길고 가늘어서 꼭 소금쟁이 같겠네.

순간 미호는 자기도 모르게 얼굴이 싸늘하게 굳는 걸 느꼈다.

우리 여보 별명이 소금쟁이인 거 어떻게 알았어요?

그랬어? 몰랐어. 방금 미호씨 이야기를 들으니까 소금 쟁이가 떠올랐을 뿐이야.

그니까, 거미도 있고 메뚜기도 있는데 왜 하필 소금쟁이가 떠올랐냐고요.

선남의 얼굴도 따라 굳었다. 미호는 가끔씩 제 마음과 말을 통제하지 못하고 유치해졌다. 결혼 후로 부쩍 심해진 것 같기도 하고, 선남을 소개받은 후로 더 그런 것 같기도 했다. 미호는 선남이 리온의 첫사랑이라고 생각했다. 여고생 시절 느낄 수 있는 다소 빤하고 통속적이며 불안정한 마음의 한 갈피에 불과하다는 걸 모르지 않았으나, 그 아슬아슬한 마음이 도저히 '내 것'이 될 수 없다는 사실이 싫고 서러웠다. 투정이었다. 사랑이기도 했고. 굳은 얼굴로 미호를 빤히 보던 선남이 갑자기 작은 비명을 지르며 불룩한 배를 내려다보았다. 선남의 배 한쪽이 눈에 띄게 꿈틀거렸다.

어! 언니! 이거 왜 그래요? 이거 갑자기 왜 이래요?

놀란 미호는 선남의 배를 손가락질하며 소리쳤다. 선남이 엄한 눈빛을 하고 말했다.

이거 아니고 아기야. 태동.

휴. 난 또 큰일 난 줄 알았어요. 배가 확 찌그러지니까 놀랐잖아요.

선남은 미호의 어휘 선택을 어쩔 수 없는 일이라 단념했는지, 작게 한숨을 한번 내쉬고 찻잔을 들어 입으로 가져갔다. 미호는 순간 부끄러웠다. 선남의 소중한 아기를 '이거'라고 불러버린 게, 선남의 배를 두고 '찌그러졌다'라고 표현한 게, 자꾸 무식하게 말하는 게, 부끄러웠다. 리온은 이런 미호를 '투명한 사람'이라고 좋아했지만, 사실

여러겹으로 둘러막은 미호의 속을 온전히 들여다볼 수는 없을 것이다. 특히 요즘처럼 질투와 시샘으로 들끓는 이 마음을 리온은 짐작조차 못할 것이다. 그 질투의 향방이 미호에겐 평생 허락되지 않을 아기가 선남에게 있다는 사실에까지 가닿는다는 건 꿈에도 모를 것이다. 그랬다면 이렇게 선뜻 선남을 돌봐달라고 부탁하고 출장을 떠나지는 않았을 테니.

아기를 떠올리면 늘 마음이 복잡하고 울고 싶어졌다. 결혼 전 리온에게 홀리듯 아기 이야기를 꺼낸 적이 있었다. 단골 바에서 위스키를 마시던 밤이었다. 우린 인류멸망의 견인차야! 해방을 위하여! 리온은 건배사를 외쳤다. 여자를 출산 기계로만 생각하는 적들에게 엿을 먹이자! 투쟁!이라고도 했다. 리온의 말은 전부 옳았다. 지당했다. 그러나 그날 밤 집에 돌아와 낮게 코까지 골며 자는 리온 옆에서 미호는 줄줄 흐르는 눈물을 멈출 수가 없었다. 그 복잡한 마음이 뭔지 알 수 없었다. 알고 싶지도 않았다. 그러나 미호는 뭔가가 몹시 그리웠고, 서운했으며, 선남을 만난 후로는 뭔가를 '뺏겼다는' 얼토당토않은 생각까지 들었다. 나쁜 생각이 걷잡을 수 없이 뻗어가면 제 손으로 직접 토막을 쳐야 했다.

아기가 팔다리가 되게 긴가봐요. 배를 이렇게 쭉 밀어

낼 정도면요. 어머, 언니! 아기가 우리 여보를 닮았나봐요! 아기 소금쟁이!

미호는 손뼉까지 치며 까르르 웃었다. 그러나 선남은 마주 웃어주지 않았다. 희미한 온기마저 썰물처럼 싹 빠져나간 얼굴로 미호를 빤히 바라볼 뿐이었다. 미호는 순간 선남이 자신을 집 밖으로 몰아낼까 더럭 겁이 났다. 어렸을 때 걸핏하면 속옷 차림에 맨발로 집 밖으로 쫓겨났던 미호였다. 아버지의 정육점 안쪽에 딸린 살림집에 살았으므로, 집 밖으로 쫓겨났다는 건 정육점으로 쫓겨났다는 뜻이었다. 새어머니가 미호를 쫓아내면 가게에 앉아 있던 아버지는 '집구석이 조용할 날이 없다'라며 살을 발라내고 남은 소 정강이뼈로 미호를 때렸다. 어린 미호는 아버지가 고깃덩어리를 걸어놓은 쇠고리로 자신을 찍어내리지 않은 게 어딘가, 생각하며 잠자코 맞았다. 돌이켜볼수록 개똥 같은 나날이었다.

언니, 저 먼저 씻을게요. 화장도 지우고 편한 옷으로 갈아입고 싶어요.

미호는 선남이 뭐라고 말하기도 전에 얼른 자리에서 일어났다.

아, 그리고 저녁은 제가 맛있는 거 해드릴게요. 기대해도 좋아요!

봄 이야기

일주야.

아기 울음소리가 들리자마자 엄마는 한껏 높은 음으로 일주를 부르며 방으로 달려갔다. 엄마를 부르는 게 아니었다고, 선남은 맘속으로 여러번 제 발등을 찍어 내렸다. 산후조리원에서 나와 첫 한달은 육아도우미를 고용하기로 했다. 부모도 남편도 없이 선남 혼자 이십사시간 아기를 돌보는 것은 애초에 불가능했다. 업체에서 보낸 도우미는 오십대 후반의 중년 여성이었다. 그녀는 아이를 셋이나 낳고 키웠으며 이 일을 한 지도 십년이 넘었다고 했다. 말투에서 자신감과 자랑스러움이 뚝뚝 떨어졌다. 일은 선남이 아기를 재우다가 깜박 잠이 들었을 때 벌어졌다. 잠결에 매캐한 냄새를 느끼고 퍼뜩 깨어났다. 담배 연기였다. 담배 연기가 베란다에서 안방으로 고스란히 새어 들어오고 있었다. 놀란 선남이 베란다 문을 열고 나갔을 때 도우미는 막 다음 담배에 불을 붙이고 있었다. 선남은 버럭 소리를 질렀다. 그러자 도우미는 아기 엄마가 유난스럽고 까칠해 기분이 나쁘다며 자기가 더 화를 냈다. 그렇게 갑질을 해대면 다른 도우미도 구하기 힘들 거라고, 그녀는 선남이 들으라는 듯 중얼거리며 당장 짐을 싸서 나가버렸다. 말릴 틈도 없이 당한 일에 망연자실해 있는데 아기가 깨어나 울었다. 선남은 얼른 달려가 젖을 물렸다. 젖이 시원찮게 나오자 아기가 자꾸 짜증을 부렸다. 별안간 서러워진 선남도 같이 울었다. 혼자 출산할 때도 울지 않았던 선남이었다. 그깟 담배 연기 그냥 참을걸, 다음부터 나가서 피워달라고 좋게 말할걸, 후회하는 자신의 비굴함이 서러워 울었다. 또다른 도우미를 구하고 면접을 볼 엄두가 나지 않았다. 막막했다. 그만큼 선남은 몰려 있었다. 뭐든 자신의 의지로 꼼꼼하게 계획을 세우고 하나씩 해치우는 식으로 살아가는 데 익숙한 선남에게 출산 후의 일상은 견디기 어려운 지뢰밭이었다.

그날 밤 아기는 밤새 울었다. 어떻게 해도 달래지지 않았다. 결국 선남은 택시를 불러 병원 응급실로 달려갔다. 이것저것 검사를 하던 의사는 영아 산통이라고 했다. 딱히 해줄 게 없다는 말이었다. 진료비를 내고 택시를 부르고 병원 로비를 가로질러 가다가 선남은 커다란 거울에 비친 자신의 몰골을 비로소 보았다. 목이 늘어진 실내용 원피스 앞자락에 얼룩이 묻어 있었다. 신발도 짝짝이였다. 대충 묶은 머리카락은 양옆으로 죄 빠져나와 산발 수준이었다. 게다가 양쪽 뺨을 가로지르는 칙칙한 기미 자국까지. 앞으로 얼마나 더 이런 날들을 겪어야 할까. 혼자서는 절대로 아기를 온전하게 키울 수 없다는 자각이 찬

물처럼 정수리 위로 쏟아졌다. 그동안 용기라고 생각했던 것들이 사실은 무모함과 무식함에 불과하다는 생각이 들자 얼굴이 숯처럼 달아올랐다.

뺨 위를 흐르는 눈물을 닦을 생각도 없이 그저 멍하니 창밖의 새벽 풍경을 바라보았다. 택시 기사가 백미러로 자꾸 선남을 흘끔거렸다. 그때 선남은 마음먹었다. 엄마에게 연락하자. 엄마와는 오래전 인연을 끊었지만, 자존심도 체면도 양수가 터질 때 일찌감치 함께 흘려보내버린 선남으로선 지금 당장 의지할 곳은 엄마밖에 없었다. 집으로 돌아온 선남은 외우고 있는지도 몰랐던 고향 집 전화번호를 지역 번호부터 하나하나 꾹꾹 힘주어 눌렀다.

우리 일주 응가했으니 배 속이 쏙 비었겠는데? 분유 한 병 더 드셔야지요? 조금만 기다려요. 할미가 금방 가서 분유 타올게요.

엄마는 방금 간 기저귀를 척척 접어서 휴지통에 넣고 주방으로 달려갔다. 싱크대 수돗물 흐르는 소리, 젖병 소독기에서 젖병 꺼내는 소리, 딸깍 분유통 뚜껑 여는 소리가 연달아 들려왔다. 단조로운 리듬에 맞게 엄마의 콧노래가 나지막이 깔렸다. 선남은 실소했다. 아기 이름은 일주가 아니라고 몇번을 고쳐줘도 엄마는 입버릇처럼 아기를 일주라고 불렀다. 일주 키울 때 버릇이 입에 들러붙어서 그래. 너도 내 나이 돼봐라. 그러지 말아야지 하고 몇번을 마음먹어도 한번 버릇이 든 건 쉽게 고쳐지지 않아. 내가 평생 그러겠니?

일주는 선남보다 여섯살 어린 남동생의 이름이었다.

엄마는 선남의 연락을 받은 다음 날, 커다란 여행 가방을 들고 선남의 집을 찾아왔다. 선남의 초췌한 몰골을 보고 주저앉아 한바탕 눈물을 쏟더니 울음을 수습하고 나서 제일 먼저 물었다. 아들이냐, 딸이냐? 그때 엄마와의 일시적인 동거가 순탄치 않을 것임을 또렷이 직감했다. 몇년 동안 연락도 없던 딸이 결혼도 하지 않고 혼자서 아이를 낳았다는데 가장 궁금한 게 아기의 성별이라니, 엄마답다는 생각도 들었다.

선남은 1남 3녀 중 셋째 딸이었다. 두 언니와 선남은 딱 2년 간격으로 태어났지만 선남과 남동생 일주는 터울이 6년이나 벌어졌다. 선남과 일주 사이에 동생이 될 뻔한 아이들이 있었다는 것을 이제 선남은 안다. 그 아이들이 왜 온전하게 태어나지 못했는지도 안다. 병원에 다녀온 엄마가 며칠씩 자리에 누워 지낼 때가 있었다. 그러면 옆 동네에 사는 할머니가 와서 밥을 해주었다. 할머니는 굳은 얼굴로 며칠 동안 계속 미역국만 끓여주었다. 어린 선남이 비릿한 미역 냄새가 싫다며 국그릇을 밀어내면 할머니는 숟가락으로 어린 선남의 머리통을 때리며 쏘아붙였다.

미역국이 싫으면 사내 동생한테 터를 팔았어야지! 어쩌자고 내리 기집년들한테 터를 팔아?

할머니가 와 있으면 집 안의 모든 소리가 잠잠해졌다. 아빠는 평소보다 늦게 귀가했고 엄마는 안방에 죽은 듯이 누워 앓았다. 언니들은 눈치 빠르게 방에 들어가 평소에는 쳐다보지도 않던 숙제를 하고 책을 읽었다. 오직 어린 선남만 눈치가 없어 할머니의 화풀이를 한 몸에 받아냈다.

엄마가 자리를 털고 일어나면 할머니는 곧 당신 집으로 돌아갔다. 그러면 한동안 집 안은 엄마와 아빠의 싸움으로 살벌해졌다. 엄마가 악을 쓰며 울부짖는 날이 이어지고 술 냄새를 풍기는 아빠가 비틀거리며 들어와 마루에 대충 드러눕는 밤도 잦아졌다. 선남은 이 모든 불화가 자신 때문이라는 죄책감에 시달렸다. 아무도 네 탓이 아니라고 말해주지 않았다. 이불에 오줌을 지려놓고 한밤중에 깨어나 두려움으로 덜덜 떠는 일도 생겼다. 다음 날 아침 엄마는 선남의 이부자리를 보고 무서운 얼굴로 선남을 노려보았다. 화를 숨기지 않는 몸짓으로 이불과 요의 커버를 싹싹 벗겨내 세탁기로 가져가면서 선남이 들으라는 듯 악다구니를 쳤다. 가뜩이나 힘들어 죽겠는데 너까지 왜 이래? 이 엄마 죽으라고 아예 고사를 지내라. 그냥 나를 죽여라, 죽여. 선남은 자신 때문에 엄마가 늘 아프고 할머니가 화를 내고 아빠가 술에 취한다고 믿었다.

그랬던 선남의 처지는 남동생 일주가 태어나면서 극적으로 변했다. 엄마와 아빠는 걸핏하면 마주 보고 웃음을 터뜨렸고 일주가 손가락 하나만 까딱해도 탄성을 질렀다. 산후조리를 도우러 달려온 할머니는 잊을 만하면 선남의 머리통을 쓰다듬었다. 장하다, 장해. 아주 기특해. 고추한테 터를 팔다니!

아기는 엄마가 온 후로 점점 탐욕스러워졌다. 수유를 요구하는 시간이 들쭉날쭉했고 기저귀가 조금만 불편해도 요란하게 울었으며 사람 품에 꼭 안겨 있지 않으면 도무지 잠이 들지 않았다. 아기들이 다 그렇지. 너는 뭐 그렇게 안 큰 줄 알아? 선남이 무슨 말을 해도 엄마는 자신의 경험을 무기로 맞섰다. 선남은 매 순간 졌다. 애초에 선남이 이길 수 있는 싸움이 아니었다. 엄마는 지금 수십년 만에 자신의 전성기로 되돌아가 있었다. 타임머신을 타고 자신이 가장 아름답고 행복했던 때로 돌아간 사람처럼 순간순간이 소중했다. 콧노래가 나오는 것도 당연했다. 선남은 엄마 곁에서 다시 외로워졌다. 왜 자신이 엄마와 인연을 끊기로 했는지, 그때 먹었던 모진 마음이 고스란히 되살아났다. 이럴 줄 모르지 않았으면서도 엄마를 부른 자신이 밉고 한심했다. 걸핏하면 일주야, 하고 아기에게 달려가는 엄마의 뒷모습을 훔쳐보면서 선남은 수십년 전의 의심이 독사처럼 고개를 쳐드는 걸 느꼈다.

나를 낳고 엄마는 기뻤을까?

이 아이도 진작 긁어내버렸어야 했다고 후회하지 않았을까? 환영받지 못하는 아이로 살아갈 때 느꼈던 상실감이 자꾸 떠올랐다. 저 아기가 아들이 아니라 딸이었어도 엄마는 이토록 기뻐했을까? 일주야, 하고 살갑게 불러주었을까? 가슴이 저렸다.

선남은 탁상 달력을 집어 들고 엄마가 여기 온 지 얼마나 되었는지 헤아려보았다. 보름은 넘고 한달은 안 되는 날이었다. 얼추 삼칠일 정도 되었다. 산후조리의 최소 단위였다는 삼칠일. 앙갚음하는 심정으로 계산기를 꺼내 지난번 육아도우미에게 약속했던 일당에 엄마가 여기서 보낸 날수를 곱했다. 그리고 액정에 찍혀 나온 총액을 서늘하게 바라보았다. 엄마의 효용 가치. 혹은 엄마의 전성기로 시간여행을 보내드린 효도의 비용. 상대방의 뺨을 후려치는 모진 심정으로 총액에 150퍼센트를 곱했다. 이것은 섣부르게 관계 회복을 기대했던 자신의 순진함을 향한 벌금. 결말을 빤히 알고 있었으면서 잠시 엄마의 노동력에 기대고자 했던 자신의 알팍함에 매기는 벌금이다. 끊임없이 서로를 원망하면서 돈이든 시간이든 노동력이든 감정이든 착취해야만 굴러가는 모녀 관계에 내리는 파산 선고다. 그 알량한 금액을 천원 단위까지 세서 몇번을 확인하고 흰색 봉투에 넣었다. 그리고 아기가 잠든 사이 거실 바닥에 앉아 빨래를 개고 있는 엄마에게 내밀었다. 그게 뭐냐고 엄마는 눈빛으로 물었다.

수고비.

엄마는 단박에 상처받은 얼굴을 했다. 저 표정에 넘어가지 말자고 선남은 마음을 다잡고 거실에 널린 수건에 시선을 고정했다.

그동안 수고했어.

돈 바라고 한 일이야? 됐어. 넣어둬.

세상에 공짜가 어디 있어?

너 왜 그래? 그렇게 냉랭한 얼굴을 하고.

그만 돌아가주면 좋겠어. 이제 나 혼자 할 수 있을 것 같아. 엄마도 엄마 생활이 있잖아. 아빠도 있고 일주도 있고.

어떤 일주?

엄마 일주. 진짜 일주. 저밖에 모르고 엄마랑 누나들 등

골 뽑아 먹고 사는 못난 내 동생.

엄마의 표정이 상처에서 분노로 바뀌는 데는 얼마 걸리지 않았다. 엄마는 개키던 빨랫감을 양손에 꼭 움켜쥐고서 한동안 선남을 노려보았다. 선남도 시선을 피하지 않았다.

싸가지 없는 계집애.

이 나이에도 엄마의 욕설에 상처받는 자신이 신기해 선남은 이 순간을 오래오래 기억하기로 했다. 안방에서 아기가 울었다. 엄마의 일주가 아니라 아직 이름도 없는 선남의 아기가 누군가를 찾으며 에에에 울었다. 엄마는 부들부들 떨면서 선남을 노려보느라 아기에게 달려가지 않았다. 이제 선남이 엄마 자리로 돌아갈 차례였다. 선남은 천천히 일어나 안방으로 걸어갔다. 그리고 아직 불러보지 못하고 마음에만 담아두었던 아기의 이름을 수줍게 입 밖으로 발음해보았다.

—

봄은 그렇게 봄이 되었어요.

선남씨가 구연동화처럼 이야기를 마무리하자, 봄과 미호씨와 리온씨가 와르르 웃음을 터뜨렸다. 나도 따라 웃었다. 그렇게 재미있었어? 봄이 말하며 창가에 올려놓은 화장지를 톡 뽑아 건넸다. 나도 모르게 눈물이 흘렀다. 갑자기 봄을 와락 안아주고 싶었다. 그러나 애인의 어머니가 셋이나 지켜보는 자리에서 그럴 수는 없었다.

이 친구도 뭘 잘 흘리네. 환상의 짝꿍이야.

리온씨가 일어나 침대맡에 놓인 숄더백에서 액자 사진 하나를 꺼내 보여주었다. 서너살 정도의 어린 봄을 세 엄마가 병풍처럼 두르고 찍은 사진이었다. 지금보다 훨씬 젊은 세 엄마는 한껏 웃고 있었고 어쩐 일인지 봄은 울고 있었다. 쌍콧물까지 흘리며.

봄은 침도 많이 흘리고 콧물도 많이 흘리고 눈물도 흔한 아이였어. 엄마가 명색이 포토그래퍼인데 제대로 찍어준 사진 한장이 없다니까? 카메라만 들이대면 울고불고.

봄은 머리 깎는 것도 싫어해서 내 손에 가위만 들리면 미리 알고 통곡을 했지. 엄마가 명색이 헤어디자이너인데, 우는 애 끌어안고 자르느라 맨날 머리 모양이 삐뚤빼뚤.

미안해. 저런 애를 내가 낳았어.

선남씨 말에 또 한번 와르르 웃음이 터졌다.

저런 애를 내가 이만큼 키워놓았어.

환자복을 입은 미호씨가 나를 보고 한쪽 눈을 찡긋했다.

언니, 기억나? 봄이 이유식 시작했을 때, 내가 시력 좋은 아이로 키워야 한다며 마장동에서 소간을 통째로 구해 온 거.

그럼, 기억나지. 나는 소간이 그렇게 큰 줄 몰랐어. 냄새 는 또 어떻고.

그래도 귀한 거 많이 먹고 우리 봄이 저렇게 컸어.

눈도 밝고.

귀도 밝고.

따순 애로.

그만해요. 엄마들.

봄이 멋쩍게 웃으며 나를 보았다.

어린이집이든 유치원이든 개똥 같은 아버지의 날인지 뭔지 할 때마다 내가 가서 다른 집 아빠들을 가볍게 이겨 줬지!

자랑 시간이야? 난 봄을 낳은 것 말곤 별로 한 일이 없네?

언니가 돈은 제일 많이 벌어왔잖아.

그래, 내가 번 돈으로 봄이 숲속 유치원도 보내고 스포 츠 유치원도 보냈다.

어이. 주말은 온전히 내 담당이었다는 사실을 잊지 마 셔들. 봄한테 농구랑 배드민턴이랑 캠핑을 가르쳐준 사람 이 나야 나.

발길질도 가르쳤잖아, 여보. 욕도 가르치고.

아, 엄마들 그만해요. 이제 슬슬 창피해지려고 해요.

은수씨. 우리가 창피해요?

미호씨가 내 손을 덥석 잡고 물었다.

은수씨. 다음엔 우리 집에 놀러 와요. 내가 마장동 출신답게 맛있는 고기 구워줄게.

그래요. 우리 집에 못생기게 나온 봄 사진 엄청 많아. 내가 다 복사해줄게.

난 뭘 해주나? 돈 봉투라도 줘야 하나?

봄의 세 엄마와는 헤어지는 데에도 한참이 걸렸다. 그들은 굳이 엘리베이터 앞까지 배웅을 나왔고 몇번씩 손을 잡으며 다음을 기약했다. 봄이 병원 로비와 정문을 지나 지하철역까지 데려다주었다. 봄의 생일이 머지않았다. 봄날이 머지않았다는 뜻이다. 나날이 포근해지는 대기 속을 나란히 걸으니 좋았다. 봄은 미호씨를 비롯해 어머니들이 저렇게 즐겁게 웃는 모습을 오랜만에 본다고, 무리한 부탁을 들어줘서 참 고맙다고 말했다. 사랑하는 사람이 사랑하는 사람을 보고 싶어한, 사랑하는 사람이 사랑하는 사람들. 오래전 한 어린 사람을 이 세상에 환대해주어 내가 사랑할 수 있게 해준 여자들을 만나서, 내가 오히려 고마웠다는 말은 하지 못했다. 다만 봄을 한번 와락 안아주었다. 지하철역 출구 아래쪽에서 서늘한 바람이 불어

왔다. 봄과 함께 세 여자를 한꺼번에 끌어안고 왈츠를 추는 기분이었다. 오래도록 참은 포옹은 달고 시원했다.

그 시계는 밤새

한번 윙크한다

삿포로 텔레비전 타워가 보이는 호텔을 예약한 사람은
온이었다. 붉은 철탑은 사람으로 치면 목둘레쯤 되는 곳
에 네모난 시계 전광판을 두르고 있었다. 우린 나흘 내내
창밖에 커다란 시계를 세워놓고 잘 것이다. 우리는 밤에
도 커튼을 치지 않을 것이다. 낯선 호텔 방에서 얕은 잠을
자다가 설핏 깨어 창밖을 보면 북해도의 겨울밤을 지키고
선 붉은 철탑을 보게 될 것이다. 어쩐지 도쿄 타워의 소
박한 축소판 같은 삿포로 텔레비전 타워는 높이 147.2미
터의 전파탑으로 출발했지만, 지금은 계획도시 삿포로를
360도 조망할 수 있는 전망대가 되었다. 90미터 높이의 전
망대에 올라 동서남북으로 쭉 뻗어나간 삿포로시를 고루
바라보다가 호텔로 돌아오면 우리 방의 네모난 창틀 속에
어느새 작아진 텔레비전 타워가 맞춤하게 들어와 있을 것
이다. 이번 여행의 테마는 위치의 변화에 따른 시선과 이

해의 변증법이야. 온의 진지한 말에 율이 웩 하고 목 졸린 소리를 냈다.

온은 율을 비행기 창가 자리에 앉히고 자신이 그 옆에 앉았다. 나는 통로를 사이에 두고 그들과 떨어진 자리에 앉았다. 평소 멀미가 심한 율은 공항에서 미리 멀미약을 먹었는데, 약 기운 때문인지 첫 북해도 여행에 한껏 들떠서인지 두시간 삼십분 남짓한 비행시간 내내 가만히 있지를 못했다. 온의 귀에 대고 무슨 말을 쉼없이 속닥거렸고 온의 어깨를 가볍게 때리며 깔깔거렸다. 누가 보면 둘이 모녀 사이인 줄 알겠네. 나는 그렇게 생각하면서도 어쩐지 한갓진 기분이 들어 에어팟으로 귀를 막고 쪽잠에 들 준비를 했다. 산뜻한 기분으로 여행을 떠나기 위해 지난주 내내 무리했다. 결국 간밤에 이백자 원고지 기준으로 이천매가 넘는 번역 원고를 납품했을 때는 자정이 훨씬 지난 시간이었다. 그때서야 트렁크에 내 짐을 싸고 율이 어설프게 챙긴 짐을 다시 확인하느라 세시간도 못 잤다. 식사는 안 할 테니 내 몫의 기내식은 받지 말아달라고 미리 온에게 말하고 눈을 감았다. 눈 속이 깔깔했다. 인공눈물을 챙겨왔던가. 신치토세공항에 내리면 드러그스토어에서 안약부터 사야겠다고 생각하며 스르르 잠들었다.

온은 트윈베드룸을 두개 예약했다. 3인실을 구하는 것

보다 그 편이 더 쉽고 저렴하다고 했다. 율은 4박 5일 동안 온과 내 방 중 원하는 곳에서 번갈아 자기로 했다. 그럼 난 무조건 이모랑 자지. 율이 말하고 까르르 웃었다. 그래, 우리 둘이 자야 너희 엄마가 맘 편히 남자라도 끌어들이지. 온이 율과 하이파이브를 하며 내게 살짝 눈을 찡긋해 보였다. 내가 눈치를 주자 온이 율도 이제 성인이라며 타박했다. 율은 아직 성인이 아니야. 내 말에 온이 못 들은 척 딴청을 피웠고 율이 내게 혀를 쏙 내밀었다. 율은 아예 제 트렁크를 온의 방으로 끌고 가 거기서 짐을 풀었다. 두 사람이 나가자 방 안이 순식간에 고요해졌다. 그 압도적인 침묵에 놀라 나는 얼른 텔레비전을 켰다. 뜻 모를 일본 말이 좁은 호텔 방을 서둘러 채워주었다. 창 쪽으로 가 묵직한 암막 커튼을 걷었다. 아. 저절로 탄성이 나왔다. 액자 같은 창틀 안에 붉은 철탑이 그림처럼 담겨 있었다. 곧 벨이 울렸고 문을 열어주자마자 율이 호들갑스럽게 뛰어 들어왔다. 와! 엄마 방도 보이네? 정말 예쁘지? 그치? 율은 얼른 아이폰을 꺼내 창틀에 담긴 삿포로 텔레비전 타워를 찍었다. 대학 합격 기념으로 제 아빠가 사준 최신형 아이폰이었다. 율은 순식간에 사진을 찍어대더니 들어올 때처럼 정신없이 나갔다. 이번 북해도 여행은 율의 대학 합격을 축하하는 의미로 온이 마련한 선물이었다. 율과 내 몫의 비용은 내가 내겠다고 하자 온이 나를 한참 흘겨보며 나무랐다. 선물은 좀 선물로 받을 줄도 알아라, 이 깍쟁이야. 그럼 내 몫이라도 내겠다고 했더니 온은 진짜 서운한 표정을 지었다. 율도 애썼지만 너도 수험생 엄마 노릇하느라 애썼잖아. 더 우겼다간 온이 정말로 화를 낼 것 같아서 대신 현지에서 쓸 엔화를 두툼히 준비해 왔다.

첫날은 가볍게 삿포로 시내를 산책하기로 했다. 짐을 대충 풀어놓고 크로스백에 여권과 현금 등을 따로 챙겨서 온의 방으로 갔다. 온은 그새 차를 끓여 마시는 중이었고 율은 침대에 걸터앉아 아이폰을 들여다보고 있었다. 서율, 목 펴. 율은 제 아빠를 닮아 거북목이었다. 보자마자 잔소리냐. 온이 대신 투덜거렸다. 엄마, 이것 봐라. 율이 아이폰을 내밀었다. 온의 방에서 찍은 텔레비전 타워의 시계 전광판이 정확히 14:14를 가리키고 있었다. 이따가 15:15도 찍고 16:16도 찍을 거야. 그 시간에 우린 홋카이도대학교 교정을 거닐고 있을 텐데? 율이 너 혼자 여기 있을 거니? 온이 놀리듯 말하자 율은 그럼 이따 밤에 21:21이나 22:22를 노려야겠다고 했다. 온이 아침에 08:08이나 09:09를 찍을 수도 있겠다고 거들자 율은 신이 나서 손뼉까지 쳤다. 그 모든 시간을 박제할 거야. 여기에, 영원히. 율이 아이폰을 휘두르며 선언했다. 우리 율이 누굴 닮아서 이리 야심 차나? 온의 말에 율이 이모! 하고 또 까르르 웃었다. 온과 율은 한껏 들떠 전광판에 뜰 온갖 숫자를 조합하기 시작했는데 나는 벌써 박제라는 단어가 실어 온 축축하고 싸늘한 포르말린 냄새를 맡아버리고 말았다.

—

열다섯살에 처음 가본 온의 집 거실 벽에는 놀랍게도 온갖 짐승의 박제가 걸려 있었다. 수리부엉이는 날개를 쭉 펴고 동그란 눈을 위협적으로 치뜨고 있었다. 사슴 머리는 브이 자로 뻗은 뿔의 반경이 머리통보다 훨씬 컸다. 소파 밑에는 머리가 그대로 붙은 호랑이 가죽이 펼쳐져 있었다. 아유, 꿈자리 사나워. 엄마의 익숙한 핀잔이 들리는 것도 같았다. 박제보다 더 위협적인 것은 거실 벽 한가운데를 차지한 앤티크 소총이었다. 붉은색 나무를 깎아 만든 개머리판에 정교한 황동 장식이 붙어 있었다. 저거 발사돼? 박제를 보자마자 잔뜩 주눅이 들어버린 나는 소총을 보고는 아예 모자란 듯 굴었다. 그럴 리가 있냐? 저게 발사된다면 지금 우리 식구들은 전부 저기에 가 있을 걸. 온은 고갯짓으로 천장 어딘가를 가리켰다. 어디? 옥상? 멍청한 내 대답에 온은 어이없다는 듯 웃었다.

온의 집은 중앙동 한복판에 새로 지어진 5층 콘크리트 건물이었다. 1층은 온의 아빠가 운영하는 산부인과였고 2층은 온의 부모가, 3층은 온과 두 오빠가 썼다. 4층과 5층은 세를 놓았다고 했다. 네모반듯한 건물 외벽에는 '김호 산부인과' 간판만 세로로 길쭉하게 붙어 있었다. 온의 아빠는 건물 벽에 오직 자신의 산부인과 간판만 붙이기 위해서 4층과 5층을 사업자에게 임대하지 않는다고, 언젠가 온이 경멸을 잔뜩 담아 말한 적이 있었다. 건물 외관은 정말 심플했지만 내부는 요란하기 짝이 없었다. 2층 거실에는 온갖 박제와 사냥총이 북미의 어느 산장처럼 전시되어 있었다. 3층 거실에는 피아노와 바이올린, 첼로, 보면대가 공연 직전의 무대처럼 놓여 있었다. 바이올린은 큰오빠가, 첼로는 작은오빠가 연주한다고 했다. 너는? 온은 피아노를 턱 끝으로 가리켰다. 나도 바이올린을 하고 싶다고 했더니 절대로 안 된대. 왜? 턱에 흉이 진다나? 첼로는? 그것도 여자애라 안 된대. 왜? 남들 앞에서 다리를 쫙 벌려야 하니까. 웃기지도 않아. 온이 그렇게 말하며 내 손을 잡고 제 방으로 들어갔다.

온의 방은 내가 늘 꿈꾸던 공간이었다. 나뭇결이 살아 있는 원목 책상과 책꽂이, 침구에서 기분 좋은 냄새가 풍기는 침대, 옷가지가 가지런히 걸린 옷장, 그리고 무엇보다 혼자 쓸 수 있는 공간, 언제라도 잠글 수 있는 문고리. 잠시 후 온의 엄마가 쟁반에 차와 쿠키와 과일을 담아 왔다. 집에 우리 말고는 아무도 없는 줄 알았던 나는 깜짝 놀라 벌떡 일어나서 꾸벅 인사를 했지만, 온은 엄마 쪽을 쳐다보지도 않았다. 온의 엄마는 그런 온을 나무라지 않았다. 다만 나를 향해 민망하게 웃어 보일 뿐이었다. 재미있게 놀다 가렴. 온의 엄마가 온 쪽을 한번 힐끗 보고 조용히 나갔다. 온의 엄마는 총에 맞아 죽었다는 오래전 영부인과 스타일이 비슷했다. 온은 내 쪽으로 쿠키 접시를 밀어주더니 자기는 게임기를 집어 들고 침대에 드러누웠다. 조그만 흑백 액정 화면에서 뽀빠이가 부지런히 시금치를 삼켰다. 나는 쿠키를 씹으며 온의 책상을 훔쳐봤다. 탁상 달력에 국어 5장, 영어 단어 30개, 수학 10장, 피아노 레슨, 테니스 레슨 같은 글씨가 빼곡히 적혀 있었다. 온은 이렇게 사는 사람이구나, 생각하는 순간 온이 내게서 아득히 멀어졌다. 온은 혼자 쓸 수 있는 방은커녕 아직도 재래식 화장실에서 볼일을 해결해야 하고 욕실이 따로 없어 부엌에 커다란 고무대야를 갖다놓고 몸을 씻어야 하는 나와는 완전히 다른 세계에 살고 있었다. 아직 계급이라는 단어를 습득하지 못했을 때였다. 온의 방에는 반원형의 작은 발코니가 딸려 있었다. 내가 낭만적인 공간이라고 말하자 온은 3층밖에 안 되어서 뛰어내려봤자 죽지도 못하고 가끔 비둘기가 날아와 똥만 싸지르고 가는 쓸데없는 공간이라고 했다. 그때 나는 온의 냉소와 경멸조차 가진 자의 여유라고 느끼고 부러워했다.

온의 방에 세번째로 갔을 때 온이 재미있는 것을 보여주겠다며 2층에서 무언가를 가져왔다. 온의 아빠가 학회 일로 외국에 갈 때마다 하나둘 사 온다는 포르노 잡지였다. 온이 신나서 잡지를 넘기며 이런저런 사진을 보여주었다. 아. 나는 어느 사진 앞에서 탄성을 내질렀다. 금발 여자가 푸른 잔디밭에 나체로 무릎을 꿇고 있었다. 그녀는 양복 차림 남자의 바지를 내리고 성기를 입에 문 채 미소 지었다. 사진이 남자의 목 부분에서 잘려 있어서 남자의 얼굴은 보이지 않았다. 되게 웃기지? 온이 말했다. 아니, 안 웃겨. 이건 더러워. 나는 정색했다. 더럽게 왜 남의…… 나는 차마 말을 끝맺지도 못했다. 정말 더럽다고 생각했다. 누구라도 볼 수 있는 환한 대낮에 탁 트인 풀밭에서 옷을 빼앗긴 듯 다 벗은 여자가 남의 성기를 입에 무는 벌을 받으면서도 왜 웃고 있는지 이해할 수 없었다. 온은 세상에서 가장 재미있는 농담을 들었다는 듯 내 어깨를 찰싹찰싹 때리며 숨이 넘어가게 웃었다. 너 진짜 웃기다. 온은 눈물을 닦으며 웃다가 곧 굳은 표정으로 말했다. 진짜 더러운 게 뭔지 알아? 산부인과 의사이면서 매일 밤 이런 잡지를 몰래 보는 우리 아빠야. 나는 온이 너무 일찍 철이 든 건지 아니면 너무 철이 없는 건지 도무지 알 수가 없었다.

　온은 전학 온 날 곧바로 나를 친구로 점찍었다고 했다. 그날 나는 온이 보는 가운데 두번이나 자리에서 일어났다. 담임이 성적표를 나눠주며 또 반에서 일등을 한 나를 불러내어 아이들의 박수를 받게 했을 때. 조회를 끝내기 직전 아직 육성회비를 내지 않은 사람들을 한명씩 일으켜 세워 망신을 주었을 때. 나중에 온은 내가 '가난한데 공부를 잘해서'가 아니라 '공부를 잘하는데 가난하기까지 해서' 마음에 들었다고 고백했다. 그 두가지는 결코 같지 않다고 강조하기도 했다. 나는 아무렇게나 주절거리는 온의 입을 쭉 찢어버리고 싶었지만, 그러기엔 그때 이미 온에게 단단히 빠져 있었다. 온은 서울에서 전학 온 병원장의 딸이라는 점 때문에 단박에 화제의 중심이 되었는데도, 인기나 평판에 조금도 관심을 보이지 않았다. 학교에서도 집에서도 늘 남의 눈치를 살피느라 피곤했던 나는 하고 싶은 대로 말하고 행동하는 온이 근사해 보였다. 온이 먼저 다가오자 나는 기다렸다는 듯 학교 안에서, 아니 어쩌면 도시 안에서 온의 유일한 친구가 되었다.

　온은 전학을 오고 치른 첫 시험에서 반에서 일등뿐 아니라 전교에서 일등을 차지했다. 아이들은 일등을 뺏겨놓고도 온과 친하게 지내는 나를 두고 '하녀'나 '시녀'라고 수군거렸다. '노예근성'이라는 다소 어려운 말을 쓰는 애도 있었다. 그래도 나는 늘 온과 함께였다. 온과 함께 밥을 먹었고 온과 함께 시내를 쏘다녔고 온과 함께 공부했다. 온과 함께 있으면 구질구질한 우리 집을 잠시 잊을 수 있어서 좋았다. 온에게선 늘 좋은 냄새가 풍겼다(나는 온의 집 화장실에서 온에게서 풍기는 좋은 냄새의 근원을 찾아 모든 샴푸 통과 비누통을 열어 냄새를 맡은 적도 있다). 언젠가 도서관 책상에 마주 앉아 공부하다가 잠깐 엎드려 잠든 온의 하얀 가르마를 골똘히 바라보면서 문득 이 아이가 씹던 껌도 아무렇지 않게 받아 씹을 수 있겠구나, 생각했다. 그 생각과 동시에 온의 방에서 보았던 '더러운' 포르노 사진이 떠올라 나도 모르게 질끈 눈을 감았다. 아, 나는 온을 정말 좋아하는구나. 그건 간지러우면서도 어쩐지 까마득한 감정이었다.

북해도 여행 둘째날은 오타루에 갔다. 삿포로역에서 기차를 타고 눈 쌓인 겨울 바다를 끼고 한시간을 달려 오타루역에 내렸다. 기차 안에서도 온은 율에게 창가 자리를 양보했고, 율은 흰 눈과 청회색 바다가 일렁이는 창밖 풍경을 내내 동영상으로 찍었다. 우리는 영화 「러브레터」에서 보았던 근대풍의 거리를 걸었고 아담한 운하를 구경했다. 오르골당에 가서 오르골의 태엽을 감아보고 태엽이 풀리면서 흘러나오는 음악을 들었다. 율이 고른 강아지 인형 오르골을 온이 사주었다. 오르골은 「인생의 회전목마」를 조금은 구슬프게 들려주었다. 과자 가게 세군데에 들러 온갖 과자와 케이크도 샀다. 율은 한달에 한번 제 아빠를 만나는 날에 선물로 주겠다며 유통기한이 가장 긴 과자 세트를 골랐다. 그 값은 내가 치렀다. 친구의 전 남편에게 갈 선물까지 사주는 건 어딘가 어색하다고 생각했는지 온은 현금을 꺼내는 나를 말리지 않았다.

점심을 건너뛴 탓에 저녁을 일찍 먹기로 했다. 우리는 오타루의 유명한 초밥집 가운데 늘 평가 2위나 3위를 차지하는 작은 가게로 갔다. 젊은 남자가 초밥을 쥐고 그의 어머니가 서빙을 하는 곳이었다. 율은 호기롭게 맥주를 주문했고 온이 이마를 찌푸리며 한마디 하려는 나의 손을 가만히 잡았다. 온과 나는 산토리 하이볼을 시켰다. 율은 제 아빠를 닮아 초밥을 좋아했다. 초밥이 하나씩 나올 때마다 아빠에게 보여줄 거라며 열심히 사진을 찍었다. 그런 율이 '카와이'하다고 주인 여자가 웃었다. 그렇죠? 우리 딸이 참 귀엽죠? 온이 서투른 일본말로 말하자 주인 여자가 두 사람이 모녀 사이군요, 하면서 내 쪽을 흘끔거렸다. 그럼 너는 누구냐? 묻는 것이었겠지만, 북해도 땅을 밟자마자 하도 여러번 들은 질문이라 그쯤에는 나도 설명하기를 체념하고 '와타시 오바짱' 하고 대충 둘러댔다.

정말 맛있었어. 다음에도 또 오자. 그땐 오타루 1위 초밥집에 가보자. 홋카이도 새우는 생긴 건 흉한데 신기하게 맛이 좋네. 돈이 아깝지 않았어. 우리는 조금 들떠서 별로 중요할 것 없는 말을 주고받으며 삿포로로 돌아왔다. 삿포로 텔레비전 타워는 호텔 방 창틀 안에서 얌전히 우리를 기다리고 있었다. 셋 다 샤워를 마치고 잠옷으로 갈아입은 후 내 방에 모여 맥주를 마셨다. 율은 편의점에서 사 온 육포를 씹으면서도 계속 창밖의 철탑을 찍어 곧바로 인스타그램에 올리거나 제 아빠에게 보냈다. 삿포로 클래식은 여기에서만 먹을 수 있대. 율은 어디서 주워들었는지 그런 말을 하면서 능숙하게 캔맥주를 땄다. 우리

율이 국영수 선행은 안 했으면서 음주 선행은 좀 한 모양
인데? 온의 말에 율이 쉿! 하고 한쪽 눈을 찡긋했다. 온이
내 발바닥에 드러그스토어에서 사 온 쿨파스를 붙여주었
다. 이모, 나도! 율이 온 쪽으로 발을 쭉 내밀었다. 쟨 정말
누굴 닮아 저렇게 뻔뻔하고 철이 없는지 모르겠다. 내 핀
잔에 온이 날 닮았지! 하면서 율의 종아리에 쿨파스를 붙
여주었다. 율이 차갑다며 호들갑을 떨었다. 내일은 새벽
부터 일어나 하루 종일 눈밭을 걸어다니는 고된 일정이라
자정이 되기 전에 자기로 했다. 율이 24:24는 오늘도 찍을
수 없는 거냐고 투덜거렸다. 그건 내일. 내일 밤은 여유가
있을 테니 걱정하지 마. 온이 율의 궁둥이를 토닥거리며
달래자 율이 벌떡 일어나 온을 따라 방을 나갔다. 엄마, 굿
나잇! 율의 인사말은 텔레비전에서 흘러나오는 낯선 일
본말보다 더 쓸쓸하게 방 안에 흩어졌다. 둘째날 밤에도
이 방에는 나와 붉은 철탑만 남았다. 맥주를 많이 마셔서
인지 두시간에 한번꼴로 깨어났다. 그때마다 창밖의 철탑
이 괜찮아, 아직은 더 자도 좋아, 말해주었다.

　알람 소리를 듣고 일어나 겨우 세수만 하고 미리 챙겨
둔 옷을 순서대로 입고 온의 방으로 갔다. 온은 벌써 준
비를 끝내고 차를 마시고 있는데, 율은 퉁퉁 부은 얼굴로
비몽사몽간에 옷을 입는 중이었다. 일찍 자라니까 또 밤

새워 핸드폰 들여다보느라 못 잤지? 내 타박에 온이 대신 그게 아니라, 어쩌고 하는 해명을 시작했다. 어젯밤 율이 기어이 24:24를 '박제'하겠다고 벼르고 있었는데, 12시 10분에 시계 전광판이 꺼져버렸다는 것이다. 원래 탄소배출 절감을 위해 밤 12시 10분부터 새벽 5시까지 전광판 조명을 꺼둔다는 것을 뒤늦게 알았고, 이에 서운해진 율이 울음을 터뜨렸다고 했다. 네가 애기야? 뭘 그런 거 가지고 울어? 내가 꾸짖자 율이 퉁퉁 부은 얼굴로 새롭게 울음을 터뜨렸다. 온은 이마를 찌푸리며 나를 탓했다. 간절히 기다리던 일이 무산되었을 때 슬프지 않은 사람이 어디 있어? 짜증이 솟구친 나는 율을 두둔하는 온에게 버럭 화를 냈다. 간절? 고작 그런 일 따위에 간절하다는 말을 붙여? 네가 자꾸 오냐오냐하니까 애가 진짜 뭐라도 되는 줄 알고 철딱서니 없게 굴잖아! 너는 개새끼처럼 며칠 예뻐하고 헤어지면 그만이지만 네가 망쳐놓은 애 버릇을 상대해야 하는 사람은 바로 나야! 나뿐이라고! 온이 단박에 상처받은 얼굴을 했다. 눈치 빠른 율이 분위기 수습에 나섰을 때야 나는 또 아이한테 감정노동을 시켰구나, 깨닫고 입을 다물었다. 우리 셋은 주섬주섬 짐을 챙겨 들고 어색하게 호텔을 나와 오도리공원으로 걸어갔다.

　붉은색 옷을 입고 오세요. 미리 예약한 비에이 투어의

가이드가 문자로 말했었다. 하얀 눈밭에서는 붉은 계통의 옷을 입어야 사진발이 잘 받아요. 투어 마지막 일정으로 대설산 노천 온천에서 온천욕을 즐길 예정이니 수영복을 미리 입고 오는 게 좋을 거라고도 했다. 온은 이번 여행의 주인공은 단연 율이니 율에게 붉은색을 몰아주자고 했다. 율은 여행 직전 여우 털이 달린 붉은색 패딩과 붉은색 털 모자, 붉은색 머플러와 장갑을 장만했다(전부 온과 율이 같이 고르고 옷값은 온이 치렀다). 백화점에서 돌아와 온통 붉은색으로 휘감은 율을 보고 온은 '카와이!'를 연발했지만 내 귀는 어느새 오래전 엄마의 말을 듣고 있었다.

아휴, 꿈자리 사나워. 네가 무슨 무당 딸년이냐? 중학교 졸업식을 앞두고 온은 자매처럼 둘이 옷을 맞춰 입자고 했다. 우리는 교복 자율화 세대였다. 교복을 한번도 입어본 적 없어서 늘 교복을 동경했던 우리는 어딘가 교복의 분위기를 풍기지만 색깔은 화사한 붉은색 투피스를 골랐다. 결코 싸지 않은 옷값은 온의 엄마가 치렀다. 그 무렵 나는 온과 온의 엄마가 사주는 것들을 받는 데 익숙해져 있었다. 백화점 로고가 박힌 쇼핑백을 들고 집에 갔을 때 엄마는 새 옷을 꺼내 함부로 펼쳐 보고 말했다. 아휴, 꿈자리 사나워. 네가 무슨 무당 딸년이냐? 마음이 상한 나는 이런 비싼 옷을 사주지는 못할망정 남이 사준 옷에 웬 타박이냐고 맞섰다가 엄마에게 따귀를 맞았다. 늘 물을 만 져서 통통 부어 있는 엄마의 손이 짝 소리를 내며 내 뺨에 마찰했다. 방심한 틈에 맞아서 입술이 찢어졌다. 이 사이로 쇠 맛이 느껴졌지만 나는 한껏 눈을 치뜨고 엄마를 노려보았다. 네가 아무리 잘난 척하고 다녀봐야 넌 쉰내 나는 대폿집 딸년이야. 엄마는 분을 이기지 못하고 녹슨 가위를 들고 와 새 옷을 갈가리 찢기 시작했다. 나는 눈물을 흘리면 끝장이라는 생각으로 아랫입술을 깨물며 버텼다. 엄마의 부은 손이 질 좋은 옷을 순식간에 걸레로 만들었다. 며칠 후 졸업식에 어떤 옷을 입고 갔는지, 그걸 보고 온이 어떻게 반응했는지는 하나도 기억나지 않는다.

오도리공원 앞에 회색 승합차가 기다리고 있었다. 차밖에 나와 있던 가이드가 우리를 알아보고 다가와 인사했다. 어서 오십쇼! 이번 투어는 각 세명씩 두 팀만 함께한다고 했다. 중년 부부와 아들로 보이는 청년이 먼저 도착해 차 안에서 아침을 먹고 있었다. 우리도 맨 뒤에 나란히 앉아 전날 미리 사둔 샌드위치와 우유를 꺼내 먹었다. 아침에 호텔 방에서 목소리를 높인 후로 우리 셋은 아직 어색한 분위기를 풀지 못하고 있었는데, 다른 팀의 중년 남자가 눈치가 없는 건지 아니면 일부러 그러는 건지 자꾸 말을 시켰다. 우리는 샌드위치를 꾸역꾸역 씹어 넘기며 남자의 아들이 현재 대학로에서 연극배우로 활동하고 있고 내년에 넷플릭스 방영 예정인 드라마에 중요한 조연으로 캐스팅되었다는 원치 않는 정보를 들었다. 그렇게 떠들어도 아직 승합차가 출발하지 않자 남자는 우리 셋이 어떤 관계냐고 캐묻기 시작했다. 가장 먼저 식사를 마친 온이 율은 얼마 전 모 대학 모 학과에 합격했으며 자신과 율은 모녀 사이고 나와는 자매간이라고 술술 말했다. 온이 말한 어떤 정보도 사실이 아니라서 나는 속으로 좀 웃었다. 중년 여자가 율이 엄마를 쏙 빼닮아 정말 예쁘고 자매간도 쌍둥이처럼 닮았다고 말했을 때는 마시던 우유를 뿜을 뻔했지만, 용케 참았다. 온의 능청에 율도 어느새 기분이 풀린 것 같았다. 그새 출발한 승합차는 어느새 길 양옆으로 눈이 1미터도 넘게 쌓인 고속도로를 달리고 있었다. 온과 나는 가운데 앉은 율의 어깨에 공평하게 머리를 기대고 잠깐 눈을 붙였다.

—

    이게 저승길을 환히 밝혀준다네.
    엄마는 동네에서 가장 허름한 대폿집을 운영하며 손이 마를 새 없이 살면서도 봄이 오면 좁은 마당에 봉숭아 씨앗을 심고 여름을 기다렸다. 봉숭아꽃이 붉게 피면 약국에서 백반을 사다가 봉숭아 꽃잎과 푸른 잎을 함께 돌멩이로 콩콩 찧어 봉숭아 물을 들였다. 사기그릇에 담긴 봉숭아 반죽을 새알처럼 빚어 엄마의 손톱에 하나씩 올리고 삼양라면 봉지를 작게 잘라 손가락을 감싼 뒤 무명실로 친친 감는 일은 내 몫이었다. 그해 처음 들인 봉숭아 물은 엄마의 손톱과 주변의 살까지 연한 주홍색으로 물들였다. 엄마는 일주일에 한번씩 모두 세번에 걸쳐 봉숭아 물을 들였다. 세번째로 동여맨 무명실을 풀면 엄마의 손톱은 불꽃보다 더 짙은 붉은색으로 물들어 있었다. 살에 물든 색이 점점 빠지면 엄마의 열 손톱은 깊게 일렁이는 불꽃이 되어 피어올랐다. 한여름 엄마의 손가락에 무명실을 친친 동여맬 때마다 나는 속으로 징그럽다, 징그러워, 하고 말했다. 다른 엄마들은 딸의 손에 예쁜 봉숭아 물을 들여주면서 첫눈이 내릴 때까지 색을 간직해 첫사랑을 이루라고 격려해준다는데(물론 그런 엄마를 실제로 본 적은 없다), 내 엄마의 시선은 오직 자신의 손톱에만 집요하게 매달렸다. 입시 스트레스가 한없이 치솟았을 때 한번은 어울리지도 않는 봉숭아 물 따위 집어치우고 그냥 시뻘건 매니큐어나 사다 칠하라고 소리를 질렀다. 그러곤 곧바로 뺨을 맞으리라는 예상으로 어깨를 오므렸는데 엄마는 의

외로 시무룩하게 대답했다. 이게 저승길을 환히 밝혀준다
네. 이렇게 일주일 간격으로 봉숭아 물을 들이면 손톱에
불이 들어 나중에 죽으면 저승길을 밝혀준다네. 내 팔자
에 저승길을 마중 나올 살뜰한 부모도 없고 애틋한 남편
은 더더욱 없으니 내 저승길은 내가 미리 밝혀야지 싶어
서. 돈도 안 들고 얼마나 좋으냐? 안 그러냐, 이년아? 그러
면서 엄마는 또 징그럽게 깔깔 웃었다. 나는 아랫입술을
꾹 깨물고 뭔가를 참으며 엄마의 손에 둥글게 빚은 봉숭
아 반죽을 하나씩 올렸다. 그때 내 안에서 치밀어 올랐던
것은 무엇이었을까. 그저 순도 높은 분노만은 아니었기
를, 백반 가루 같은 연민이 조금은 섞인 마음이었기를 바
랄 뿐이다. (그런데 이제야 나는 궁금해진다. 내가 스무살
에 집을 떠난 이후 엄마의 봉숭아 물은 누가 들여주었을
까? 엄마가 딱히 사랑하지 않았지만 미워하지도 않으며
짐승처럼 풀어 키웠던 어린 남동생들 중 한명에게 부탁했
을까? 서울로 떠난 후 나는 엄마의 손을 자세히 들여다본
적이 없다.)

—

　승합차는 자작나무가 죽 늘어선 밭에 우리를 내려주었

다. 여름에는 감자와 배추가 온통 푸르게 자라 조각보 모양을 이루는 밭인데 지금은 흰 눈이 모든 경계를 덮어버렸다. 온이 붉은 율을 여기저기 세워놓고 분주히 사진을 찍었다. 온통 하얀 눈 천지에 홀로 붉은 율은 내 눈에도 참 예뻤다. 그 모습을 조금 떨어진 곳에서 지켜보는데 가이드가 옆에 다가와 속삭이듯 말했다. 역시 엄마는 다르네요. 자기는 망가져도 저렇게 부지런히 딸 사진만 찍어대고. 가이드의 말에 은근한 비난이 묻어나 헛웃음이 나올 뻔했다. 사실 내가 율의 엄마인 걸 알면 이번에는 아무것도 하지 않는 엄마라고 나를 욕하겠지.

승합차가 두번째로 선 곳은 크리스마스트리 앞이었다. 살짝 기운 눈밭에 정말 크리스마스트리처럼 생긴 길쭉한 삼각형 소나무가 홀로 서 있었다. 가이드의 안내로 온은 율의 손이 크리스마스트리를 받치고 있는 것처럼 보이는 사진과 율의 입이 크리스마스트리를 막 삼키려고 하는 것처럼 보이는 사진을 찍었다. 율은 온의 지시를 충실히 따르며 포즈를 취하고 폴짝폴짝 뜀까지 뛰어가며 기꺼이 피사체가 되어주었다. 온도 나도 율처럼 고분고분한 딸은 아니었는데, 저 애는 누굴 닮아 저리 착한가. 아침부터 괜히 애를 울렸다는 생각에 마음이 다시 검게 가라앉았다. 공연히 발밑의 눈을 툭툭 차내며 신경질을 부리고 있는데, 옆 팀의 청년이 조심스럽게 다가왔다. 저, 괜찮으시면 저희 가족사진 좀 찍어주시겠어요? 배우라더니 청년의 발성은 훌륭했다. 나는 청년의 큼직한 핸드폰을 받아 들고 세 사람 앞에 섰다. 자, 찍습니다. 하나, 둘, 셋. 촬영 버튼을 꾹 눌렀더니 카메라가 찻찻찻 소리를 내며 연속촬영을 했다. 죄송해요. 다시 한번 찍을게요. 내 말에 가운데 선 청년이 자기보다 한참 키가 작은 엄마의 어깨에 팔을 둘렀다. 나는 저 다정한 순간을 박제하자고 생각하며 이번에는 조심스럽게 촬영 버튼을 눌렀다.

　승합차는 차창 관광이라는 이름으로 몇군데 명소를 지나가더니(저기 큰 나무 두그루와 그 사이 작은 나무가 보이시죠? 일명 오야코나무, 즉 부모자식나무라고 합니다. 정말 단란한 가족 같이 생겼지요? 가이드의 말에 옆 팀은 자기들 같다며 흐뭇하게 웃었지만, 온은 나를 향해 입 모양으로 '구려'라고 말했다) 점심 식사를 예약해둔 비에이 역 근처 식당으로 향했다. 식당은 한국인 관광객에게 특히 유명한 집이라고 했는데, 정말인지 카운터에 김연아 선수의 사인이 자랑처럼 놓여 있었다. 우리는 힘겹게 부츠를 벗고 안내받은 작은 방으로 들어갔다. 옆 팀은 우리와 떨어진 방으로 안내를 받았다. 자리에 앉자마자 온이 율의 옆구리를 찌르며 말했다. 저 오빠 꽤 잘생겼던데, 이모가 번호라도 따줄까? 배우라잖아. 율은 새침한 표정으로 내 스타일 아니야,라고 했지만 갑자기 아이폰을 꺼내 셀카 모드로 제 얼굴을 들여다보며 앞머리를 매만졌다. 이모가 봐도 우리 율이가 훨씬 아깝긴 하지만, 그래도 마음 변하면 말해. 이모가 어떻게든 이어줄 테니까. 나는 온을 향해 이마를 찡그리며 못마땅한 표정을 지었지만 온은 못 본 척했다. 율에게 실내에선 모자를 벗고 있으라고 말하려다가 괜히 또 싸움만 일어날까 싶어 꾹 참았다. 싸움의 향방과 결과는 안 봐도 뻔했다. 율은 이마 한가운데의 흉터를 말할 테고, 나는 흉터가 뭐 그리 창피한 일이냐고 자존감이 고작 그 정도밖에 안 되냐고 화를 낼 것이며, 율은 누구 때문에 생긴 흉터인데! 하며 소리칠 것이다. 그러면 온이 나서서 이제 대학생도 되었으니 당장 성형외과에 가서 흉터 제거 수술을 받자고 할 것이고 나는 제3자는 빠지라는 말로 온에게 깊은 상처를 안길 것이다. 안 봐도 뻔한 일이란 그만큼 자주 반복되었다는 뜻이었다.

세살 때 율은 간편 유모차에 안전띠도 하지 않은 채로 앉아 있었다. 나는 어느 문예지의 신인소설상 공모 마감일을 뒤늦게 깨닫는 바람에 인쇄한 단편소설 두편을 우체국이 닫기 전에 발송하려고 유모차를 밀며 정신없이 달리고 있었다. 우체국까지 두 블록이 남은 교차로에서 아슬아슬하게 보행 신호에 불이 들어왔고, 내처 앞으로 달리려다가 인도 턱에 유모차 바퀴가 걸리고 말았다. 그 반동으로 유모차에 앉아 있던 율이 그대로 밖으로 튕겨 나가 때마침 횡단보도 바로 앞에 정차해 있던 대형 화물트럭 밑으로 굴러 들어갔다. 주변 사람들이 비명을 지르기 시작했고 누구는 까마득히 높은 트럭 운전석을 마구 두드리며 기사에게 상황을 알리려들었다. 나는 그 자리에 얼어붙어 순식간에 내 시야에서 사라진 율을 찾았다. 누가 내 등을 찰싹 내리쳤다. 애기엄마! 애기 살려야지, 왜 그러고 있어! 나는 주문에서 풀려난 개구리처럼 그제야 천천히 몸을 숙이고 트럭 밑에서 버르적거리고 있는 율을 끌어냈다. 율을 품에 안았을 때 다리에 힘이 풀려 그대로 횡단보도 위에 주저앉아버렸는데, 율도 그때서야 갓 태어난 아기처럼 돌연한 울음을 터뜨렸다. 어느새 율의 이마는 아스팔트 바닥에 긁혀 사정없이 짓뭉개져 있었다. 나는 그날 우체국에 가지 않았다. 곧바로 약국에 가 연고와 밴드를 사서 집으로 돌아갔다. 원고 봉투를 길바닥에 그대로 놔두고 왔다는 사실도 한참 후에야 깨달았다. 율의 상처는 쉽게 낫지 않았다. 여름의 습한 날씨에 자꾸 덧이 났다. 율이 다쳤다는 소식을 들은 시부모는 전화를 걸 때마다 나를 탓했고(여자애 얼굴에 그리 흉을 내놔서 어떡

한다니? 그래서 미스코리아에 내보내겠니? 에미가 어디에 정신을 팔았기에 애가 그 지경이 되도록 몰랐니?) 이럴 때 손주보다 딸 편을 들어준다는 친정엄마는 이미 세상을 떠나고 없었다. 엄마는 살아 있었어도 내 편을 들어주지 않았을 것이다. 미친년, 이렇게 짧고 굵게 욕이나 했겠지. 유일하게 나를 위로한 사람은 온이었다. 온은 율보다 나를 더 걱정해주었다. 괜히 죄책감 갖지 마. 흉터가 남으면 좀 어때? 나중에 수술하면 되지. 그리고 앞으로 원고 보낼 데가 있으면 자기에게 파일을 보내라고 했다. 자기가 인쇄도 하고 봉투에 넣어 빠른 등기로 확실히 부쳐주겠다고. 하지만 나는 그후로 소설 쓰기를 포기했다. 율의 흉터는 좋은 핑곗거리가 되어주었다. 적어도 율의 흉터가 있는 한 재주가 없어서 소설을 못 쓰는 게 아니라고 둘러댈 수 있었다. 율은 늘 앞머리로 이마를 가리려고 애를 썼지만, 온에게만은 자신의 흉터를 스스럼없이 보여주었다. 온은 이번 여행을 위해 율에게 앞머리를 누르지 않는 발라클라바를 사주었다. 빨간 발라클라바를 쓰고 목 앞으로 리본을 묶은 율은 심부름에 나선 빨간모자처럼 귀여웠다.

점심을 먹고 오후 일정을 시작했다. 청의 호수와 휜수염폭포를 구경하고 마지막 코스이자 비에이 투어의 하이라이트라는 대설산의 온천으로 향했다. 대설산 깊은 곳에 있는, 동네 주민들이 즐기는 작은 노천 온천이라고 했다. 가이드는 자신이 특별히 부탁해서 소수 정예 관광객만 진짜 노천 온천을 즐길 수 있게 '모시고' 있다고 뻐기듯 말했다. 원래 옷을 입고 온천에 들어가는 건 굉장한 실례지만 서로의 문화 차이를 고려해 관광객은 수영복을 입고 물에 들어갈 수 있도록 했다고도 덧붙였다. 현지 주민들은 남녀노소를 가리지 않고 알몸으로 한곳에 들어가 온천욕을 즐긴다는 가이드의 말에 율이 웩 하고 목 졸린 소리를 냈다. 승합차는 눈 쌓인 산길을 한참 올라 산 중턱의 작은 휴게소 같은 곳에 우리를 내려주었다. 우리는 가이드가 내준 가운을 수영복 위에 걸치고 그를 따라 좁은 산길을 한참 올라갔다. 이렇게까지 해야 하나 싶을 때 저기 멀리 눈 속에서 하얀 김이 피어오르는 게 보였다. 웅덩이 같은 온천이었다. 가이드가 발밑이 미끄러우니 조심하라고 주의를 주었다. 옆 팀이 먼저 한 사람씩 가운과 신발을 벗고 맨발로 뜨거운 물속에 들어갔다. 아무것도 걸치지 않은 청년과 중년 남자의 상체가 드러나자 나는 비로소 상황을 파악했다. 저 좁은 물속에 수영복 차림으로 낯선 사람들과 함께 들어가 있어야 한다. 옷으로 가리지 않은 맨살이 그들의 시선에 무방비로 드러날 것이다. 그보다 더 심각한 건 이 자리에 아직 성인이 되려면 구개월이나 남은 내 아이가 끼어 있다는 사실이었다. 나는 길목을 막고 서버렸다. 온이 무슨 일이냐고 눈으로 물었다. 나는 살짝 고개를 젓는 것으로 대답을 대신했다. 눈치 빠른 온은 내 마음을 정확히 읽었다.

온은 내 앞으로 한걸음 내딛더니 가운을 거침없이 벗어 던지고 마른 몸을 드러냈다. 쉰살을 코앞에 둔 온의 몸은 그새 더 야윈 듯했다. 피부는 기름기가 전혀 없이 퍼석하게 말라 있었다. 어깨는 눈에 띄게 굽었고 마른 몸치고 볼록한 뱃살은 중력에 충실하게 아래로 처져 있었다. 겉으로 드러나지는 않았지만, 온의 수영복 아래에는 몇 해 전 자궁적출 수술을 받았을 때 생긴 흉터도 있을 것이다. 세월에 충실한 온의 몸이 과감하게 온천에 뛰어들었다. 앗, 뜨거! 온은 환하게 웃으며 율과 내게 손짓했다. 율도 온을 따라 가운을 벗어 던지고 온천에 들어갔다. 억, 뜨겁다! 율의 걸쭉한 발성에 앞서 들어간 네 사람이 일제히 웃음을 터뜨렸다. 아직 어린 율의 몸은 매인 데 없이 홀가분해 보였다. 그 몸을 보고 있으니 왠지 코끝이 매웠다. 이모님, 얼른 들어가세요! 옆에 서 있던 가이드가 재촉했다. 나는 주저주저하며 가운을 벗었다. 여기저기 흉터와 튼살과 셀룰라이트를 간직한 내 몸이 대설산 깊은 곳에 모습을 드러냈다. 수영복 속에는 율을 낳을 때 급히 배를 갈라

생긴 제왕절개수술 자국도 있었다. 온천으로 내려가는 돌
계단을 디뎠는데 그만 발이 미끄러지며 휘청거렸다. 간신
히 균형을 잡고 다시 한칸을 내려가려는데 돌 턱에 앉아
있던 청년이 일어나 손을 내밀었다. 나는 청년의 손을 잡
고 아이처럼 뒤뚱거리며 물속에 들어갔다. 뜨거운 물에
적응했을 때 비로소 참았던 눈물이 콧물과 함께 쑥 내려
왔다. 목 아래는 뜨거웠고 머리 위는 차가웠다. 멀리서 새
들이 울었다. 간혹 검은 나뭇가지에서 눈덩이가 혼자 툭
떨어져 우리를 놀라게 했다. 온갖 일이 다 일어나는 세상
에서 놀랄 일은 고작 그런 것밖에 없다는 듯이 우리는 감
쪽같은 표정으로 까르르 웃었다. 가이드가 눈밭에 파묻어
놓은 캔맥주를 하나씩 건네주었다. 안주가 필요하면 눈을
집어 먹어보세요. 짭짤하고 상큼할 겁니다. 가이드의 말
에 우리는 또 아무 걱정 없이 하하 웃었다.

—

　온과 나는 다른 고등학교에 배정되면서 한동안 만나지
못했다. 내가 다녔던 학교는 꼭두새벽부터 0교시 보충수
업을 시키고 밤 11시까지 야간자율학습을 강요하는 것으
로 악명이 높았다. 온이 다녔던 학교는 시에서 유일한 남

녀공학이었다. 우리 학교에는 살인적인 입시 경쟁을 못이기고 매년 적어도 한명은 저수지에 몸을 던진다는 괴담이 떠돌았고, 온의 학교에는 학내 연애를 하다가 임신한 몸으로 퇴학당하는 여학생들에 관한 소문이 흘러 다녔다. 그렇게 야만적인 곳에서 우리는 각자 탈출을 꿈꾸며 공부에 매달렸다. 얼마간은 일부러 짬을 내 시내 분식집에서 만나 밀린 이야기를 나누었지만, 점점 시간이 부족했고, 만나더라도 둘 다 잠이 모자라 멍하니 앉아 있기 일쑤였다. 서로 할 말이 없어지니 어느새 서먹서먹해졌다.

드디어 대입 원서를 써야 하는 삼학년 이학기에 엄마가 담임을 찾아와 말했다. 계집애를 무슨 수로 서울까지 보냅니까? 기다리는 남동생들이 줄줄이 셋입니다. 담임은 지난 삼년간의 내 성적표와 생활기록부를 펼쳐놓고 거의 애원하다시피 엄마를 설득했다. 담임의 말을 묵묵히 듣고만 있던 엄마는 전국에서 가장 등록금이 싸다는 서울대 사범대가 아니라면 보낼 수 없다고 못을 박았다. 나는 학력고사 당일까지 이를 악물고 공부했다. 결국 최종 합격 통보를 받은 날, 네깟 년이 무슨, 하며 내내 콧방귀를 뀌던 엄마는 대폿집 손님들에게 공짜 막걸리를 돌렸다. 나는 결국 탈출에 성공했다. 담임이 입학 전까지 등록금을 모을 수 있게 과외 자리를 소개해주었다. 나는 아직 고등학생 신분으로 두달 동안 매일 과외를 다니며 돈을 벌었다. 어느 날은 엄마가 가게 근처 시장으로 부르더니 기숙사에서 덮을 나일론 솜이불과 연분홍 카디건을 사주었다. 텔레비전 보니까 여대생들이 이런 거 입고 다니데? 엄마는 혼잣말하듯 조용히 말했다.

서울로 가기 직전 온의 엄마에게서 전화가 왔다. 삼년 만이었다. 온의 엄마는 변함없이 우아한 목소리로 말했다. 고등학교에 진학한 후 온의 성적이 예전만 못하다는 것은 알고 있었다. 온이 대입에 실패했다는 소식도 들었다. 온의 엄마는 온을 서울의 재수학원에 보낼 생각이라며, 학원 근처에 작은 아파트를 얻어줄 테니 나더러 온과 함께 살면서 온의 공부를 봐주면 안 되겠냐고 물었다. 그러니까 온의 엄마는 내게 온의 입주과외 선생이 되어달라고 청하고 있었다. 생애 처음으로 아파트에 살 수 있고 따로 과외 자리를 구하지 않아도 일년간 돈을 벌 수 있다는 뜻이었다. 수화기를 든 채 나는 오래전 반 아이들이 내 공책 겉면에 휘갈겨놓은 낙서를 떠올렸다. '노예' '김온 공주 따까리'. 그리고 생각했다. 나는 이제 온이 씹다 만 껌을 아무렇지 않게 받아 씹을 수 없는 사람이 되었다고. 그건 어느새 더러운 일이 되어버렸다고. 나는 온의 엄마에게 이미 기숙사를 신청했고 비용까지 치른데다 엄마가 남에게 신세 지는 일은 절대 허락하지 않을 거라고 뻔뻔하게 거짓말했다. 온의 엄마는 한동안 말이 없더니 길게 한숨을 내쉬고 전화를 끊었다. 나는 이곳에서의 모든 인연을 끊고 깨끗하게 서울로 탈출하고 싶었다. 그날 나는 온을 버렸다. 온이 결국 미국으로 유학을 떠났고 이후 프랑스로 건너가 석사와 박사 학위까지 받고 돌아왔다는 이야기는 아주 나중에 온에게서 직접 들었다. 온은 내가 서울로 떠나면서 자신을 버렸다는 것을 정확히 알고 있었다. 그런데도 온은 서울의 한 사립대학에 교수로 임용되어 귀국하자마자 나를 찾았다. 온이 고향 집에 전화를 걸고 곳곳에 수소문해 알아낸 내 핸드폰 번호로 연락했을 때, 나는 율을 낳고 대전의 한 산후조리원에 누워 있었다. 온은 그날로 차를 몰고 대전으로 찾아왔고 우리는 산후조리원 로비에 십수년 만에 마주 서서 한동안 말없이 웃기만 했다.

—

  대설산에서 내려와 다시 고속도로를 세시간 달려 삿포로에 도착했을 때는 저녁 7시가 다 되어 있었다. 배가 몹시 고팠지만, 삿포로 텔레비전 타워 전망대가 저녁 8시에 문을 닫는다고 해서 거기부터 다녀오기로 했다. 3층 매표소에서 표를 사고 엘리베이터를 탔다. 엘리베이터는 순식간에 우리를 지상 90미터에 내려주었다. 멀리 다채로운 조명을 받아 색깔이 바뀌는 스케이트장이 보였다. 스케이트를 타는 사람들이 조그맣게 움직였다. 거리에는 양방향으로 달리는 자동차의 후미등과 전조등이 각기 다른 색깔로 반짝였다. 율은 연방 사진을 찍었고 온은 그 뒤를 쫓아다니며 율의 시중을 들었다. 나는 발이 묵직했다. 누가 발밑을 잡아당기는 것처럼 몸이 무겁고 피곤했다. 혼자 전망대를 한바퀴 천천히 돌다 왔더니 율은 어느새 망원경에 들러붙어 있었다. 이모! 저기 자동차 번호판도 보여! 온이 여름이면 저 아래 오도리공원에서 맥주 축제가 열린다며 여름방학 때 또 오자고 했다. 율은 온이 교수로 일하는 대학교에 입학한다. 앞으로 두 사람은 더욱 가까워질 것이다. 너 그러다가 율이 영영 뺏긴다. 전 남편은 그 소식을 듣고 충고랍시고 말했다. 뭐든 뺏고 뺏기는 것밖에 모르는 종족. 저는 딸과 아내를 버렸으면서 남이 주워 가면 뺏겼다고 징징대겠지.

타워에서 내려와 호텔까지 걷기로 했다. 도중에 다른 브랜드의 편의점 두곳에 들러 각자 먹고 싶은 것들을 실컷 샀다. 율은 삿포로 클래식을 봉지 가득 담았다. 음주 선행에 충실했다는 온의 말이 농담은 아닌 모양이었다. 나는 명란이 듬뿍 들어간 삼각김밥과 생과일젤리를 집었다. 차를 좋아하는 온은 녹차와 우롱차를 종류별로 담았다. 온이 율의 안주로 육포와 어포와 견과도 집었다. 다음 날 먹을 우유와 요구르트도 잊지 않았다. 북해도에 오면 우유를 많이 먹어줘야 해. 감자와 옥수수도. 나는 온을 따라 얼룩소 일러스트가 귀엽게 그려진 병 우유를 골랐다. 율이 하겐다즈 아이스크림을 종류별로 담았다. 우리 다 먹을 수 있을까? 물론이지!

우리는 호텔로 돌아오자마자 샤워도 하지 않고 배부터 채웠다. 율은 놀라운 속도로 삿포로 클래식을 비웠고, 온은 전날 오타루에서 사 온 과자를 차와 함께 먹었다. 율의 얼굴이 점점 빨개졌다. 나는 삼각김밥과 우유를 정신없이 먹었더니 벌써 졸렸다. 율이 삿포로 클래식을 하나씩 내밀었다. 엄마랑 이모도 먹어. 어른들 사이에서 나 혼자 술 마시려니까 쓰레기가 된 기분이야. 온이 흐흐 웃었다. 나는 피식 웃으며 순순히 캔맥주를 따 입으로 가져갔다. 야, 네 엄마 웬일로 기분 좋다. 아까 젊은 남자 손을 잡아서 그런가? 온의 말에 율이 박장대소했다. 야, 내 스타일 아니야. 부러우면 너 가져. 내 말에 온까지 배를 잡고 웃었다. 와, 너희 엄마 진짜 기분이 좋은가보다. 농담에 맞장구

도 쳐주고. 역시 배우의 원픽은 달라. 나는 남은 맥주를 마
저 들이켰다. 저거 봐. 원픽답게 원샷한다. 으, 이모 개그,
노잼! 온이 율이 내민 맥주를 벌컥벌컥 들이켰다.

온은 급격하게 취했고, 제일 많이 마셨으면서 말짱한
율은 내 침대에 드러누워 친구들과 채팅을 하며 키득거
렸다. 나도 어느새 취기가 올라 눈이 자꾸 감겼다. 늙었
어. 천하의 김온이 맥주 한캔에 맛이 가다니. 온이 주절거
렸다. 온은 중학교 수학여행 때 몰래 반입한 술을 먹고 한
껏 취해 내가 배정받은 방으로 찾아와 무조건 내 옆에서
자겠다고 난동을 피웠었다. 수학여행에서 돌아온 후 한
동안 학교에는 나와 온을 둘러싼 음란한 소문이 떠돌았
다. 둘이 빈 교실에서 입을 맞추다 들켰다는 소문은 나까
지 믿고 싶어질 만큼 디테일이 훌륭했다. 내 앞에 엎드린
온의 가르마가 보였다. 온이 새치 염색을 시작한 지도 오
년이 넘었다. 가르마를 경계로 1센티미터 정도의 흰머리
가 희끗희끗 올라와 있었다. 나는 온의 머리를 가만히 쓰
다듬으며 말했다. 씻고 자. 안 그러면 밤새 피곤해. 온이
으으음 신음을 내며 고개를 들다 말았다. 나 그냥 여기서
잘 거야. 온이 불분명한 발음으로 말했다. 그럼 네 방 키를
줘. 내가 거기서 잘게. 내 말에 온이 중얼거렸다. 냉정한
년. 그러곤 벌떡 고개를 들고 기습적으로 물었다. 그때 그

280

애를 지우지 않았더라면 어떻게 되었을까? 나는 깜짝 놀라 온의 손등을 찰싹 내리쳤다. 꽤 아프게 때렸는데 비명은 온이 아니라 율이 질렀다. 엄마! 온과 나는 동시에 율쪽을 보았다. 율이 가리키는 창밖에 전광판이 24:09를 띄우고 있었다. 엄마! 일분이야. 일분만 기다려. 율은 침대위에 무릎을 꿇고 앉아 동영상을 찍기 시작했다. 온도 나도 조용했다. 율의 손이 바르르 떨렸다. 나는 율 몰래 온의 손을 살짝 잡아당겼다. 온이 흐리멍덩한 눈빛으로 나를 보았다. 율이 명령한 그 일분 동안 나는 온 힘을 다해 온에게 말 없이 말했다. 정신 차려. 그쪽은 쳐다보지도 마. 그쪽으로 건너가지 마. 그런 건 궁금해하지도 마. 나를 버리지 마. 소리 없는 내 말을 찰떡같이 알아들은 온이 고개를 살짝 끄덕였다. 눈물을 흘린 건 나였다. 온을 버려본 적 있는 뻔뻔한 나였다. 온이 손을 뻗어 내 눈물을 닦아주었다. 엄마! 온과 나는 창 쪽으로 고개를 돌렸다. 전광판이 24:10으로 바뀌자마자 조명이 꺼졌다. 붉은 철탑이 눈을 감았다. 박제했어! 율이 무릎걸음으로 달려와 우리에게 방금 찍은 동영상을 보여주었다. 동영상 속에는 율의 숨소리까지 고스란히 박제되어 있었지만, 우리는 흔적도 없었다. 내일 새벽 5시에 일어나 전광판에 불이 들어오는 순간을 찍을 거야. 그러면 나는 세상에서 가장 긴 윙크를 박제하는 거지. 온이 갑자기 율을 와락 끌어안았다. 이렇게 사랑스럽다니! 나는 자리에서 일어나 한덩어리가 된 두 사람을 문 쪽으로 떠밀었다. 주정뱅이들은 얼른 너희 방으로 가. 우리에겐 내일의 걸음이 많이 남았다는 사실을 잊지 말고. 여전히 한덩어리로 키득거리는 온과 율을 몰아내고 나 혼자 남았다. 나는 씻지도 않고 율이 누웠던 자리에 누워 마저 울었다. 그리고 세상에서 가장 긴 윙크를 시작했다.

절도 있게 끓어오르는 불화의 서사

황정아

"난로 위에 끓어오르는 주전자의 물이 아슬/아슬하게 넘지 않는 것처럼 사랑의 절도(節度)는/열렬하다"(『사랑의 변주곡』)고 김수영은 말했다. 어떤 열렬한 것의 절도를 이주혜의 소설에서도 감지하게 된다. 그토록 정제된 문장들의 절도 속에 끓어오르다니 이 역시 사랑일까? 김수영의 시에서 힘차게 변주하는 사랑은 넘실거리며 "위대한 도시"를 이루기도 한다. 이주혜의 소설에서 사랑을 방불한 그 열렬함은 어디로도 범람하지 못한 채 내부로 향한다. 그렇다 해도 이 내향은 응축이기는커녕 거듭되는 폭발과 같다. 폭발은 위대한 도시를 남길 수 없어도 폐허를 정화시킬 수는 있다. 분명한 사실은 날 선 의지처럼 가다듬은 문장들로 이주혜는 열렬히 싸우고 있다는 것, 여기에 실린 것은 그 싸움 또는 정화의 기록이라는 것이다.

요컨대 이주혜의 소설들은 스스로와 온전히 일치할 수 없는 사람들, 곧 여성의 이야기이다. 대다수 사람들이 세계가 배정한 자리와 호명한 이름에 안착하지 못하는 느낌으로 살아가는 것이 사실이다. '정체성'이란 자리를 채울 수 없고 이름에 답하지 못하는 상태를 더 자주 가리킨다. 그렇다 해도 이 모든 불일치를 '불가능'으로 지칭한다면 얼마간 과장처럼 보일 것이다. 그러나 숱한 경험과 이론이 일러주듯 세계는 여성에게 때로 모든 (빈)자리를 채울 것을 요구하고 또 때로는 어떤 자리도 내주지 않는다. 모든 (부족한) 이름으로 호명하고 어떤 이름으로도 호명하지 않기도 한다. 그런 점에서 여성은 모든 배정과 호명에 수반되는 증상이다. 증상의 자리에 안착할 수는 없는 노릇이기에 여성에게 자기 동일시는 드물다기보다 불가능하며, 영토화되지 못한 이 자리에서 근사한 탈영토화도 여의치 않다. 유령선을 떠나지 못하는 유령처럼, 있지 않은 자리에 매인 채 끝없이 어긋나는 실존이 여성의 초깃값이다. 그러니 무엇보다 불화하지 않고 이 존재양식을 받아들일 수는 없고, 절도 있게 들끓는 이주혜의 소설들은 그 불화의 서사적 구현이다.

서두에 실린 「오늘의 할 일」은 매여 있음과 어긋남이

뒤엉킨 여성의 존재양식을 촘촘하게 그려내며 소설집 전체를 읽을 실마리를 던진다. 나날의 짐을 내려놓고 꽃놀이를 온 듯한 세 자매의 모습으로 시작하지만 이 소설은 단란한 소풍의 풍경을 배반하는 방향으로 전개된다. 차곡차곡 드러나는 사정은 이들이 결국 '오늘의 할 일'에서 탈주할 수 없음을 일러주기 때문이다. 어떤 불가해한 이유에선지 춘하추동으로 딱 떨어지는 자녀 계획에 '꽂힌' 아버지의 고집으로 자매들의 어머니는 내리 딸 셋까지는 낳았으나 이후 "계절의 소임을 다한 식물처럼 시들시들 말라갔다"(10면). 그러는 동안에도 아버지는 가족을 두고 '로망'을 품을 만큼은 다정할망정 부양의 책임을 포함한 "매사에 태평"하다(15면). 병약한 어머니와 무능한 아버지 사이에서 자매들은 어느 시점에선가 아버지에 대한 존경을 잃는 한편 당연한 수순처럼 가족의 책임을 나눠 맡는다. 삶이 뜻대로 펼쳐지지 못한 이유를 '춘하추동'의 미완성에서 찾은 듯 아버지가 난데없이 밖에서 낳은 사내아이 겨울을 데려오면서 어쩌면 흔하디흔할 이 가부장제의 작은 변주에 결정적인 비틀림이 도입된다. 쇠약한 어머니는 이 사건으로 아예 자리보전하게 되고 "비겁한 아버지는 어머니를 극진히 보살피면서 자기가 데려온 사내아이는 모른 척"(22면) 구는 동안, 이번에도 책임의 큰 몫은 자매들에게 남겨져 이들은 "각자의 방식으로 사내아이를 돌"(22면)본다. 돌봄! 그것이 실로 무시무시한 미로일 수 있음을 이 소설은 통렬히 보여준다.

자매들이 그 나름으로 성실히 돌봄의 책임을 수행했으리라는 점은 짐작하기 어렵지 않다. 하지만 먹이고 입히는 노동으로 돌봄은 한정되지 않으며 애정을 베풀어 안정감을 주고 가족 안에 품어줌으로써 세계의 일원이라 느끼게 하는 일까지 포함한다. 자매들은 돌봄의 노동을 (하자 없이) 수행함으로써 돌봄의 가치를 (치명적으로) 배반하는 길로 스스로도 어쩔 도리 없이 접어든다. 안으로 곪아가는 이 과정은 이따금의 돌연한 잔혹함으로 터져 나오게 마련이고 끝내는 얼어붙도록 추운 어느 날 겨울을 버리는 장면으로 마감한다. 세 자매가 각기 다른 방식으로 행한 이 '유기'가 일종의 '부친살해'임을 알아보기는 어렵지 않다. 이 '대리적' 부친살해는 역설적으로 실제 아버지에게 이들을 묶어두고 그가 생을 마감하는 날까지 보살피게 해주었을 것이다. 아버지의 사십구재인 오늘도 자매는 여느 자식들 못지않게 애도의 의무를 성실히 다하고 온 참이다. 하지만 어떤 의미로 아버지의 죽음을 이미 처절하게 겪은 이들에게 순순한 애도가 가능할 리 없다. 삶의 결정적 갈피마다 그랬듯 오늘도 자매는 겨울을 떠올리지 않을 도리가 없고 "겨울이라는 이름이 입 밖으로 나온 순간 지난겨울 끝자락부터 오늘까지 사십구일 동안 차곡차곡 쌓아왔던 애도의 마음이 와르르 무너져버리는 환상을"(21면) 피할 수 없다.

프로이트에 따르면 원초적 아버지를 살해한 형제들의 동맹은 죄의식을 거쳐 아버지의 권위를 다시 소환하는 것으로 귀결되지만, "어린양"으로 대속한 채 돌봄을 누린 나약하고 태평한 자매들의 아버지는 "내 죄까지 가져가" 달라는 마지막 요청마저 들어줄 것 같지 않다(29면). 겨울의 부재는 자매들에게 삶이 어딘가 망가졌다는 느낌을 끊임없이 상기시키고, "어둔 길에 들어섰다고 느낄 때마다 저 멀리 어머니가 켜둔 오색등이 가느다란 빛을 발하며 자신들을 이끌어줄 거라고 믿고 싶었"(19면)던 그들의 소망도 쉽사리 이루어지지 않을 것이다. 겨울을 버린 것이 아버지가 자매들에게 행한 사실상의 유기를 되비춘 것이라 해도, 겨울을 향한 물리적 폭력이 가부장제가 자매들에게 가한 폭력의 '뒤집힌 정직한' 형태라 해도 말이다. 하지만 이들이 아버지의 권위를 소환할 수 '없다'는 사실은 중요하다. 돌봄을 떠안고 죄의식도 떠안는 이 이중의 하중이 어떤 권위도 일찍이 주지 못한 존재의 무게를 선사하여 마침내 이들을 난파한 가부장제의 유령선에서 내려오게 해줄 수 있을까? 이 질문에 분명한 답을 주지는 않지만 「오늘의 할 일」은 여성의 삶이 어째서 서사를 끌어당기는 강렬하고 절박한 의미장인지 잘 입증해준다.

「아무도 없는 집」은 모성의 오랜 신화와 얽힌 또 하나의 아픈 서사이다. 이 신화가 가족을 감싸고 지탱해온 한 기둥이라는 사실은 잘 알려져 있으나, 그것을 걷어낸다 해서 아무것도 남지 않을 리는 없다. 신화에 기대지 않은 채로도 우리는 여전히 만나고 관계를 이룰 것이며 그 끝에서 어떤 고유의 형태가 발견될 것이다. 아이와 아이를 낳은 이가 아직 알려지지 않은 관계를 성숙시킬 잠재성이 죽어가는 지점에서 모성의 신화는 진정한 비극에 도달한다. 소설 속의 규와 녕만이 아니라 모든 부모가 실은 자식이라는 "낯선 인류를 어떻게 맞이해야 할지 몰라 갈팡질팡"하는 "멸종 직전의 구 인류"(62면)일지 모른다. '구 인류'가 가진 관계의 문법은 비틀거릴 것이 당연하며, 가족이라는 "새로운 우주"(54면)는 하나하나가 다른 중력으로 운행되어야 한다. 규가 그러하듯 뜻밖의 임신을 확인하는 순간 "공포가 정수리 끝부터 서늘하게 온몸으로 흘러내"(59면)리거나 아이를 낳고도 "아무리 바라봐도 아이가 예쁘지 않"(60면)을 수 있다. 그런 일들이 반드시 비극의 씨앗일 필연성은 없다. 어린 원을 두고 해외 봉사활동을 다니거나 엄마를 피하는 원을 모른 척한 것조차도 그러하다. "하나밖에 없는 귀한 선물"(55면)로 원의 탄생을 반긴 녕의 벅찬 감격이 원을 구하지 못한 것처럼 말이다.

하지만 열여섯해의 삶을 스스로 마감한 원의 찢긴 몸을 수습하며 녕이 무엇보다 규를 향해 미칠 듯한 분노를 품는 것, 원을 그렇게 보내고도 기어이 다시 해외로 떠난 규를 두고두고 미워하는 것은 너무나 자연스러워 보인다. 마찬가지로 규가 "제 자식 잡아먹은 년"(47면)이라는 비난을 시시때때로 떠올리고 '자격'이라는 단어에 가장 고통을 느끼는 것도 그래야 마땅한 일처럼 느껴진다. 원의 죽음을 모성의 결핍과 곧장 연결하는 이 모든 '윤리적' 인과율은 얼핏 너무 당연해서 그 바깥을 상상할 여지를 눌러 죽인다. 하지만 녕이 뒤늦게 자각하듯 "규가 원을 버리고 간 게 아니라 원이 서툴기 짝이 없는 부모를 버린 것"(62면)이라면, 이 서툶에는 세계의 불행에 민감한 규의 지나친 두려움만큼이나 (자신이 전공한 해부학의 정신처럼) "'왜'라고 물어보"(53면)지 않고 "우린 원래 이렇게 생겨먹었다"(54면)고 받아들이는 녕의 관성도 작용했음을 소설은 암시한다. '낯선 인류'를 만나기 위해서는 무엇보다 알려진 길을 떠나 다른 우주 속으로 발을 내디뎌야 하기 때문이다. 그 서툰 발걸음을 서로 격려하지 못한 것이야말로 원이 떠난 진짜 이유인지 모른다.

「아무도 없는 집」이 그렇듯 이주혜의 가족서사에서 가족은 자주 여성에게 '죄의식'의 원천인 반면 남성에게는 '로망'의 원천이다. 전승된 성역할과 달리 여성에게는 가정으로부터의 원심력이 작동하고 남성은 마치 세계의 유일한 의미인 듯 가정에 한층 열렬한 정동을 투사하는 것이다. 죄의식과 낭만이라는 상반된 정서는 둘 다 어떤 착종의 산물로서, 죄의식은 종종 죄에서 멀고 낭만은 자주 폭력과 가깝다.「여름 감기」는 가족 또는 결혼을 향한 남성의 낭만적 환상에 권력의 기제가 내포되어 있으며 이는 자신과 세계를 직면하지 못하는 데서 비롯된다는 사실을 무겁게 내리누르는 저기압의 위태로운 긴장 속에 전달한다. 사랑스러운 아내와 "순백의 가정"(87면)을 일구었다고 자신하는 오종은 드러내지는 않지만 가부장제의 전형적 억압 속에서 결혼생활을 하는 직장 후배 제이를 보살피는 아내가 자신에게 온전히 집중하지 않는 것이 줄곧 불만이다. "불온한 그들의 바이러스가 자신의 안온한 가정을 더는 위협하지 않기를"(84면) 바라지만 어느 날 아내는 여름 감기를 심하게 앓던 제이에게 '신성한' 침실마저 도피처로 제공한다. 비에 젖어 "아내가 새로 깔아준 까슬까슬한 리넨 이불"(72면)을 기대하고 귀가한 오종은 그 '침입자'

가 어떤 사정으로 자기 자리를 차지한 것인지 뒤늦게 알게 되지만 그럼에도 스스로를 제어하지 못한다. 아니, 제어하지 않는다고 해야 옳을 것이다. 아내를 떠올렸다는 해명이나 폭력의 순간 속삭이는 '사랑해'라는 말은 조작된 핑계임이 명백하기 때문이다. "하수구 같은 제이의 가정사"(78면)를 그토록 경계한 것이 결국 '자기 안의 하수구'를 의식해서였음을 오종은 기어이 증명하고야 만다.

엘리자베스 비숍의 시 「The Fish」를 배음으로 깔고 진행되는 「우리가 파주에 가면 꼭 날이 흐리지」는 코로나19가 적나라하게 드러낸 돌봄의 위기를 그린다. '나'와 수라 언니와 미예는 팬데믹 기간 동안 황망히 아버지를 여읜 미예를 위로할 겸 오랜만에 만나 안부를 나눈다. 어쩐 일인지 날씨까지 화창했던 그날의 만남은 그러나 수라 언니의 코로나 확진으로 빛이 바래고, 짧지 않은 관록을 다져온 그들의 우정마저 일순 위태로워진다. 나와 미예를 무엇보다 힘들게 하는 것은 물론 자신들의 건강이 아니다. "면역 계통의 희귀 질환"(98면)을 가진 아이를 위태롭게 했다는 것, "아버지 장례 치른 지 얼마나 됐다고 어디서 정신없이 쳐놀다가 중간고사 앞둔 아들한테 바이러스나 옮기는 형편없는 엄마"(102면)가 되었다는 염려이다. 격리 속에서 '나'는 아이를 낳는 것 역시 "공포에 집어삼켜진 조난자"(106면)로서의 고립이었음을 떠올리고, "남편이 우리도 드디어 '가족'이 되었네, 하고 감격한 말투로 꽃다발을 안겨주었을 때"(같은 면) 끝난 줄 알았던 고립을 실은 육아의 고단한 순간마다, "아유, 왜 저러고 사냐?"(108면)고 힐난받던 그 순간마다 마주쳤음을 기억한다. 수라 언니와 미예와의 모임 역시 "유한부인들이 아님을 증명하기 위"(115면)한 노력에서 자유롭지 않았다는 것도. 돌봄의 공백을 죄의식의 채찍질로 메꾸게 하는 "이 바이러스의 진짜 이름"(121면)을 우리는 모르지 않는다. 다만 함께 앓지 않을 뿐이고, 홀로 앓아온 이들이 발하는 '무지개'를 알아보지 않을 뿐이다.

표제작 「그 고양이의 이름은 길다」에서 '나'는 수술대에 누운 자신의 몸을 찬찬히 바라볼 기회를 얻는다. 수술 자체가 더는 여성의 몸이 아니게 만든다고 여겨지는 자궁적출을 위한 것이거니와, '나'의 몸은 "거인, 여장부, 처녀장사"(127면) 같은 별명을 달고 다니며 '여성스러움'의 잣대를 위반해온 지 오래다. 고교 졸업 직후부터 가족을 '이고 져 온' 공을 인정받거나 그 때문에 입은 때 이른 손상들을 위로받은 적이 없는 몸이기도 하다. 여자다운 몸과 노동하는 몸, 어느 쪽으로도 온전히 소속되지 못했기에 '나'의 몸에 드리운 그림자는 지나온 생(生)만큼 길다. 온전히 소속되지 못했다는 이야기는 온전히 벗어나지 못했다는 말과 다르지 않다. 사장의 일본 출장 수행원 노릇은 어쩌면 충분히 '여성스럽지' 않아서 할당되었을 것인데도 "미쓰 양도 아니고 미쓰 구라니"(145면) 같은 뒷말을 부추기며 새삼스럽게 '나'를 '미쓰'의 굴레에 집어넣는다. 이 사건은 또 비슷하게 '이고 진' 소희 언니와의 우정을 정확히 파탄내면서 "그래서 너는 다리를 벌렸니?"(129면)라는 참담한 비난을 각인처럼 남기는데, 이는 다시 "꽤 다정한 아빠"(147면)와의 한때가 '여성'으로서 상징계에 기입되는 최초의 순간이자 나중에야 의미가 분명해질 원초적 모멸의 순간이었음을 깨닫게 한다. '나'와 '나'의 몸은 삶 곳곳에 새겨진 폭력의 연대기를 그렇듯 함께 통과해온 것이다.

그렇기에 다분히 의도된 추문을 감내하며 "사랑의 목격자이자 증언자"(151면)로 충실히 복무한 '나'에게 사장이 적어도 신뢰와 감사를 품었다는 사실은 다행스럽다. 그 시간 동안 '나' 역시 마음을 끄는 장소를 발견하고 한때나마 '따뜻하고 둥근' 몸과 만날 수 있었다는 사실은 더욱 그렇다. 누구도 '나'에게 "구루미 라떼 아로니아 바로네즈 3세"(153면) 같은 긴 작위로 보상해주지는 않았어도, 지난 삶을 돌아보는 '나'의 어조에 실린 담담함이 체념과 슬픔의 소산만은 아니리라 믿고 싶다. 나무의 "습기가 빠져나가면서 빈자리가 틀어지는 소리"가 곧 "나무가 익어가는 소리"(129면)이듯, 무엇이든 채워나가는 삶만이 성숙에 이르는 길은 아닐 것이기 때문이다.

「물속을 걷는 사람들」은 또다른 여성 연대기이다. 87년 항쟁과 86세대라는 표제로 민주화운동의 역사에 공식 등기된 80년대와 달리, 격렬했으나 또한 착잡했던 90년대 초반 학생운동은 그 자체로 어떤 나쁜 후일담처럼 드문드문 기억되다가 외면받곤 한다. 이 소설의 중심인물은 바로 그 시대의 흔적과 함께 살아온 여성이다. 소설 속 영화는 "시대를 고민하는 청년인 동시에 여성으로서 이중 부담을 지고 살아갔던 선배 여성들"(176면)을 재현하려 한 기특한 시도지만 그럼에도 영화가 전제하는 "진짜 순아"가 당시의 "미친년"(189면)들의 진짜 모습을 다 건져내지는 못하며, 영화에 일정한 '판타지'가 더해질 수밖에 없었다는 사실이 이 간극을 간접적으로 암시한다. 스물한살의 자신에게 돌아가 '무조건 스스로를 사랑하라'는 조언을 남기고픈 마음이 실제 '나'에게도 없지 않을 테지만 그러기에는 곤혹스러운 시대를 더욱 곤혹스러운 존재로 살아야 했던 "요실금의 역사"(180면)가 단순치 않다. 운동의 역사에 함께 기입되어야 할 것은 찌질하거나 뻔뻔한 '배반'

의 이야기만이 아니라 납득할 수 없는 차별과 나눌 길 없는 수치를 무릅쓰고도 그 시절이 남긴 것을 소중히 품은 채 여태 물속을 걷는 이들의 이야기일 것이다. 공식 역사가 놓친 다음 세대와의 소통 역시 어쩌면 그 이야기에 단서가 있을지 모를 일이다.

「꽃을 그려요」에서는 소통과 전승이 실제로 이루어진다. 이 소설에서 소년의 집이 사탄, 괴물, 살인자 같은 낙인으로 줄곧 더럽혀지는 이유는 남자가 돌을 맞고 중환자실에 누워 있기 때문이다. 함께 돌을 던졌고 소년이 "마음을 다해 좋아했던" 하람이 소년을 "온몸으로 밀쳐"내며 동네를 떠난 것도 이 사건 이후지만(207면), "조롱하고 빈정대야 진짜 애정인 줄"(210면) 알았던 하람의 태도가 이미 어떤 조짐이었을 것이다. 가해와 피해의 자리가 뒤바뀌며 남자가 소년을 성추행해왔다는 사실은 묻히고 할머니의 가난한 노동의 대가를 '피해자' 가족에 갖다 바치며 소년은 고개 숙인 채 살고 있다. 숨막히는 '동굴의 삶'에서 벗어날 단서, 더 정확히는 이 동굴의 삶을 정말 자기 것으로 바꿀 단서를 주는 이는 "한낮의 태양처럼 환한 주황색 머리"(196면)를 하고 벽화를 그리러 온 오주이다. 누군가에게 '미친년'으로 보일 법도 한 오주는 소년에게 어떤 '미러링'의 기법을 전수한다. 괴물이라 비난할 때 꽃이 되려 하지 말 것, 오히려 "흉악하고 무서"(206면)운 괴물이 되어버릴 것. 하지만 오주만이 아니라 이제 소년을 예술가로 만들어주는 것은 그 '괴물되기'에 어느새 깃든 꽃의 잠재성이다.

「봄의 왈츠」가 우리에게 활짝 펼쳐 보이는 것도 바로 그런 잠재성이다. 젠더를 둘러싼 온갖 통념과 관습에서 벗어난 삶이 얼마나 산뜻할 수 있는가 하는 것 말이다. 봄의 세 엄마, 미호씨 선남씨 리온씨가 한 일은 사랑이 필요할 때 사랑을 주고 사람이 필요할 때 사람으로 있어주는 가장 단순한 실천이다. 하지만 통념과 관습이란 바깥에서만 오는 것이 아니라서 이들의 연대는 "나쁜 생각이 걷잡을 수 없이 뻗어가면 제 손으로 직접 토막을 쳐야"(232면) 한다는 굳센 마음의 결단을 거친다. 이 결단으로 끊어내야 하는 것에 서로를 향한 질시나 의심 같은 감정만이 아니라 "끊임없이 서로를 원망하면서 돈이든 시간이든 노동력이든 감정이든 착취해야만 굴러가는 모녀관계"(241면)가 포함된 점은 의미심장하다. 어쩌면 아직은 "구연동화"(242면)에 가까워 보이지만 이 소설이 그려낸 연대가 꼭 실현되지 말라는 법도 없다는 사실이 중요하다.

그 연대의 좀더 사실적인 버전을 「그 시계는 밤새 한번

윙크한다」에서 만나게 된다. 친구 온과 딸 율, 그리고 '나'
는 율의 대학 합격 기념차 북해도로 떠난다. 여행의 세부
가 손에 잡힐 듯 생생하게 그려지는 사이사이 지난 삶의
기억들이 이끌려 나온다. 사실 그 기억들의 대부분은 상
처로 남을 이유가 충분하고 서로를 원망하고 미워할 근
거로도 손색이 없다. 무엇보다 '나'와 온의 어린 시절 서
로를 향한 강렬한 애착도 채 지우지 못한 선명한 계급 차
이가 그러하다. "문득 이 아이가 씹던 껌도 아무렇지 않
게 받아 씹을 수 있겠구나"(257면) 싶은 아득한 감정도 "공
주 따까리"(276면)라는 경멸이나 "아무리 잘난 척하고 다
녀봐야 넌 쉰내 나는 대폿집 딸년"(263면)이라는 경고의
효력을 무화시키지 못했고, '나'의 '깨끗한' 탈출에 온과
의 단절이 필요했던 이유도 그 때문이었다. 이 간극은 아
직도 남아 율을 대하는 '엄마'와 '이모'의 차이라는 형식
으로 문득문득 표면화된다. 하지만 그것이 서로를 향한
애정과 이해보다 반드시 더 강력한 실체여야 할까? '나'
가 온을 버렸다는 사실이 너무 분명했어도 둘이 "산후조
리원 로비에 십수년 만에 마주 서서 한동안 말없이 웃기
만"(277면) 할 수 있는 근거 역시 어떤 현실 못지않게 단단
하다. "정신 차려. 그쪽은 쳐다보지도 마. 그쪽으로 건너
가지 마"(281면)라는 말 없는 메시지가 함축하듯, 절벽을

걷듯 삶이 아슬아슬하다는 공통감각이야말로 모든 차이에 선행하는 핵심적인 진실인 것이다.

이 소설에서도 모녀 관계는 여성연대의 모범으로 제시되지 않는다. 여행의 순간순간 거듭 소환되는 '나'의 엄마는 바람직한 양육자와는 거리가 있고 '넓은 세상'으로 떠나도록 딸을 격려하는 조력자도 아니다. 자력으로 떠나는 딸을 미련 없이 보내주고 짐이 되지 않으리라 다짐한 것만도 그녀로서는 최선이었을 것이고, 그 최선이 '온'의 엄마의 최선보다는 더 품위 있는 것이었음이 분명하다. 그렇기에 '나'의 엄마가 이 여행의 숨은 동반자로 함께할 수 있었을 것이다. 하지만 앞으로 있을 숱한 좌절의 아픔을 덜어줄 의도에서 비롯되었더라도 그녀가 일러주는 '주제파악'의 교훈은 어쨌든 겪게 될 그 아픔을 굳세게 버틸 자원이 되어주지 못한다. 사실 어떤 엄마인들 그 모든 자원을 제공할 수 있겠는가. '나'가 온에게 언제든 기꺼이 율의 옆자리를 내어주는 것도 그 점을 알기 때문이고, "뺏고 뺏기는 것밖에 모르는 종족"(278면)이 성취할 수 없는 종류의 연대는 그렇듯 한계를 인정하는 데서 시작된다. 이 여행을 더없이 든든한 자산으로 간직할 율에게 그러하듯 빛이 보이지 않는 깊은 밤이라도 그저 "세상에서 가장 긴 윙크"(281면)에 불과할지 모른다. 이 긴 윙크가 끝난 후 이주혜의 소설이 우리를 어떤 풍경으로 이끌어갈지 기대하게 된다. 정화된 폐허야말로 모든 새로움이 태어나는 장소이기 때문이다.

黃靜雅 | 문학평론가

뮤리얼 루카이저는 시 「어둠의 속도」에서 '우주는 원자가 아니라, 이야기들로 이루어져 있다'라고 말했다.[*] 내게 닿은 최초의 이야기들은 늙은 여자들에게서 왔다. 그들은 어린 내 몸을 토닥이며 개울에 떠내려온 복숭아 이야기를, 큼직한 연꽃이 열리며 여자아이가 나타난 이야기를, 밤이면 다락에 숨어들어 살강살강 알밤을 갉아 먹는 새앙쥐 이야기를 들려주었다. 한 이야기의 틈이 벌어지며 또다른 이야기가 굴러 나왔고, 같은 듯한 이야기가 조금씩 달라지며 새로운 이야기로 변모했다. 나는 늙은 여자들이 밤마다 고단한 목소리로 띄엄띄엄 들려주는 이야기를 갈급하게 빨아들이며 자랐다. 복숭아에서 태어나 모험을 떠나는 용감한 사내아이 이야기 말고, 연꽃 사이에서

---

[*] 뮤리얼 루카이저 『어둠의 속도』, 박선아 옮김, 봄날의책 2020, 233면 참조.

걸어 나와 임금의 부인이 된 여자아이 이야기 말고, 실을 자아내듯 이야기를 자아냈던 그 늙은 여자들 자신의 이야기가 궁금해졌을 때 그들은 이미 내 곁에 없었다. 그들의 입을 통해 이야기를 들을 수 없어서 나는 이야기를 지어내는 사람이 되기로 했다.

육년 동안 쓴 단편들을 소설집 한권으로 묶어내면서 간간이 생각했다. 이 책 한권을 단지 육년이라는 시간과 아홉편의 단편, 십수명의 등장인물로 수량화할 수 있을까? 여기엔 그 단순한 수치 외에 또 무엇이 담겨 있을까? 이야기가 처음 배태되고 문장의 꼴을 갖추고 태어날 때까지 작용한 모든 요인을 빠뜨리지 않고 열거할 수 있을까? 일테면 네가 내어준 어깨나 눈물이 떨어지기 전에 당도해 내 뺨을 쓱 닦아준 당신의 손끝이나 때마침 불어준 바람이나 계절의 소임을 잊지 않고 찾아와준 꽃들을? 그 모든 요인이 이야기의 씨앗이었고 한번 발아한 이야기는 언제나 또다른 이야기를 맺으며 끊임없이 증식했다고, 나는 잊지 않고 말할 수 있을까?

소설 곳곳에 내가 숨어 있는 걸 발견했다. 부지런히 앞만 보고 걸어온 줄 알았는데 다시는 돌아가고 싶지 않은 순간에서 한치도 벗어나지 못했구나, 깨달았을 땐 어딘가에 얼굴을 묻어버리고 싶었다. 여전히 어리석고 비겁한 내가 문장 뒤에 숨어 있었다. 눈만 가려놓고 온몸을 감췄다고 착각하면서. 그러나 웅크린 내 옆에는 나를 끝내 버리지 못하고 서성이는 사람들이 있었다. 그들 덕분에 이야기가 무너지지 않고 버텨주었다. 미숙한 나의 이야기가 당신의 이야기를 만나 우리의 이야기로 단단해질 수 있다면 더 바랄 게 없겠다.

첫 소설집을 묶기까지 오랜 시간을 기다려준 창비 편집부에 감사드린다. 특히 단어 하나 문장 하나 허투루 보내지 않고 모든 쓰임이 오롯한 이해로 이어질 수 있게 애써준 최수민 편집자에게 깊은 감사의 마음을 전한다. 교정지를 주고받는 동안 작가는 결코 문장 뒤에 숨을 수 없다는 것을 똑똑히 알았다. 기꺼이 해설을 써주신 황정아 평론가와 편지 같은 추천사를 보내주신 김혜진 작가께 마음 깊이 감사드린다. 두분과 잠시 손을 맞잡고 힘주어 흔들어본 것같이 기뻤다.

늘 이야기와 함께 걸어주는 친구들이 있다. 그들에게 기쁨을. 모든 이야기에는 모순이 깃들어 있음을 알려준

나의 아이들과 가족에게 포옹을(우리 식으로는 '아이, 좋아!'라고 하지). 마지막으로 내 이야기의 원형, 엄마에게 무한한 경의를. 덧붙여 최초의 우애이자 배신인 언니와 그의 고양이 호두 더 라떼 아로니아 바로네즈 3세에게 신나는 하이파이브를.

2022년 여름
이주혜

| 수록작품 발표지면 |

오늘의 할 일 ······『창작과비평』 2016년 가을호

아무도 없는 집 ······『창작과비평』 2018년 봄호

여름 감기 ······『현대문학』 2016년 12월호

우리가 파주에 가면 꼭 날이 흐리지 ······『문학동네』 2021년 겨울호

그 고양이의 이름은 길다 ······『자음과모음』 2021년 겨울호

물속을 걷는 사람들 ······『릿터』 2021년 10/11월호

꽃을 그려요 ······『문학3』 2019년 1호

봄의 왈츠 ······『Axt』 2019년 9/10월호

그 시계는 밤새 한번 윙크한다 ······『문학들』 2022년 봄호